蒋建国
——
著

蒋建国自选集

历历在目

SPM 南方传媒 广东人民出版社
·广州·

图书在版编目（CIP）数据

历历在目：蒋建国自选集/蒋建国著. —广州：广东人民出版社，2022.8

ISBN 978-7-218-15795-5

Ⅰ.①历… Ⅱ.①蒋… Ⅲ.①回忆录—作品集—中国—当代 Ⅳ.①I251

中国版本图书馆CIP数据核字（2022）第097323号

LILIZAIMU : JIANG JIANGUO ZIXUANJI
历历在目：蒋建国自选集

蒋建国 著　　　　　　　　　　　　　版权所有　翻印必究

出 版 人：肖风华

责任编辑：李　敏　罗　丹
封面设计：WONDERLAND Book design 仙遁
责任技编：吴彦斌　周星奎

出版发行：广东人民出版社
地　　址：广州市越秀区大沙头四马路10号（邮政编码：510199）
电　　话：（020）85716809（总编室）
传　　真：（020）83289585
网　　址：http://www.gdpph.com
印　　刷：广州市人杰彩印厂
开　　本：787毫米×1092毫米　1/16
印　　张：16.75　插页：8　字数：245千
版　　次：2022年8月第1版
印　　次：2022年8月第1次印刷
定　　价：88.00元

如发现印装质量问题，影响阅读，请与出版社（020-85716849）联系调换。
售书热线：020-87716172

◎ 蒋建国于岷江渡船上（1974年）

◎ 征途①

黑白木刻，44.5cm×63.5cm，1979 年

---

① 本书中的美术作品，除特别标注，皆为蒋建国所作。

◎ 苍凉

丝网版画,50cm×50cm,1986年

◎ 莫高窟九层楼

木刻，39cm×27.5cm，1978年

◎ 麦积山瑞应寺前

水粉，26.5cm×38.5cm，1962年

◎ 祁连冬雪

水粉，25.5cm×34.8cm，1975年

◎ 雁滩梨园之秋

水粉,38.5cm×53.5cm,1977 年

◎ 敦煌千佛洞

水粉，53.5cm×39cm，1978 年

◎ 黄山十八盘

水粉，39.6cm×55cm，1979年

◎ 飞天　北魏　麦积山石窟 76 窟壁画

国画临摹，35cm×26cm，1978 年

◎ 仙人 北魏 麦积山石窟142窟窟顶壁画

国画临摹,26cm×35cm,1978年

◎ 文殊菩萨　西魏　麦积山石窟102窟雕塑

碳铅笔、水彩速写，35cm×26cm，1978年

◎ 彩绘供养比丘　北魏　麦积山石窟 76 窟壁画

国画临摹，35cm×26cm，1978 年

◎ 伎乐飞天　隋代　敦煌莫高窟 390 窟壁画（局部）

水粉画，39cm×53.5cm，1962 年

◎ 麦积山石窟加固工程

水粉画，54cm×39cm，1978年

写在前面的几句话

我从来没想过要出一本文集,做学生的时候只学过几年画,后来又没用上,改行做了自己很不熟悉的工作,对写作是一窍不通的。多年来由于报纸、杂志的记者和编辑的催促,我赶着鸭子上架似的,写过一点自己亲身经历的事,在大家的关怀帮助下,在有关的几份报纸和杂志上,算是断断续续地发表过一些小文章,除了老实和真实之外没什么可取之处。这次故乡东莞市给我出一本文集,这真是我之前没敢想的事,正因为原先没想过,也就缺乏准备。

2007年,我72岁时从北京市政协退休,从办公室搬回家一共20个纸箱的杂物,堆放在走廊里。当时碰巧我夫人被医院确诊为多发性骨髓瘤,我们一起寻医觅药,顾不上整理。2011年夫人不幸离世后,由于东莞市政协的关怀,我先后出版了两本画册,一本是《蒋建国画集》,一本是《陇原石窟留痕:蒋建国作品选》。这两本书都只涉及过去的画和照片,而大量刊载于书籍、杂志、报纸等的文字,都尚未得到整理。我年纪大了,搬个纸箱也很困难。我在图书馆工作过20年,深知书籍搬动起来是相当沉重的,一张纸很轻,一本书就有点分量,一箱书就不轻了。这次出版机会难得,不容错过,这点困难是容易克服的,但是需要时间。我匆忙中整理出了一个集子,都是发表过的回忆文章和公开的发言。

我的前半生命途多舛,和国家民族的命运一样,直到改革开放以后,才过上了安定的生活,才有可能去收集资料,学习撰写文章,反映工作和生活中的所思所想。

在写作过程中，除了前面提到的编辑和记者们的帮助外，我身边的亲朋好友都给过我许多的帮助和指教。写文章不是我的专业，占用了大量的业余时间，家务事就只好推给身边最亲近的人，这本文集的出版，我要感谢所有无私地帮助过我的人。

谢谢大家！

蒋建国

2015年7月18日于北京

目录

第一章 回忆父亲

父亲的出生年月日 … 002

走历史必由之路
　　——父亲与中国共产党长期合作的历程 … 003

我的故乡 … 014

童年随父亲在抗战中度过 … 019

广州的十九路军陵园 … 028

父亲和他的三位夫人 … 030

父亲在辛亥革命中 … 038

关于逢源北街87号的记忆 … 041

"化险石"戒指的故事 … 045

父亲在淞沪抗战中 … 048

我脑海中的"一·二八"淞沪抗战 … 054

从辛亥一卒到部长 … 062

蒋兆和1932年绘的一幅油画肖像 … 066

第二章　难忘故人

回忆陈铭枢伯伯	072
默默地奉献	
——记民革北京市委医疗组的一天	077
父亲与蔡廷锴	080
从一封信想起的	104
怀念我的老师李桦先生	107
想圆的梦	
——我所认识的朱乃正君	113
哭八哥	120
"老羊倌"陈济生走过的道路	129
京城棠棣花	
——记民革党员、舞蹈家张京棣	134
14年的坚持：我的袁崇焕情结	137
父亲与朱执信先生纪念碑	144
悼念北京中山书画社名誉社长邵恒秋同志	147
百岁老人柳姐的故事	151
怀念我的好朋友卢沉	158
重登莫高窟忆故人	163

第三章　由从艺到从政

套色石版组画《渔》的故事	168
《蒋建国画集》跋	174
甘肃石窟的念想	176
《甘肃省珍贵动物》诞生记	190
石油工人的赞歌	
——水粉画《乘胜前进》	198
《农民炼铁图》出炉记	201
由从艺到从政的艰难历程	205
访美归来	208
凭吊亚利桑那号	212
我与北京政协	216
缘	221
在蒋光鼐先生诞辰100周年纪念座谈会上的发言	224
在庆祝中国共产党成立80周年座谈会上的发言	228
在"爱国名将蒋光鼐业绩展"开幕式上的发言	233
在纪念"一·二八"淞沪抗战70周年座谈会上的发言	235
在《民革前辈与辛亥革命》出版座谈会上的发言	237
在《亲历者说——中国抗战编年纪事》出版座谈会暨赠书仪式上的发言	239
在纪念李济深同志诞辰130周年座谈会上的发言	241

附 录

蒋建国艺术年表　　246

第一章 回忆父亲

父亲的出生年月日[①]

翻开众多的记述我国近现代史的著作,都会看到蒋光鼐这个名字。关于他生平事迹的记载,虽有些大同小异,但不离大谱儿,唯独关于他的出生年月却众说纷纭:有写他是1887年出生的,也有写1889年出生的,跟随他多年的旧部为他写传略时,则说他生于1890年。哪一种说法准确呢?都不准确。

1967年6月8日,先父蒋光鼐病逝于北京,追悼会的悼词和他的骨灰盒上须要写上他的出生年。当时根据我们家属的回忆:他说过自己出生于1888年,便定为1888年。1988年,民革中央为纪念蒋光鼐将军诞辰100周年,决定出版一本文集,我们在搜集资料的过程中,发现了一个关于他的出生年月的很有说服力的证据。先父生前在给我弟弟庆渝的一封信中写道:"古人说'父母之年不可不知也',你记得我的生日,写信回来祝贺,这是好的,但我究竟哪一天(出生),今年多大年纪,恐怕你还不知道。我告诉你吧,我是19世纪(1888年)生的,今年是'1958',(我)恰好是70岁,已是古稀之年了。我是旧历十一月十五日出世,正是'一年几见月当头'那天晚上,如果你记得这句诗的话,就不会忘记我的生日了……"把1888年的旧历十一月十五日换算成公历,先父的生日应该是1888年12月17日。

[①] 载《团结报》,1988年6月21日第二版。原标题为"先父蒋光鼐的出生年月日",正文有改动。

走历史必由之路
——父亲与中国共产党长期合作的历程[1]

父亲在内忧外患的旧中国度过了大半生。他苦苦求索，寻找解救中国的途径，经历了一次又一次的失败，终于找到了与中国共产党合作的道路，并最终接受了中国共产党的领导。

从辛亥革命到"一·二八"抗战

我的父亲蒋光鼐于1888年出生于广东省东莞虎门的一个小村里，15岁时便父母双亡。18岁那年（1906年）他投笔从戎，考入广东陆军小学第二期，同年参加了同盟会。后来他升入南京第四陆军中学学习。1911年10月，作为陆军中学同盟会第一批成员，他参加了辛亥革命武装起义。

1913年6月，父亲在保定军校第一期骑兵科学习时，参加了反对袁世凯的"湖口起义"；起义失败后流亡日本，在黄兴等主办的浩然庐军事学校学习。1916年，他参加了云南护国军讨袁。从此，父亲一直追随孙中山先生。1922年，陈炯明叛变，时任团副的父亲与正在组建的大本营警卫二团一起参加了保卫总统府的战斗。1923年，孙中山回穗重建粤军第一师，父亲任该师第四团第二营营长；1924年，升任第一师第一旅第二团团长。

---

[1] 载北京社会主义学院编：《多党合作纪实》，中国文史出版社1993年版，第159—170页；《北京政协》，1991年第5期。原副标题为"父亲蒋光鼐与中国共产党长期合作的历程"，正文有改动。

在大革命时期，父亲参加了东征、南讨和北伐。在打倒军阀、统一广东革命根据地的战斗中，他屡立战功。北伐时，他担任后来被誉为"铁军"的第四军第十师的副师长。十师首先攻入武昌城，他因战功升任国民革命军第十一军副军长兼第十师师长。

1927年，宁汉分裂，父亲十分痛心，只身离开部队。当蔡廷锴率第十师脱离南昌起义部队移驻河口时，他赶回与蔡廷锴一起率部入闽，恢复了十一军建制。后来，他参加了粤桂战争及中原大战，被任命为国民革命军第十九路军（简称"十九路军"）总指挥，领上将军衔，获二等宝鼎勋章。

中原大战刚刚结束，十九路军即奉命调至湖南参加对红军的"围剿"。父亲不愿参加反共战争，面嘱蔡廷锴先行出发，自己离开部队，赴上海养病。

1931年2月，蒋介石软禁胡汉民于南京汤山，宁粤分裂。蒋介石怕父亲及蔡廷锴与粤方联合，极力阻挠十九路军入粤，气得父亲呕血。6月，蒋介石任命他为"剿赤"军右翼集团军第一军团总指挥，他称病坚辞不就。虽然蒋介石派人前往劝说，并亲自到医院探望，他仍不肯回部指挥，一直在沪休养。

1932年"一·二八"淞沪抗战，是十九路军从拥蒋到反蒋的分水岭。

"九一八"事变后，父亲对南京政府的不抵抗政策非常愤慨。当日军扑向上海时，他不顾禁令，率领十九路军浴血奋战，迫使日军三易主帅，不断增兵。但是十九路军孤军苦战月余，国民党政府竟一枪一弹不予补给。军政部甚至通令各部队说："十九路军有三师十六团，无须援兵，尽可支持。各军将士非得军政部命令而自由行动者，虽意出爱国，亦须受抗命处分。"因此，当局部署在上海周围的蒋介石嫡系部队约60个师皆坐视不援，按兵不动。国民党政府还借口国难严重、税收减少而停止十九路军的军饷，甚至截留海内外同胞大力支持十九路军抗战的捐款。

经过此战，父亲看清了国民政府和蒋介石的真面目。1932年5月，在苏州举行淞沪抗战阵亡将士追悼大会后没过几天,父亲接到军委会密令,着令调福建"进剿"红军。但是,他决心永不参加内战,连蔡廷锴都没打招呼,便独自携家人秘密离沪赴港;不久,回到故乡广东东莞隐居。

1932年6月,父亲因抗日有功获青天白日奖章,国民政府调升他为驻闽绥靖公署主任,升蔡廷锴为十九路军总指挥。但父亲迟迟不去就职,而是待在家乡开鱼塘、种果树、创立虎门医院、兴办吉云小学,闲时读书习字,他决心从此不问政事。

父亲敢于以这种态度对待蒋介石的确是非常不容易的。平杰三同志曾著文指出,在日本帝国主义猖狂侵略我国、中华民族遭受深重灾难的年代,蒋光鼐始终坚持了爱国主义立场,坚决主张抗击侵略者,并与国民党最高当局的不抵抗日军侵略、积极"剿共"的错误路线进行了坚决斗争,这种精神在众多的国民党的将领中也是非常突出的。

"福建事变"前后与中共的联系

1932年9月,蔡廷锴和香翰屏两位将军到东莞南栅乡力劝父亲出山,父亲开始时态度坚决,让他们莫谈国事。后来经蔡廷锴、香翰屏二人极力相劝,为保住十九路军这支抗日的队伍,为国家民族的存亡,父亲终于答应赴闽就任。当年12月,蒋介石任蔡廷锴为十九路军总指挥兼驻闽绥靖公署主任,改任父亲为福建省政府主席兼民政厅长。父亲上任不久,即对中国共产党提出的抗日主张深表赞同。

1933年1月17日,中国共产党发表宣言,为反对日本帝国主义侵入华北,愿在立即停止进攻苏区、立即保证民众的民主权利、立即武装民众三个条件下与全国任何武装部队订立共同对日作战协定。

1933年5月28日,中华苏维埃共和国临时中央政府主席毛泽东、革命军事委员会主席兼全国工农红军总司令朱德联名发表《告闽粤白军士兵书》,提出,在承认三个条件的原则下,同广东、福建的一切武装队伍订立战斗协定，联合反对日本军国主义和卖国的蒋介石南京政府。

稍后，红军在瑞金又发表《中华苏维埃共和国告全世界工农劳苦民众宣言》，再一次向全国军队宣告：不论什么军队，只要赞成我们1933年1月17日提出的三个条件，就可以和我们签订停战协约，以便共同反对日本帝国主义及其他帝国主义，保卫中华民族的生存和争取中华民族的解放。

父亲获悉红军这些宣言内容后，非常高兴，觉得与自己的想法十分吻合。他对蔡廷锴说道："蒋介石驱使十九路军'剿共'，孤军深入，是想借红军之手消灭异己，这一招比他亲手歼灭我们更恶毒。如今红军提议真诚合作抗日，完全符合十九路军官兵不想再继续打内战、联合起来一致抗日的愿望。我们应当起来响应。也只有走联共抗日的道路，才能挽救十九路军，我们很有必要和中共建立密切的关系。"

1933年7月间，陈铭枢由欧洲回到香港，派陈公培到福州会见父亲。这时陈公培和共产党的联络尚未建立（此前，他曾派梅龚彬去上海找共产党联络）。父亲即与陈公培商量，请他为代表，火速直接和红军联络。陈公培答应后，父亲使用红绸子写了一封密信给前方红军，表示和谈愿望，主张双方先行停止战争、共同抗日。陈公培于8月间抵红三军团营地，见到了彭德怀、袁国平等人，建立了双方的联系，带回了彭德怀一封信。彭德怀在复信中对十九路军响应共产党的宣言与红军合作表示欢迎。从此闽北前线进入休战状态。

父亲和蔡廷锴将这个消息电告在香港的陈铭枢，他也十分高兴，回电希望二人再直接派代表到江西瑞金去会见中央红军领导人。蔡廷锴与父亲商量，派蔡的秘书长徐名鸿就近前往。陈铭枢仍要陈公培一同前往。于是，徐名鸿、陈公培二人约在9月间到达瑞金，见到红军领导人朱德和毛泽东，受到了欢迎。朱德和毛泽东表示赞同与十九路军在抗日反蒋上合作，双方初步谈判了十九路军与红军的防线和福建政府与苏区政府划界事宜，10月26日双方签署了《反日反蒋初步协定》。徐名鸿回福州后，苏维埃中央也派代表前来商谈进一步的同盟行动和协商物资交换事宜。

第三次派代表进入苏区,是福建人民政府成立之后。当时蒋介石军队全面进攻,李济深和父亲商量,派人民革命军一方面军总部参谋处长尹时中前往苏区,请红军大力支援。听说尹时中在瑞金曾见到了红军领导人周恩来、刘伯承等。但由于福建人民政府失败过于迅速,红军在李德、博古把持下又迟迟不作答复,未能挽回战局。

中华人民共和国成立初期,毛主席曾在他的住处宴请李济深、陈铭枢、蔡廷锴和蒋光鼐。在谈到福建人民政府时,毛主席批评说:"那时候你们搞得太'左'了,反而把自己孤立了。"这指的是:在农村搞计口授田,使得原来拥护十九路军的中小地主都反对他们;改元换旗、要求十九路军从中下层军官起都要读历史唯物主义和辩证唯物主义等马列主义书籍,使原来的一些签有盟约的朋友以为他们要搞共产主义,也起来反对他们。

席间,也谈到了党内"左"倾路线的错误。当时,蒋介石从"围剿"中央革命根据地的北路军中抽调部分兵力进攻十九路军,博古、李德没有利用这一时机打破"围剿"、从军事上支援福建人民革命政府,反而只用很少兵力监视北面敌人,而把红军主力西调去进攻永丰敌人的堡垒地带。结果未能打破敌人的"围剿",福建人民政府也在孤军作战中失败,使蒋介石得以在"福建事变"(又称"闽变")后,完成对中央革命根据地四面合围的部署,最终导致红军第五次反"围剿"失败,被迫长征。

组织中华民族革命同盟

从"闽变"起,父亲开始走上了与中国共产党合作的道路。那时正是中国共产党最艰难困苦的时期。

"闽变"失败后,父亲与李济深去了香港。在港期间,父亲反对蒋介石错误政策的斗争精神,并没有因"闽变"失败而减退。据李以劻回忆:"1935年春,红军已长征,经济很困难,憬公与蔡廷锴商妥,从十九路军抗日公积金项下捐献十万银元,在香港交给中共代表潘汉年。"

"闽变"领导人陆续抵达香港后,他们有更多的时间和更多的机会,经常聚在一起,总结过去,展望未来,纵谈国是。1935年7月,父亲与李济深、陈铭枢、蔡廷锴等联合国民党的民主派人士和一些社会贤达,成立了一个秘密组织,叫"中华民族革命同盟",简称"大同盟"。李济深任主席,父亲和蔡廷锴先后代理主席。为了支持同盟的活动,父亲卖掉自己在香港九龙界限街的住房,得五万元,全部拿出来作为大同盟的活动经费。大同盟的宗旨是,联合各党各派一致抗日,团结中国民众,推翻汉奸政府,争取民族独立,建立人民政权。大同盟办有《大众报》《民族阵线》《大众动向》等报刊,宣传反蒋抗日的主张。大同盟先后参加了反蒋的"两广事变"及"全国各界救国联合会"的运动。陈铭枢等还专程访问苏联,与中共驻莫斯科代表团取得联系。

1936年7月,在大同盟成立一周年之际,李济深、陈铭枢、蒋光鼐、蔡廷锴等大同盟最高领导人,根据中共《八一宣言》的精神修正政策,放弃了反蒋的口号,主张"停止内战,共同抗日"。1936年12月,大同盟领导人在《救国时报》上发表共同抗日救亡宣言,拥护中国共产党和平解决西安事变的方针。

1936年8月,大同盟发表宣言,号召国内外盟员和全国同胞"全体动员,各尽其力,拥护政府,抗战到底"。10月29日,大同盟领导人公开发表了《中华民族革命同盟解散宣言》。"七七"事变爆发后,全国抗日民族统一战线形成。

抗战期间,父亲眼见共产党领导的八路军、新四军在敌后开展游击战争,抗击了大量的日军和几乎全部伪军,是争取抗战胜利的希望之所寄。他曾向东江纵队提供20万元的资助。这件事他从来没有在公开场合说过。

党帮助我们脱离险境

1937年9月,父亲从香港北上,经汉口转抵南京,任国府军参议院上将参议。1938年,广东被划为第四战区,他受命为第四战区参谋长。

1939年,父亲经叶挺、廖承志介绍,与周恩来会见于重庆曾家岩渔村。童小鹏为他们拍了合影。父亲从没有向我们讲述过当时谈话的内容,但在他病重弥留之际,一再嘱咐我们,"和周总理有一张合影照片,如果找到了,要好好留作纪念"。

1941年12月,日军在香港登陆,这时父亲在七战区任副司令长官,我家只有大嫂和我们几个小孩子在港。父亲是抗日将领,我们不敢在家里待着,只好到朋友家东躲西藏。我那时未满七岁,两位姐姐也只比我大两三岁,都是平生第一次经历战乱。我永远不会忘记我手牵着大人的衣角,踏着血迹,绕过死伤人员残缺不全的躯体,拼命逃跑的情景。我们一家妇孺和李济深、蔡廷锴的家属一起,好不容易通过了封锁线,随着难民的人流到了惠州,然后又几经周折才到达曲江(今广东韶关)。我们是怎么逃出来的、几家人又怎么会约好一块儿跑的,这些我一直不清楚,直到看了连贯同志写的回忆文章才知道,是中共通过东江游击队帮助我们几家人逃离香港沦陷区的。当时中国共产党还营救了许多著名爱国民主人士和进步文化人士。对我们被营救的人来说,这无异于再造之恩,是永远不会也不应忘记的。

营救中共秘密党员

1942年春,张克明(当时是中共秘密党员)在家乡广东省龙川县,因"组织伪党,危串民国"的罪名被捕入狱,情况危急。梅龚彬、方少逸找到了当时正在第七战区担任副司令长官的父亲。父亲立即打电报给龙川县长援救张克明。接着他又写了一封长信,要龙川县长对爱国青年慎重处理。经极力营救,张克明得以出狱。这件事我是在纪念父亲诞辰100周年的座谈会上知道的。

在会上,梅龚彬(中共秘密党员)夫人龚彬若还介绍了父亲营救梅龚彬先生的情况。

1947年5月30日，中山大学学生在广州市内举行了"反内战、反饥饿、反迫害"的示威游行。第二天凌晨，特务包围中山大学，将梅龚彬教授和夫人龚彬若抓走，关押在三青团部办公室。在师生营救的压力下，特务不得已释放了龚彬若。但不肯释放梅龚彬，师生们冲进三青团部办公室楼上把梅教授抢救出来，但未能逃出石牌中山大学校园，仍有被捕的危险。

梅夫人回忆道，为救梅龚彬，她曾和工友一起到憬公府上。她说："憬公听了梅龚彬被捕前后的经过，非常气愤，一面安慰我，劝我回家，一面答应派车接梅龚彬逃出石牌，决不能让他落入魔掌。当时，我听了憬公仗义之词，恳切之言，感动得忍不住流下热泪。"

那时国共和谈已经破裂，父亲的处境也很困难，但他仍冒着风险，于当天晚上，借了张发奎的专车，把梅龚彬接出石牌，送至东山培正中学。一个多月后，外面的气氛已比较缓和，梅龚彬先到中山再经澳门前往香港。

为和平民主竭尽所能

1946年5月23日，周恩来在给父亲的一封信中写道："自反法西斯战争胜利以后，举世和平民主之局大体已定，而前途曲折，困难尚多。目前在当局武力统一方针之下，造成解决东北问题之困难，全国内战之危机严重存在，人民权利自由到处遭受极大的摧残。扭转危局，争取和平民主之实现，实为当前之急务。先生以抗日前导而为华南和平民主之支柱，力挽狂澜，举国瞩望。"父亲没有辜负周恩来的厚望，他和李济深、蔡廷锴、李章达等商量今后的行动。决定利用第七战区因抗战胜利而撤销后，父亲继续接受由余汉谋任主任的衢州绥靖公署副主任职务，以便进行策反工作。因此，当在广州组织成立"中国国民党民主促进会"（简称"民促"）的时候，他不便参加集会活动，只在幕后进行筹划，暗中协助民促成员的地下活动。他不仅在精神上支持民促，还在物质上捐助了巨额的会费，有力地促进了民促的工作。

由于他另有重任，在香港筹备成立"中国国民党革命委员会"（简称"民革"）的时候，好几次会他参加了都没有签名。民革创始人之一朱学范在纪念文章中提到了这一点。民革成立，他被选为中央执委，但名单不公布，使他方便工作。民革和民促在广州的工作，在他的掩护下进行得比较顺利。

后来，在解放战争由防御转入进攻阶段，党请父亲争取余汉谋起义，父亲欣然接受，虽未完成任务，但尽了很大努力。

1949年三四月间，周恩来在北京饭店召集民革的部分中央委员开座谈会，有人提到蒋光鼐争取余汉谋起义没有成效时，周恩来说："我们对憬然先生要借重的地方很多，不在乎这次策反的成功与否。"[①]

跟着共产党建设新中国

新政治协商会议筹备委员会于1949年6月15日在北平召开会议，参加会议的有23个单位的代表134人。其中民促代表为蔡廷锴、蒋光鼐、陈此生、李民欣。但是这时父亲因有任务仍在香港，他未到会前由秦元邦代表。

民促和民革两个组织的活动，以实际行动接受了中国共产党的领导，政治影响很大，壮大了民主运动，对国民党反动派是个很大打击。父亲积极参与了这些活动，因此也遭到国民党反动集团的忌恨。1949年8月4日，他被国民党中央监察委员会永远开除党籍。

由于新政协筹备会已开始工作，父亲的身份又已暴露，不宜继续留港工作，于是便在中共地下组织负责人乔冠华陪同下，从香港乘船到天津然后抵达北平。

---

① 林一元等：《蒋光鼐传》，载《广东文史资料选辑》（第18辑），第64页，其他出版信息不详。

1949年9月17日，父亲在新政协筹备会第二次全体会议上被选为中国人民政治协商会议第一届全体会议主席团成员。

1949年9月21日，中国人民政治协商会议第一届全体会议在北平中南海怀仁堂隆重开幕。父亲作为民促八位正式代表之一参加会议，并参加了宣言起草委员会的工作。

1949年9月25日，在全国政协第一届全体会议庄严的讲台上，父亲作了大会发言。他说："本人非常欣幸能参加这次大会。正如一个在黑暗中摸索了多年的人，突然看见了光明一样。"这是他当时心情的真实写照。经过将近半个世纪在黑暗中的摸索。他终于看到新中国有如一轮初升的太阳，升起在东方的地平线上。在讲台上，他还敬告华南待解放区的国民党系统的军人们："光明已经照耀着中国……你们必须认清现实，向北平看齐，向长沙看齐，向绥远看齐！"

1949年10月9日，中国人民政治协商会议第一届全国委员会在北京中南海勤政殿举行第一次会议。父亲当选为常务委员，当选的常务委员共28人。

1949年11月12日至16日，中国国民党民主派代表会议在北京举行。参加会议的有四个方面的代表，即民革、民联（三民主义同志联合会）、民促和国民党其他爱国民主分子，共58人。会议决定，民革、民联、民促和国民党其他爱国民主分子统一成为一个组织——中国国民党革命委员会。民联及民促同时宣告结束。会议选举产生了新的民革中央委员会，父亲当选为中央常务委员。

1951年6月9日，父亲到民革北京市分部主持工作，担任分部二届委员会召集人。1952年8月7日，经中央人民政府委员会第17次会议通过，父亲担任了中央人民政府纺织工业部部长；1955年4月，当选为政协北京市第一届委员会副主席。

新中国成立时，父亲已经61岁，用现在的话说已经过了退休年龄。他自己也曾认为，新中国成立了，自己的历史使命已经完成，当个政协委员有地方领薪水就行了。所以，开始周恩来总理找他谈话，希望他出任中央纺织工业部部长，他没有同意。后来，总理找李济深帮助做工作，他才接受了这一重任。

抗美援朝的时候，他把自己在广州仅剩的一所住宅——位于东山梅花村37号、带一个花园和一些附属建筑物及两层楼房的宅院捐献给国家。

父亲在世时，家中客厅常挂着一幅叶恭绰先生画的墨竹，这幅画装裱的绫边上盖有"抗美援朝书画义卖纪念"的图章。这是他当时在北京认购的，那时候，因为孩子多，又都在上学，家庭经济负担很重。但是他仍然努力认购，表达自己支持保家卫国的正义事业的态度。

从新中国成立到父亲病逝，为了社会主义革命和社会主义建设，他身兼数职，工作了十八个春秋。他以饱满的热情、顽强的毅力，努力学习马列主义毛泽东思想，认真领会并贯彻执行中国共产党的方针政策，始终和中国共产党在政治上保持一致。他读书、看文件，经常到深夜。70岁高龄时还坚持到社会主义学院听课。他常叮嘱我们："要听毛主席的话，跟共产党走，走社会主义道路。"

1988年12月17日，首都各界人士在人民大会堂集会，纪念蒋光鼐诞辰100周年。纪念会上，中共中央代表对他的一生作了高度评价："蒋光鼐先生是中国国民党革命委员会的一位卓越的创始人和领导人，是同中国共产党长期合作的亲密朋友。蒋光鼐先生把自己毕生精力献给了中国民主革命和社会主义事业。他的爱国精神和历史功绩，永远留在人们的记忆之中。他热爱祖国、追求真理、不断进步的精神，坚定不移的政治节操、严于律己、宽以待人的品德，将永远值得我们学习和纪念。"

1950年，我按照父亲的指示从香港回到北京来。他的原则是让孩子全部回到内地，他相信自己选择的道路是正确的，也希望孩子们都为社会主义服务，为人民服务。我在新中国学习、工作、生活了几十年，虽历经坎坷，但至今不悔。我深信父亲走过的道路是历史的必由之路。

1991年8月15日于北京

我的故乡[1]

每当有人问起我是哪里人的时候，我总是骄傲地告诉他："我是广东东莞虎门人。"

150多年前，民族英雄林则徐率领虎门军民抗英销烟，英勇抵御外来侵略，写下了中国近代史上可歌可泣的一页，虎门因而闻名中外。过去，东莞的这段光荣历史值得东莞人引为骄傲；今天，东莞在经济建设方面所取得的成就更值得东莞人自豪！

我出生在外地，过去回故乡的机会不多。抗日战争胜利后，我跟父亲回过故乡，住在1930年他修建的一幢两层的小楼房里，当时方圆好几里地就数那所房子大了。

在旧社会，这个南国边陲小乡村的农民和整个中华民族的命运一样，生活水平低下，许多人漂洋过海、出外谋生。

新中国成立不久，我曾有机会回故乡生活过一个多月。那是在1957年，我在中央美术学院已经学习了四年，剩下一年该搞毕业创作了，我选择故乡作为我深入生活的地点。端午节前夕，我从北京坐火车到了广州后，再坐长途汽车到东莞。途中遇到河流，汽车要摆渡，很费时间。到了东莞县城，我背着油布包着的铺盖卷和画具。好不容易才找到了县政府，那房子可能还是清朝时的县衙门。办公室里空荡荡的，只有几件必要的桌椅板凳等办公用品。墙上除了一两张报表之外，什么也没有，真可谓"家徒四壁"。

---

[1] 载《诗友》，1994年第5期。有改动。

我当时是22岁的青年团员。在故乡，我和民兵们一起住在以前防土匪的炮楼里，实行同吃、同住、同劳动。我学习使用水牛犁田，学着用镰刀割稻子，弯着腰在水田里插秧，把打在禾桶里的稻谷挑回村里翻晒。这些耕作方式在上中国美术史课时就见过，在汉代画像砖上有非常生动的描绘。

那时候，全乡没有一家工厂。生活是宁静的、田园诗一般的。人们悠闲地日出而作，日落而息。

后来听说，故乡也和全国其他地方一样刮起了浮夸风、"共产风"，阶级斗争天天讲，与天斗、与地斗、与人斗，斗到鱼米之乡的人民也要挨饿。明明河沟里就有鱼虾，因为是人民公社的，不许捕捞。一个壮劳力辛辛苦苦劳动一天的收入只有几毛钱。有的青年竟冒着葬身鱼腹的危险，离乡背井、偷渡香港。

1978年底，党的十一届三中全会召开，从此全党全国以经济建设为中心，实行改革开放政策。经过十几年的勇敢探索、艰苦奋斗，我的故乡发生了巨大而深刻的变化。

我与故乡一别将近30年，一直朝思暮想却没有机会回去看看。从1985年起，我几乎年年都有回故乡的机会，故乡年年都给我一个新的面孔。我也可以算得上一个故乡改革开放历程的见证人了。

如今，进入东莞地界，到处是一派蓬勃发展、兴旺发达的景象。故乡变了，而且变得很快。

首先感觉到的变化是交通方便了，过河不用摆渡了。改革开放以来，东莞新建和扩建桥梁176座。形形色色的机动车在繁忙的公路上川流不息、昼夜不停。近几年，已将境内4条主干公路扩建改造为超一级公路，原107国道正按6车道的标准改造，即将完工。经过东莞境内的广深珠高速公路也正在紧张施工中。方便的交通使东莞与外界的距离相对缩短了，从虎门乘水翼船至香港只需一个半小时。

乘汽车进入东莞境内，最早映入眼帘的是新建的、色彩明快、设计新颖、式样各异的农民住宅楼群,一般都是三四层高。90%以上的农村居民都搬进了新盖的楼房,楼顶上天线林立。

前年回乡,从虎门驱车回到南栅管理区,已经到家了我还没认出来。这不是笑话,是真实发生的事。因为过去公路两侧可以看到远处的山冈、田野,有许多标志物可以辨认。这一次公路改成了宽阔的水泥路面,两侧盖满了高大的楼房,从虎门镇到我们乡的公路变得好像城市的街道一般。而且,故居被许多新的高大楼房包围起来,视线被遮挡,从远处看不见了。两次回乡相隔不到一年,竟闹出这种"笑话"来,可见故乡经济发展的速度之快。

村后的三台山,从前是一个荒山坡,现在已建成一个供群众休息娱乐的公园。山上林木茂盛,山顶修了亭台楼阁,有旱冰场等娱乐设施,正在修游泳池,总投资400万元。

从山上向下俯瞰,南栅管理区的新貌尽收眼底。这里占地面积8.18平方公里,人口3960人,劳力2400人。80%以上的劳动力都进入工厂工作,去年底已有221家工厂开工。农业搞综合性农场,基地化、外向型,主要种植橙、柑橘、香蕉、荔枝等水果。鱼塘面积占1000亩,稻田面积只占200亩,每年投入农业发展基金100多万元,占纯利的10%。南栅共吸纳外地劳工3万人,是本地劳力的12.5倍。

改革开放以来,东莞占尽了天时地利人和。天时,是党的政策好,这是最根本的一条。东莞坚定不移地贯彻执行党的基本路线,实行改革开放政策,敢想、敢干、敢为天下先。政策好才有可能取得今日之成就。地利,是东莞北靠广州,南连深圳,位于珠江三角洲穗港经济金三角的中间,在珠江出海口的东岸与番禺隔江相望,水陆交通都很方便。这一优越的地理位置,对发展外向型经济是十分有利的。人和,是东莞乃全国著名的侨乡,祖籍东莞的海外华侨20万人、港澳同胞65万人。香港东莞同乡总会的永远会长王华生先生告诉我:"人们常说十个香港人中就有一个东莞人。"改革开放之初率先回来投资办厂、捐钱办学、买地盖房的香港同胞还是祖籍东莞的居多。

东莞人按照基础设施超前发展的战略思想，从1979年到1992年，全市用于交通、通信、电力、厂房等基础设施建设的投资共100多亿元。全市各镇（区）几乎都实现了通车、通电、通水、通电话。

投资环境的日臻完善，极大促进了东莞对外经济技术合作和外向型经济的迅猛发展。

到1992年底，东莞共办起了外商投资企业7229家。利用外资的方式已由过去单纯的"三来一补"转变为以合资、合作、外商独资为主。1992年全市城乡工业发展到20多个行业、1万多家，工业总产值135.98亿元，是1978年的24.7倍。其中产值超亿元的企业有太阳神集团有限公司、雀巢有限公司、通达工业公司、福安纺织印染有限公司、生益敷铜板有限公司、东华机械有限公司、电化实业集团公司、新科电子厂、东莞糖厂等11家。

有了党的好政策，还要有一批好的领导。这几年回乡的机会多了，受到热情接待的次数也多了，因而有机会接触到家乡的各级党政领导，他们的好作风给我留下了非常深刻的印象。

廉洁。从管财经的副市长王德恩到南栅管理区党委书记王牛女，在饭桌上，他们面前都只摆一杯白开水，而且吃得很简朴。人熟了，听到干部们私下也颇有微词，送往迎来日益频繁，使他们头痛，耽误了时间还把健康赔上，但还是要笑脸相迎。1990年，国家最高领导人视察虎门，站在旁边的镇委书记袁国扬和镇长孙耀全都是光脚丫穿着"空前绝后"的凉鞋。虎门是富起来了，而他们仍保持着农村干部生活上艰苦朴素的本色。

求实。据我观察，他们都主张多做少说，听说有人来采访，有的甚至明确表示不欢迎，我觉得他们早就运用"三个有利于"的是非标准了。

重教。这些年东莞在教育方面投入了巨资，从幼儿园到大学兴建起了一批新校舍，外形美观、内部设备先进。去年底石龙镇委书记袁厚枝告诉我，他们深感劳动者素质提高的重要，为了培养英语人才，不惜用月薪万元的重金从加拿大聘请教师。当年被称为"东莞的西伯利亚"的穷镇——

桥头镇，今天为应聘来任教的每位中小学教师准备好三室一厅的住房和不低于月薪1000元的工资。富起来的东莞人，包括东莞的各级领导，深切体会到文化科学知识与发展经济的关系。他们重视教育、尊重人才、不惜投入重金，正是为了更加美好的明天。我有足够的理由相信，我的故乡明天一定更加美好。

第一章　回忆父亲

童年随父亲在抗战中度过[①]

　　我出生的时间是在1934年"福建事变"失败之后，我的父亲蒋光鼐和他的许多朋友都从福建逃出，云集香港。在他们心头上都难免笼罩着一层革命失败后的忧伤。父亲趁着给我做满月的机会，在香港大同酒家把二楼包下来大摆宴席，通过这个活动联络旧部，给大家鼓劲。朋友们也确实为父亲高兴，在他47岁时又得一子，可谓老来得子了。尤其是我大哥的精神病一直未能治好。席间，父亲把我从襁褓中取出，赤条条地展示给众人看，引起了一阵欢呼和热烈的掌声。他深情地、重重地在我的屁股上亲了一口，对我寄托了无限的希望。这件事是母亲告诉我的。

　　小时候的事，我只模糊地记得常躺在床上，房间黑漆漆的，门窗紧闭，连木百叶窗都关得严严的，怕我伤风感冒。家人还老要我喝很苦很苦的中药，结果我还是经常伤风感冒，还落下个遇上阴天下雨两腿就酸痛的毛病，大概是娇生惯养的缘故吧！

　　从我能够满地跑的时候起，就很少看见父亲回家来，卢沟桥事变后，抗日民族统一战线形成，他又北上抗日去了。我对父亲的印象开始是从一幅画像上得来的。那是一幅油画肖像，挂在父亲书房的墙上。他身着戎装，领章上有三颗星，面容清瘦，表情严肃，嘴唇上边的短髭更增加了几分威严，眉宇间蕴含着忧国忧民的神色；两眼炯炯有神，闪烁着坚毅的光芒。每当我从这幅画像前面走过的时候，无论从哪个角度看，那两只眼睛都在盯着我，画活了。我对这幅画像的印象是敬而畏之的。后来才知道这

[①] 载《世纪》，2005年04期，第14—18页；《虎门报》，2005年8月25日。有改动。

幅画是蒋兆和先生于1932年在淞沪抗战前线画的。"一·二八"淞沪抗战时父亲是十九路军总指挥，担任淞沪抗战前线最高指挥官，率领十九路军英勇奋起卫国守土，抗击日本帝国主义的侵略。

母亲去照顾父亲，我们在家留守

1941年12月7日，日军偷袭珍珠港，太平洋战争爆发。日军向香港、檀香山、南洋群岛一带进攻。在此之前我们家曾经做过两次疏散，一次去澳门，一次去广州湾（即现在的湛江），都有惊无险地返回香港了。当时我家住在九龙金巴伦道，我还未满七岁。香港倒是经常搞防空演习，晚上在阳台上看那探照灯的光柱在夜空中组织成各种图案，还觉得蛮好看的。

有一个白天，来了大批轰炸机，排列着整齐的队形，三架一组，九架一队密密麻麻一大片。听到马达的轰鸣，我们都跑到花园的草坪上去看飞机，还以为是防空演习。直到从飞机上丢下许多炸弹，强烈的爆炸声才使我们如梦方醒，慌忙躲避。

父亲当时在广东的曲江担任第七战区副司令长官的职务，我的母亲黄晚霞刚带着3岁的弟弟庆渝去曲江照顾父亲的生活。留在香港家里的全是妇女和儿童。年龄最大的是大嫂陈艳珍，我上面还有两个姐姐，下面有一个弟弟和一个妹妹，当时年龄最小的定蜀妹还未满周岁。好在第一次空袭没有炸弹落在我们家，但这是日本帝国主义要占领香港的信号。我们是抗日将领的后代，如果日本军队占领香港，我们待在家里就很危险。所以，我们的第一反应就是马上转移，躲到父亲的朋友家里，免得落入敌人手中。我们转移到邓瑞人在山顶上的房子里。这是一座形状像军舰的楼房，有五六层高，房间很多，但仍挤满了人，可能是收容的人多之故。

万万没想到的是当天晚上这所房子连同邻近的两所房子一起，成了敌人军舰炮轰的目标，可能这儿被怀疑是建在制高点上的军事指挥部？事后，据对岸友人提供的数字，敌人一共向这三所房子打了108发炮弹。我

第一章　回忆父亲

们先是躲在楼下的汽车房里，一发炮弹命中了汽车房，我是被大人们用棉被盖住才幸免于难的。12岁的定苏姐脊背上被炮弹的碎片打了一个洞，流血不止。后来我们转移到餐厅，让定苏姐趴伏在餐桌上，再盖上两条棉被，我们则藏在餐桌下面。因为灯火管制周围一片漆黑，伸手不见五指，只听到炮弹的爆炸声、落地玻璃门窗的碎裂声、受伤者的呻吟声，加上"观音菩萨，救苦救难"这句喃喃梵语的简单的重复声。

不知过了多久，炮击停止了，我们在大人的带领下又开始转移，这时上四楼的楼梯被炸断了，楼房也着火了，到处烟雾弥漫，使人透不过气来。楼顶上响起一阵阵声嘶力竭的哭泣声和喊救命声。在经过一道楼梯的时候，大人拉着我的手往上走，躺在楼梯台阶边上的重伤员抓着我的脚往下拉，呼喊着别丢下他不管。当时未满七岁的我又能做什么呢？终于还是被大人拉着逃出了那座正在燃烧的楼房。由于长时间在黑暗中摸索，瞳孔已经放大，我看到天上的星星时，觉得有碗口那么大，特别明亮。我们刚刚跑过一座房子，整面墙就在身后坍塌下来。大家集中到一个被认为是较安全的地方，挤在一起度过了这一夜余下的难熬时光。

天还未亮，几个男人就冒险回到那座楼房的瓦砾堆中寻找食物，居然还找到不少罐头食品，惊魂未定的人们匆匆忙忙填饱肚子。定蜀妹没有牛奶喝，用开水泡饼干喂她。

黎明时分，趁战斗还未开始，我们匆忙往山下转移。一个大人背着受伤的定苏姐，我拉着大人的衣角，顺着蜿蜒的马路往山下小跑起来，有的人干脆把手中的包袱往山坡下一抛，自己顺着山坡往下滑。一路上的情景惨不忍睹。有安静地躺在血泊之中的尸体，有蠕动着的缺胳膊断腿的受伤者。一不小心就会踢着一条伸出来的腿。我只知紧紧拉着那衣角，低着头往前跑，从来没跑过那么多路，也不知道疲倦。不知是我们掉队了还是跑得太快，结果与家人跑散了，幸亏大人有主意，我们跑到凤凰台一个熟人家去，主人劝我们先住下，再慢慢找其他人。

打起仗来一切供应就都紧张起来。每次吃饭，因为人多饭少，我年纪小吃得慢，等我吃完一碗，锅早已空了，所以盛饭的时候我总小声提出要求——再装满一点。

九龙仓库起火了，那是个燃料库，滚滚浓烟遮天蔽日，烧得白天都像晚上那般黑。不知道过了多少个白天和夜晚，到了12月25日圣诞节那天，日本军队已经占领了香港，天黑就戒严。据说在戒严期间日军见了行人举枪就打，那时候我多么希望与家人团聚、早日逃出虎口啊！

我们虎口脱险，回到父亲身边

从十九路军时期起就给我父亲开车的司机黄巩，是负责和东江游击队联系的。不知是游击队找到他，还是他找到了游击队，总之，经过多方努力，我们失散的一家人终于联系上了。不仅是我们一家，还有蔡廷锴伯伯和李济深伯伯的家属都联系上了。

一个风和日丽的清晨，我们收拾停当准备出发，刚走到一个十字路口，一队日本骑兵正好通过，我们赶快在人行道上停下。一个骑着高头大马的军官模样的日本兵注视着我们，也停了下来，招手示意叫我过去。我不动，他放大声不知说了什么，手还作抽刀状。身后不知是谁推了我一把，让我快过去，我向前走了几步。一阵马蹄声过去后，大家松了一口气，庆幸没生出什么枝节来。我从小就听大人讲述十九路军1932年在上海抗日的故事，知道日本鬼子不是好东西。

逃离日军占领下的香港的行动就这样开始了。我们和大批难民一起沿着公路往内地走，我实在走不动了，有位不知姓名的大哥哥把我扛在肩上继续往前走（广东话叫"骑膊马"），一直走到惠州才像到了家。有人接待我们，家里人的脸上才有了笑容，说话的声音也大了。

从惠州乘船直抵曲江市（当时广东的临时省会），一路上倒是风平浪静，只是逆流而上速度太慢，天气又寒冷。记得到达曲江的那天早晨，天竟下起"鱼眼雪"来。我在香港长大，从未见过雪，据说这种雪在曲江也是很少见到的。地上铺了一层像鱼眼珠似的小冰珠,晶莹可爱,我们高兴得在雪地上打起滚来。

蔡廷锴伯伯在自传中记述在桂林见到和我们一同逃出的家人的情形时,有那么几句话:"此时正在严寒期间,各人逃出,均衣衫褴褛,形容憔悴,状极可怜。"衣衫褴褛也是客观需要,因为通过封锁线的时候必须和难民们一个模样,隐姓埋名,不暴露身份才不会出事。当时我们确实已是蓬头垢面、满身虱子、精疲力竭了。不幸中之万幸的是,定苏姐脊背的伤口已愈合,只留下一块疤。其他人也都算平安,这就很好了。

从日本帝国主义进攻香港到我们虎口脱险回到父亲身边,时间不过一个半月左右,经历的事情可不少。我觉得自己长大了许多,懂得的事也多了,已经不再是只知拣饮择食、调皮玩耍的小男孩,我已体验到受侵略的痛苦和生活的艰辛。但是,日本帝国主义发动的侵略战争并未停止,我的生活也不是回到了父亲身边就从此安定下来。

直到那时,我才有机会和父亲在一起生活一段时间。我们家住在曲江郊区离十里亭不远的一个小山丘上,在松林中用松木搭成的大小木屋。父亲虽有军职在身,在家却常穿便服,冬天穿一件灰布面的棉袍,夏天穿对襟的唐装,一点也不像油画像中那个威风凛凛的军官,倒像个文人,怪不得有人形容他具有儒将风度。早晨洗脸修刮胡子的时候,他常常口中念念有词,有时还吟诵起来,好像唱歌一样,很悦耳,但多少带有一点淡淡的哀愁。仔细听,原来是用东莞家乡话读唐诗或宋词,遗憾的是我始终没有学会像他那样吟诵。

我们除了到学校接受教育外,父亲还请了家庭教师教我们读三字经、千字文……让我们跑步、做体操,每天还要我们加做课外作业——临帖写毛笔字。他经常认真地检查我们的作业,见写得好的字打上个红圈圈;间架结构不好的,他还示范给我们看。

在曲江时期,最愉快的事是跟随父亲上山打猎。我们家后面有一条踩出来的小路,可以蜿蜒通往巍峨雄伟的黄岗山。春天,在云雾缭绕的青绿色背景上，满山盛开一丛丛粉红色的杜鹃花和各色野花，美极了。我们常踏着清晨的露珠，听着树上小鸟的鸣叫，吸着沁人心脾的新鲜空气到后山打猎。我是扛猎枪的，虽然双筒猎枪比我个子还高。父亲养了两只猎犬，他给两只猎犬取的名字很有意思，一只叫胜利，一只叫和平。它们每天频频呼喊，表达了盼望抗战早日胜利与向往和平的心情。它们是很忠于职守的，经常在前面把鹧鸪、斑鸠等鸟儿赶得飞起来。看到父亲敏捷、准确地击落空中飞鸟的动作后，我才意识到他接受过严格的军事训练，是科班出身的老指挥官。他教我怎样在草丛中前进、教我黑夜行军的口诀……那时我绝对没有想到，打猎也可能是他排遣胸中郁闷情绪和发泄对日本侵略者仇恨的一种方式。因为那时他虽有军职但并无实权，英雄无用武之地。在他表面上优哉游哉的生活后面隐藏着多少对国家民族前途的忧虑，对我这个未满10周岁的孩子来说，当然是不可能理解他的。

父亲问长大后干什么？我答当飞行员

抗战时期的曲江，经常能听到"呜——呜——"的警报声。警报就是命令，听到后人们就赶快躲进在房前屋后挖掘的防空壕、防空洞，马路两侧也挖有掩体坑。我们家的山脚下有溪水环抱，过了木桥就有一条铺煤渣的路，经过志锐中学与十里亭街道相连，这条路的两侧就挖有那种掩体坑。

在我们家的后山坡，工兵修了一个很"讲究"的防空洞，足能容纳数十人，里面坑道是用圆木支撑的，迂回曲折，脚下还铺有木栅防潮。防空洞有两个洞口，其中一个洞口还顺着山坡修了伪装棚，从上面根本看不出有洞口，即使炸中其中一个洞口也无大碍。这个防空洞显然是为我父亲而设，可是他从来就不进防空洞。敌机空袭时他总是利用松树作掩护，密切注视着敌机的行动。有一次他刚刚午睡起床，一块炸弹的碎片就破窗而入，穿进他的枕头中间。事后，他轻松地说："我是福将，身经百战还从未受过伤。"

第一章 回忆父亲

我家还有一位不进防空洞的，是位女佣人，她说："有钱人才怕死，我们平民老百姓无所谓。"一次，她到十里亭买东西，回家的路上正好碰上空袭，志锐中学是轰炸的重点。志锐中学是张发奎将军创办的，教室、宿舍、礼堂，一座座灰色建筑整齐排列有序的布局很像兵营。敌机大概把学校当成军事机构，不断轮番俯冲轰炸、扫射。当炸弹炸到身边了，女佣也只好躲进路边的一个掩体坑，惊魂未定之时，一个被炸得浑身是血的男人也滚进了她藏身的小坑里。这一来可把她吓坏了，空袭过后，逢人便哭诉自己的遭遇，再也不说"无所谓"的话了。

是的，抗日战争是全民族的抗战，敌人的炸弹是不长眼睛的，炸下来对所有中国人来说都是灾难。

父亲带我到曲江的黄田坝参加过一次大型的追悼会。在一次空袭中，黄田坝地区几乎完全成了一片废墟，展现在我们面前的，仅有一些残存的烧焦木柱，根根指向天空，似在控诉日本帝国主义的罪行。就在这废墟上用竹木搭了一个极简陋的台子，挂上许多用白纸写的挽联。人们用这种方式寄托自己的哀思，写的什么字我都记不得了，但是有一点我永远不会忘记：我姑父潘姓的一家人在这次空袭中躲在屋旁挖好的防空壕，一颗炸弹正好落在中央，13人中除了在最边上的两位客人外（二人被炸起的泥土埋住，幸被抢救者挖出），11人全部遇难。二姑妈（我父亲的亲妹妹宝燕）当时正在我们家，幸免于难。

在这个追悼会上，我第一次听到父亲那样慷慨激昂地讲话，他以第七战区副司令长官和死难者家属的双重身份，号召大家化悲痛为力量，有钱出钱，有力出力，积极投身抗战，为打败日本帝国主义的侵略而奋斗。本来是一片哭泣声的会场上，最后响起了一阵阵"打倒日本帝国主义""为死难者报仇"的口号声。

我那时想：我们的防空力量为什么那么薄弱，任由敌人的飞机俯冲轰炸和扫射呢？我们的空军又在哪里？我记得那时候父亲问我长大了想做什么，我曾毫不犹豫地回答："当飞行员！"

父亲严格要求我们生活要俭朴，抗战期间男孩子一律要留平头（当时叫"陆军装"），课余时间还要我们学习种菜。我们在房后开荒种了一小块地的芋头。每次浇水都要从山下小溪取水，水挑不动，我和弟弟就用木桶抬。施肥比较方便，当时的厕所下面都有粪缸，可就地取材。在大人的指导下，我们种的芋头长得很快。眼看要到收获季节了，情况突变，第七战区司令部要转移，我们家属也疏散了。自那时起我就经常在睡梦中想起滚动着晶莹露珠的、迎风招展的芋头叶，但收获和享受自己劳动果实的权利却因战争而被剥夺了。

敌人的进攻在继续，为了打通粤汉铁路，不断增加兵力，发动攻势，曲江数度告急。我们也就几次疏散，往东去兴宁，往西去罗定（蔡廷锴的家乡）和广西的梧州（李济深的故乡），还经过湖南的衡阳、广西的柳州、江西的龙南……最后一次疏散时曲江已是炮声隆隆，第七战区司令部要搬到江西的寻乌去，我们被安置在广东省东北角平远县的乡下居住。寻乌和平远两地都是在广东、江西、福建三省交界之处，相距不远却分属两省，是山区，偏僻，宁静，十分贫穷，日本人始终未能打进去。

我每天都要光着脚或穿草鞋走很长的路到县城去上小学。那小学看来历史悠久，墙上挂着一面十多年前我父亲赠送的锦旗，上书"业精于勤"。上学路上要穿过一片森林，还要经过一片坟地，有时野狗把埋得很浅的、本来用破席裹着的尸体刨出来，真够吓人的。

那时候，医疗条件和卫生条件都极差，我们小孩都长了一肚子的寄生虫，不定什么时候就从肛门爬出半截蛔虫。和我们一起逃难的沛基嫂因肺病在半山上的茅草棚里去世了，人们赶快摊一张鸡蛋薄饼捂在她口鼻之上，据说是可以防止结核病菌的传播。

在衡阳我们亲眼看见过一场激烈的空战，虽然不断有"哒、哒、哒……"的机枪扫射声，有危险，但是所有人都探头观看这一场面，中国空军的战斗机和有红膏药标志的日本飞机上下翻飞，在空中互相追逐。当看到敌人飞机被击中，拖着长长的黑烟尾巴坠下时，所有人都鼓掌欢呼起

第一章 回忆父亲

来，感受到了极少有过的扬眉吐气的民族自豪感。

逃难途中，很多时候都是搭乘卡车在粤北的大山中穿行，道路崎岖不平，迂回曲折，我们翻过一次车，幸亏车内主要是行李，人不多。我们的族亲沛基哥抱着一个明代青花瓷瓶坐在司机旁边，据他事后回忆：当车滑向山谷时，车门不知怎的自己打开了，他被甩了出去，飘飘然的被一堆灌木丛挡住了，没有掉下谷底。这时他发现自己仍死死抱住那花瓶，人和花瓶都安然无恙，人们都说那是一只宝瓶。

好容易等到抗战胜利了，日本人投降了，我们可以回家了。大概是归家心切，路过龙川的时候，保姆带我妹妹定粤去上厕所，车就开了，直到车开出去老远才发现少了人。等回头去找时，保姆和妹妹在一小杂货店门前正抱在一起哭成泪人儿了呢！

抗战胜利后，我们回到广州，在逢源北街87号二楼的客厅茶几上陈列那只翻车都没碎的宝贝花瓶，还用一个红木镶边的玻璃罩罩住。一天早晨突然发现它自己粉碎了。人们议论纷纷，为之惋惜。父亲知道后，淡淡地说了一句："经过八年抗战，人能活下来就不容易，身外之物碎了就碎了。"其实它也不见得是什么宝贝，到底是它救了沛基哥，还是沛基哥救了它，又有谁说得清呢！

其实，经过剧烈震荡的瓷器，内伤已经存在，随时都有粉碎的可能，不足为怪。

胜利了，和平了，多么希望能有一个安定的环境，好好读书，增长学识，长大了好为国家的建设出力。可是好景不长，安定的日子没过多久，过太平日子的梦就像那只宝贝花瓶似的粉碎了。

广州的十九路军陵园①

在广州人人都知道有一座规模宏伟的十九路军陵园（全称"十九路军淞沪阵亡将士陵园"），它是为纪念在1932年"一·二八"淞沪抗战中阵亡的爱国将士，由华侨捐资，于1933年建成的陵园。

1931年"九一八"事变后，转眼间东北三省大片国土沦丧，无数百姓沦为难民，流离失所。1932年1月28日夜11时许，日本海军陆战队悍然在上海闸北向驻防在那里的十九路军发动进攻。驻军守土有责，进行了坚决的抵抗。十九路军的爱国行动迅速得到上海各界群众和全国人民的声援和大力支持。他们越战越勇，置国民政府"不准抵抗"的禁令于不顾，捍卫了民族的尊严，打出了中国军队的威风。他们迫使敌人三易主帅、数度增兵，在敌强我弱、兵力对比悬殊的情况下，坚守阵地30多天，使敌人未能越雷池半步。战斗是空前激烈的，十九路军将士们用自己的血肉，谱写了甲午以来抗暴却敌的第一页光荣历史。

"一·二八"距今已有66年了。过去，由于历史的种种原因，陵园遭到严重破坏，其用地被蚕食、侵占，墓道成了交通道路。陵园被分割为三块，园内杂草丛生，遍地垃圾污泥，建筑物年久失修，设施破损，已濒于荒废。

党的十一届三中全会后，从1981年起，广东省、广州市政协委员开始提出提案，要求重修十九路军陵园，以便更好地发挥陵园在统战工作和爱国主义教育中的作用。1981年广州市政府批准设立"广州十九路军陵园管

---

① 载《人民政协报》，1998年5月13日第四版。有改动。

理处",从此,对陵园的保护和维修,开始进入了实施阶段。

一直到今年初,维修工程总投资5158万元。在广州市政府和全体市民的共同努力下,十九路军陵园的容貌焕然一新。

陵园的东面新建东大门一座,形似凯旋门,比原北大门外的牌坊更高大雄伟,建筑形式上又与原有建筑浑然一体。东大门内新建的第二纪念馆约900平方米,为开展爱国主义教育活动提供了条件。

陵园的西面围墙内侧、战士墓北边,一面长44米、高4.6米的巨型花岗石浮雕《浴血淞沪》,在"一·二八"淞沪抗战66周年时建成。该浮雕艺术地再现了当年十九路军抗击日军的波澜壮阔的动人场景,左侧有当时的十九路军总指挥蒋光鼐和第十九军军长蔡廷锴[①]的巨型浮雕头像,默默地、形象地、生动地向每一位参观者显示了"一·二八"淞沪抗战的悲壮历程。

[①] 据夏征农、陈至立主编:《辞海》(第六版彩图本),上海辞书出版社第2009年版,第216页,(蔡廷锴)"曾任国民党军第十一军师长、第十九路军军长、副总指挥",而本书及一些研究文章将蔡廷锴在"一·二八"时期的职务表述为"第十九军军长"。考虑到复杂的历史原因,经征求作者意见,编者保留原文中"第十九军军长"的表述。

父亲和他的三位夫人[①]

先父蒋光鼐（1888—1967年）一生中曾经有过三位夫人。

父亲的第一位夫人叫谭妙南（1888—1927年），是东莞虎门大宁乡人，她的父亲是我爷爷的好朋友。谭妙南和我父亲小时候就由双方父母订下了婚约，他们结婚之际，正是革命风云突变之时。

1906年，父亲在广东陆军小学就读期间参加了同盟会。1911年，在南京陆军第四中学行将毕业的时候，武昌首义的消息传来，他与军校中的一批同盟会会员一起，奔赴武昌参加革命战斗。1912年，父亲被选送至保定陆军军官学校，在第一期骑兵科学习，未毕业就参加了江西的"二次革命"。在民主革命的关键时刻，他总是牺牲个人利益，为了国家民族的利益挺身而出。

父亲告诉我，大哥庆瀛出生于民国元年，也就是1912年。父亲回乡成亲的时间当在辛亥革命之后，此前他曾因剪掉后脑勺的辫子受到乡亲父老的责骂，他发誓如果要拖着辫子回乡他是再也不会回去的。

1913年，父亲在湖口起义失败后，流亡日本，在黄兴等主办的浩然庐军事学校学习。他为革命出生入死、颠沛流离。1915年春节前从日本回国，他先回到家乡看望妻子和幼小的儿子，就像匆匆的旅客，只作了短暂的停留，又踏上了革命的征途。他和李章达、张廷辅一起到了香港，参加朱执信、邹鲁的"反袁讨龙"。年底，谭妙南生下了第二个孩子，是个女

[①] 载《纵横》，1998年第6期，第40—44页。原标题为"蒋光鼐和他的三位夫人"，正文有改动。

儿，取名定闽。父亲忙于革命工作，在这种最需要亲人帮忙照料的时候，他也未能守候在夫人的身边。

1916年，父亲参加云南护国军讨袁运动；1917年，在孙中山元帅府卫戍司令部任警卫营一连连长。下级军官的收入甚微，谭妙南带着两个孩子生活，经济上是很拮据的，生活的重担使她得了痨病，没有过上一天好日子，便在1927年过早地离开了人世，丢下两个未成年的孩子。这时我大哥刚13岁，定闽姐10岁。

1925年9月，父亲因东征陈炯明等战役有功，升任国民革命军第四军第十师副师长兼二十八团团长，参加南征，率二十八团一千余人激战三昼夜，于广东开平单水口大破邓本殷主力万余人。他率部在金鸡圩大胜敌军又攻克阳江等地，占领合浦，南征结束，率部进驻北海钦州。

在部队进行休整期间，父亲结识了北海市人刘慕雨（1901—1940年），并娶之为妻，这是父亲的第二位夫人。她是十分精明能干的人，很会理财。婚后父亲因北伐等战役有功，职务提升了，收入也增加了，她知道父亲是个仗义疏财的人，留不住钱，于是她把省吃俭用积攒下来的钱都买了房屋和土地。这样，后来父亲为了革命一再捐房子的事才有可能。

刘慕雨不能生育，经多方医治也无效。她抱养了一个女儿，取名定苏，当儿子养。定苏姐读中学时还是女扮男装，很像一个英俊的小伙子。

我的大哥在上海读中学的时候，被同学家的人催眠，弄得神经错乱，经多方治疗均无效，还专门送到日本去治疗也没治好。他上学时，年年考第一，本是个聪明绝顶的人，身体强壮、活泼可爱。说来也怪，他得病后有时发脾气打人，但对我们弟弟妹妹都很好，乐呵呵的。大哥的病是父亲心中的隐痛。古人云"不孝有三，无后为大"，当时的人很看重这一点，李济深伯伯有诗云："有子万事足，无职一身轻。"刘慕雨的贤惠集中表现在，她为了弥补父亲心中的遗憾，极力说服父亲娶了第三位夫人，也就是我的生母黄晚霞（1911—1980年）。

母亲的童年是十分不幸的，小时候生活在一个黎族聚居的偏僻山村，她刚刚能记事的时候，就遇到了一场浩劫。村里来了一群土匪，烧杀掳掠无所不为。当时，她在爷爷的带领下，正在离村子不远的山坡上摘指甲花，这种花朵挤出来的液汁，可以用来染红指甲，她把摘下的花朵用衣襟的下摆兜着。忽然，听到一阵嘈杂的人声和妇女的尖叫声，抬头一看，村子的方向火光冲天，爷爷拉着她的小手拔腿就逃，跑啊跑，也不知什么时候和爷爷跑散了，她落入了土匪的手中。

土匪把她卖到北海市一户姓黄的人家做养女。这家人对她不错，可以说是因祸得福了。抗日战争胜利后，我们住在广州梅花村37号时，有一位黄家的姐姐还常到家里看她，我们叫她姨妈。母亲与自己的骨肉同胞兄弟一直都失去了联系。

1931年父亲称病离开部队到了上海，实际上大部分时间不是在医院而是赋闲在家。在刘慕雨的安排下，母亲被人从北海市接到香港，置装后到上海与父亲完婚。这门婚事也不是一帆风顺的。在此两年前，母亲就曾被告知有人要来相亲，让她在北海市黄家花园的竹林中散步，她和父亲在竹林里"无意中"相会了。当时，父亲没有马上同意，理由仅仅是说她脖子较短。但是，两年后，经刘慕雨的一再动员，父亲终于同意了。

母亲的命运多舛，刚结婚不久就遇上了淞沪抗战爆发。1932年她刚满21岁，战争就在她身边打响了，父亲用商量的语气劝她留下，并做一些力所能及的后勤工作。她听了以后连连点头，二话没说，第二天就让家人熬好一大锅鸡粥，送到伤兵医院慰问伤员，并亲自喂进伤员的口中。

1932年11月，母亲在香港生下了第一个孩子，是个女儿，父亲给她取了个有意义的名字叫"抗日"，是纪念"一·二八"淞沪抗战的。我出生于1935年，是在1934年1月"福建事变"失败之后，所以我也有一个有纪念意义的名字叫"建国"，是纪念1933年在福建成立"中华共和国人民革命政府"（通称"福建人民政府"）。这是一次联合国民党内各派民主人士抗日、反蒋、联共的革命。这次革命虽然由于种种原因失败了，但是它在中国人民革命斗争历史上的作用意义重大，影响深远。

第一章 回忆父亲

我出生的时候，父亲和他的许多朋友都从福建逃出，云集香港。在他们心头上都难免笼罩着一层革命失败后的忧伤，父亲趁着给儿子做满月的机会，在香港大同酒家整整包了一层，大摆宴席，通过这个活动联络旧部，给大家鼓劲。朋友们也确实为父亲高兴，在他47岁的时候又得一子，可谓老来得子了。席间，父亲把我从襁褓中取出，赤条条地展示给众人看，引起了一阵欢呼和热烈的掌声。他深情地、重重地在我的屁股蛋上亲了一口，对我寄托了无限的希望。

黄琪翔夫人郭秀仪（我应称呼黄伯母）告诉我，他们没赶上喝我满月的喜酒。后来，他们从德国回国参加抗日，经过香港，还特意从永安公司订购了一张小床送给我，就是我小时候经常在上面翻跟头的那张弹簧床。

写到这里，我特别感激刘慕雨，如果没有她的贤惠，也就不会有我。可惜，好人总是命不长似的，她和谭妙南一样，都只活了39岁。1940年，她病逝于香港九龙尖沙咀加连威老道10号家中，她安详地躺在一口做工精致的西式棺材里，穿着婚纱似的白衣服，停放在三楼客厅。我看见父亲在遗体旁深情地凝视良久，然后迅速走到窗前，望着远方，从西服上衣口袋中抽出一方白手绢擦眼泪，这是我看见父亲唯一的一次哭泣。

刘慕雨埋葬在九龙联合道的"香港华人基督教联合会坟场"，墓的四角栽种着松柏和珍贵花木，四周有花岗岩的围栏，位于半山腰一个显眼的位置。白色大理石的墓碑上题写着"蒋门刘夫人之墓"，字是李济深伯伯亲笔题写的。

母亲在香港生下我之后又得二子一女。香港沦陷前，父亲在曲江担任第七战区副司令长官，她为了照顾父亲，留下了刚刚满月的女儿，也去了曲江，无意中躲过了日本人占领香港的那场劫难。

抗日战争是中华民族生死存亡的战斗，没有任何一个中国人能幸免于这场巨大的灾难。我们家也一样，不停地迁徙、逃难，不停地在警报声中躲进防空洞，每听到空袭警报的声音，母亲就像赶小鸡似的把我们这群孩子带进防空洞。我小时候不懂事，还以为母亲最胆小，其实她是为了我们的安全呵!

好容易盼到抗战胜利了,我们从粤北回到了广州上学,该太平了吧!由于父亲坚决反对反动派发动内战,他积极参与组织民主党派的活动,做策反工作,我们家并不太平。

父亲有重任在肩,又不能对母亲说,经常早出晚归,行踪飘忽,有时开会要以打麻将作掩护,这引起了母亲的猜疑,他原来没有这种嗜好,也没有这份闲心的。一次父亲要去台湾,更引起了母亲的疑心,就悄悄地对他的贴身警卫李苏说,让他注意父亲是否有外遇了。这件事当然瞒不住,父亲知道了,耐心地对母亲说:"你不用派人跟踪我了,我是不会做对不起人民、对不起你的事的,请放心吧!"

"文革"中,父亲卧病在床时,让我把他和别人的合影递给他,结果他撕了一大堆,以此来发泄他心中的不平。但是,他留下了几张,其中之一就是在台湾郑成功庙(延平郡王祠)门口的一张与余汉谋等人的合影,在后排站着的就是李苏。这是父亲冒着风险做工作的见证啊!当然,我是很久以后才知道的。

抗战期间余汉谋是第七战区司令长官,父亲是副司令长官,余汉谋任衢州绥靖公署主任时,父亲是副主任。对日作战,余汉谋对父亲是言听计从,他们私交甚笃。1949年余汉谋担任广州绥靖公署主任时,做余汉谋策反工作的人选,父亲也许是最恰当不过的了。

1939年经叶挺和廖承志介绍,父亲和周恩来在重庆曾家岩曾有一次长谈。1946年5月23日周恩来曾致信父亲谈道:"争取和平民主之实现实为当前之急务。先生以抗日前导而为华南和平民主之支柱,力挽狂澜,举国瞩目。"在解放战争由防御转入进攻阶段,周恩来交给父亲一个重托,希望他争取余汉谋起义。那张在台湾的合影,就是他做工作的记录。但余汉谋顾虑重重,下不了决心。他对父亲说:"我只能做到这一点,共军进攻广州,我将命令部队不战而撤退。"

余汉谋没有起义,但是他实现了自己的诺言,人民解放军大军南下时,没有死守广州,使广州人民免受战争之苦难。他把部队集中到雷州半岛,从海南岛逃到台湾去了。

国民党政府逃到广州后,我们家的所在地梅花村周围住满了国民党的军政要人。国民党特务经常"光顾"我们家。在广州太危险,母亲带着一群孩子跑到乡下暂避。我的故乡在东莞太平镇(今虎门镇)的南栅乡,当时太平镇也不太平。由于列名中国人民政治协商会议筹备会,父亲只得放弃了再去广州做两广国民党部队策反工作的计划而待船北上,由乔冠华陪同经天津到达北平。1949年8月,国民党中央监察委员会作出决议,永远开除父亲的党籍。有人报信,说国民党特务要动手抓人了,于是,母亲又带着一群小孩,连夜乘小艇潜逃至香港。

京广铁路刚恢复通车,母亲即赶到北京照顾父亲的生活。15岁的我和两个弟弟、一个侄子,我们几个男孩子是1950年夏天学期结束了才到北京的,那时我刚好初中毕业。没想到,父亲让我们几个孩子北上读书,也是经毛泽东、周恩来等党和国家领导人圈阅的,难怪一路上那么顺利就从香港到了北京。

1951年,母亲专程去香港,把几个小的女孩子全接到北京来了。她爱每个孩子,但她深明大义,新中国成立后,她先后送3个孩子参加中国人民解放军。全家人都成了新中国的光荣军属。

1949年10月,父亲在中国人民政治协商会议第一届全国委员会第一次会议上当选为28名全国政协常务委员之一。这时他已经61岁高龄了。

1952年8月,中央人民政府委员会第17次会议通过决议,任命父亲为中央人民政府纺织工业部部长。他一干就是15年,直到1967年6月病逝。

父亲在新中国成立后,还担任全国人民代表大会代表、中国国民党革命委员会中央常委、民革北京市委主委、政协北京市委员会副主席等,兼职很多,忙得很。他白天忙完了,晚上靠在床头还要看一大堆文件,工作上还算一帆风顺。

我到了北京,在汇文中学读完高中后,考入了中央美术学院;在行将毕业时，遇上了1957年的反右派斗争，被错误地戴上了"右派分子"的帽子。这件事对父亲的打击是很大的，他知道他不能说什么，所以，他什么都没有说，只是在行动上采取了措施。我两个大一点的弟弟，一个因病正在亚洲学生疗养院休养，一个刚好高中毕业。父亲和母亲商量后，在一次开会时对当时的国防部长彭德怀说："我有个儿子18岁了，我想让他到中国人民解放军这个大学校去锻炼一下，你看如何？"彭德怀当即表示欢迎，记下了庆渝的名字。三天后海军司令部来人带庆渝去检查身体。庆渝很快就到了大连海军工程学院上课。在北京时，他参加过高考，农业大学是他的第一志愿，他被录取了，校方根据他的高考成绩和在中学的表现，安排他当班长。开学了，班长迟迟没有报到，这时，庆渝已经在大连了。

父亲在病重期间，我随侍在病床边。一次，旁边没有第三者在场的时候，父亲用那只没有打点滴、可以自由活动的手握着我的手，端详着我，深情地说："阿国，我看你不坏，为什么他们说你是'右派'呢？"这个问题，他一直到去世也没能得到一个正确的答复。这也是我至今感到内疚的，无论如何我还是辜负了父母亲对我的厚望，给他们平添了许多痛苦和牵挂。

我被"分配"到西北工作长达20年之久，母亲日夜思念，甚至听到窗外喜鹊叫就会说，"阿国可能要回来了"，这句话她不知重复了多少次。可是，她默默地承受着与爱子别离的痛苦，只是当我回来探亲时，常帮我缝补穿破了的衣服。

母亲因出身贫苦、心地善良，所以很同情有困难找上门来的乡亲和需要帮助的朋友。虽然家里人口多，生活也不富裕，但她总是有求必应，把困难留给自己。她勤俭持家，艰苦朴素，没有给自己买过一件贵重的衣服，母亲唯一的一件呢子短大衣，还是当上全国政协委员后，儿媳妇动手给她做的。她一辈子睡的都是硬板床……

"文革"期间，红卫兵抄家的结果，令很多人觉得惊奇。我们家只有两万多元存款，那是父亲考虑到母亲没有工作，劝她一点点积存下来，准备留给她养老用的。母亲一辈子带大九个孩子，还要照顾父亲，哪里还有可能出去工作呢？

在那史无前例的运动中，由于周总理的关怀，父亲是被保护起来了，可是孩子们一个个都受到了冲击，无一幸免。十年内每个人都有一肚子苦水，孩子们的不幸遭遇都会给母亲增加痛苦，集中在她一人身上就要承受九个人痛苦的总和。父亲对我说过："你母亲每天晚上都要把每个孩子的情况像过电影似的想一遍，自己才睡下。"

1967年6月12日中午，父亲的追悼会刚刚结束，母亲就约见纺织工业部办公厅副主任王华生，提出"部长已经去世，我们家属不应该再住在国家安排给部长住的宿舍了"，主动要求搬出部长宿舍，调低住房标准。

林彪、江青反革命集团被粉碎后，改革开放了，孩子们的问题一个个相继解决了，母亲也当上了第五届全国政协委员，该享清福了。可是，由于精神长期处于压抑状态、为孩子们担惊受怕，她身体垮了，得了一身病：心动过速症、糖尿病、恶性的胰头癌症。1980年11月24日，母亲终于闭上慈祥的双眼，离开了我们。母亲生前喜欢养花，原来在花园里种，后来搬上九层楼，就在窗台上养花。在八宝山举行遗体告别仪式的时候，大家在她身上撒满了朵朵鲜花，寄托我们的哀思。至今我们所有子女都觉得母亲深情的目光，仍在注视着我们，和我们同悲同喜。

母亲的骨灰组织上安排放在八宝山革命公墓，但是不能和父亲的放在一起，因为级别不同，父亲在第一室，她在第二室。

去年底，趁父亲骨灰南迁的机会，我们将母亲的骨灰和父亲的骨灰一起埋葬在广州十九路军陵园内的"蒋光鼐之墓"中，让他们长相伴、永相随。

母亲在我们儿女的心中，永远是一位慈爱的、伟大的母亲。

父亲在辛亥革命中①

90年前,武昌城头的枪声,宣告清王朝的覆灭,辛亥年的风起云涌的革命,结束了统治中国长达两千多年的封建帝制。这一革命成果的取得,是许许多多革命者,经过一次又一次推翻清王朝的武装斗争,不屈不挠、顽强战斗,为实现民主共和而战斗的结果。牺牲了的,永远值得后人敬仰,在残酷战斗中,幸存下来的是幸运者,参加辛亥革命的每一位普通战士都是我们学习的榜样。他们为了国家和民族的前途,置家庭和个人的私利于不顾,投身革命、浴血奋战,他们不怕牺牲的大无畏精神,永远值得后人景仰。

提到父亲,很多人都只知道他是一位著名的抗日将领,曾在1932年的"一·二八"事变中,率领十九路军在淞沪地区坚决抵抗日本侵略者的猖狂进攻。苦战月余,使装备精良的日军三易主帅,多次增兵而未能前进半步。但是他在辛亥革命中的表现,却很少为人所知。那时候他仅仅是一名学生军,将军不是生下来就是将军

蒋光鼐像
(纸本墨笔,99cm×99cm,2000年)

---

① 载《团结报》(第2454号),2001年10月13日第三版。原标题为"蒋光鼐在辛亥革命中",正文有改动。

第一章 回忆父亲

的，往往要从一个普通战士做起。在父亲的传记中，有两页文字简单地记述了他参加辛亥革命的事迹。

1906年，也就是同盟会成立的第二年，18岁的父亲就申请加入了同盟会。这时，他是位于广州黄埔的广东陆军小学第二期的学生。

1909年，父亲在广东陆军小学毕业，升入南京第四陆军中学。他在陆中学习期间，积极参加同盟会的秘密活动，外出联络驻宁新军，准备武装起义。

1911年秋，散居在各地的同盟会会员，接到密令，计划于10月上旬在几省同时发动武装起义，一举推翻清廷政权。武昌首义的消息传到学校后，父亲和南京陆中的四五十名同盟会会员，都喜形于色，跃跃欲试，接连开会，决定夺取礼堂后面的武器库来武装自己，以响应武昌起义，壮大革命声势。不料校方慑于武昌首义对同学们的影响，连夜把武器库的枪支弹药运走。发现后，大家立刻在学校围墙内的菜园里聚会，讨论应变方法。一致认为，在没有武器的情况下，赤手空拳在南京响应显得力量不足，起义条件不具备，于是决定奔赴武昌，参加战斗。

父亲等第一批出发的同学，由陈铭枢带队，在南京下关码头搭乘一艘外国轮船启程。同行者有李章达、殷公武、范其务、张廷辅、袁煦圻、陈果夫等。抵达汉口后，他们立即过江到武昌，向湖北省都督府报到。

这时，武汉形势颇为紧张，清军的援兵已经抵达汉口，直逼汉阳，和革命军隔水相峙。10月28日，黄兴赶到武昌，受任起义军总司令，统一指挥作战。黄兴对南京陆中的百多名学生颇为赏识，把他们编为学生军，直属总司令部指挥。

11月16日，武汉三镇大雨滂沱，起义军发动了一次收复汉口的总进攻，计划部队分三路同时渡江。父亲当时任起义军总司令部督战队员，和总司令部人员一起，跟随第三路，从汉阳琴断口搭浮桥向汉口循礼门车站方向攻击前进。当时蒋光鼐仅仅是一个满怀民主革命激情的22岁青年。辛亥革命取得成功，成立了中华民国临时政府，力推孙中山为临时大总统，定1912年为中华民国元年。1912年2月12日，清帝被迫宣告退位，清政府的统治结束。

40年后，曾经一起参加辛亥革命的我父亲、袁煦圻、李章达因参加建立新中国的新政协又相聚在北京，他们三人都是东莞同乡，又都是南京陆中的同学，都是同盟会员。我曾听到他们闲谈时回忆当年辛亥革命战斗中的故事。在收复汉口的战斗中，他们三三两两地在一堆堆残垣断壁的掩护下向敌人射击，战斗的间隙中，互相招手，父亲和李章达这边三个人，袁煦圻那边两个人。结果，袁煦圻向蒋、李靠拢了，那位没有转移的战友却牺牲了，袁煦圻说："看来少数服从多数的原则是对的。"说完，三个人都笑了。回忆起来是如此轻松，平生第一次上战场能不紧张吗？话说回来，为了民主共和的理想而战斗，无私自然无畏。

辛亥革命至今90年来，中国人民又经历了多少革命斗争，牺牲了多少仁人志士，才取得今天的革命成果。前面提到的那些辛亥革命普通战士们都已先后离开了人世。今天我们纪念辛亥革命，就要珍惜今日的安定团结大好局面，坚决以经济建设为中心，坚持改革开放，把我们的祖国建设得更加富强、美丽，这是对革命先辈最好的纪念。

第一章　回忆父亲

关于逢源北街 87 号[①] 的记忆[②]

抗战胜利后，我们家从粤北搬到省会广州，住在西关的一幢砖木结构的三层楼房里。从龙津西路拐进逢源北街，踏着青石板路一直走到尽头，街的左边就是87号。站在街上抬头仰望，只能看见一面高大平整的青灰色的、磨砖对缝的大墙，上面开着几扇窗户和一个大门。再往前就有一条小河横亘在前方，沿着小河划艇很快就可以到达荔枝湾。

87号对面是商会陈廉仲的私人住宅，花园很大。我们家没有花园，只有两个小天井，但房间不少，建筑面积近800平方米。房子是20世纪30年代父亲蒋光鼐担任国民革命军第十九路军总指挥以后购买的。"福建事变"失败以后，父亲只能把家安在香港。香港沦陷后，我们逃到曲江，又经过几次疏散、逃难，最后在粤北偏僻的平远县山区盼到了胜利的一天。我从农村到了大城市又住进了自家的这么一所大宅子，在和平环境里生活，心里别提有多高兴了。

我就近在培英小学读书，虽然学习成绩因日本人的侵略而受影响，但挡不住贪玩的儿童天性，放学后我和弟妹们在楼顶天台上放风筝、奔跑追逐、嬉戏打闹。玩疯了往往就会乐极生悲，一次我在追逐堂兄淦哥，他跑在前面，突然把一扇镶着刻花玻璃的门关上了，我伸手去推时把玻璃打碎了，手腕被割了一个大口子，血流如注，是血管破了。因此，我在二楼客厅的沙发床上躺了好多天，手腕上直到现在还留下了一个明显的伤疤。

[①] 逢源北街87号，蒋光鼐旧居，位于广州荔湾区，1994年被定为广州市级文物保护单位。
[②] 载《虎门报》，2006年7月24日；后收入《荔湾九章》编委会主编：《荔湾九章》，岭南美术出版社2010年版。有改动。

还有一次，老天爷连续下暴雨，发大水了，水从逢源北街的青石板下冒出来，街也成河啦！门板、木盆都成了交通工具，也就成了我们的玩具。这本是一次天灾，对我们小孩来说，却是一次难得的玩耍的机会。

87号有一件"摆设"一直留在我的记忆里，那是一辆黄包车。迈进87号大门，首先看到的就是门厅里横摆着的那辆崭新黄包车，黑色的车身和扶手，雪白的坐垫和靠背。觉得很奇怪，我们家从来没用过这东西，是以前的什么人留下的吗？又不像，因为它很新，印象里从来没有人使用过。因此，前面我用了"摆设"这个词来形容它。小孩们常常上去踩踏脚处那个锃亮的铃铛，发出叮当、叮当的清脆声响，十分悦耳。车虽新，但给人一种历史的沧桑感。

当时住在逢源北街87号的人真不少，记得的有：大伯娘梁苏、父亲蒋光鼐、母亲黄晚霞、大哥庆瀛、大嫂陈艳珍、佺思云、大姐定闽、定苏姐、抗日姐、我和弟妹们——建国、之翘、庆渝、定蜀、定粤、庆宁、定穗，堂兄淦滔、柳姐、沛基哥、通哥、卫士李贤和李苏、"肥仔"、阿唐、司机黄巩和夫人莲姐及女儿黄瑞华、司机王荣、厨师庞辉庭和夫人庞嫂及女儿庞少文，女佣春来、阿铃姐等，总共三十几口人。

住了这么多人的房子并不显得拥挤，我记得我还有足够的地方养蟋蟀，盆盆罐罐摆了一大摊。

在西关这所大房子的生活没有持续多久，父亲突然决定全家搬到东山的梅花村37号去住。在家里，父亲的决定就是命令，虽然有时候他也开玩笑说："带你们这几个孩子比带千军万马都难。"实际上，他的决定就是命令，没有人会问为什么，我甚至不记得具体是在什么时间搬的家，家就搬完了。在抗战期间，随着战争形势的发展，我们家搬来搬去也习惯了。

回想起来，对父亲来说，搬到梅花村很方便他的工作，那里聚集了很多国民党军政要员。我们家和徐景唐的家只隔着一堵矮墙，我们家前面隔一条小马路是张发奎的家，阎锡山到了广州就住在我们家西边马路对面的一所花园洋房里。余汉谋也住在梅花村。后来，蒋介石到广州也住在梅花村陈济棠的公馆内。

1946年父亲就秘密参与建立中国国民党民主促进会的工作，还从事军事策反的工作，住在梅花村，周围的闲杂人等少、交通也方便。他搬到梅花村住是合适的。

可是，为什么要把住着30多人的房子腾退迁出呢？梅花村37号比逢源北街87号的房间少得多。37号总占地面积不一定少很多，但是它有一个小花园，那座西式的小洋房又只有两层，因此建筑面积就少得多。一层是书房、客厅和饭厅，二层只有三间卧室和一间工人房。楼后院子的东北角有一排两层三四间的工作人员住房。我们众多孩子都挤住在二楼的三间房内，记得父亲的卧室内也加了两张床。我睡在过厅的沙发床上。所有孩子都办了转学手续，从西关转到东山，我进了东山的培正中学，之翘、庆渝、思云在培正小学，都住校。定苏姐、定日姐在岭南大学和附中，也住校。大伯娘和瀛哥、沛基哥、通哥等回到故乡居住。由于采取了一系列的措施和办法，房子小也住下了。到底为什么要全家从大房子迁出，挤住进小房子里？是卖了吗？是出租了吗？还是捐出去了？当时我们是不清楚的。

在很长一段时间内我们只知道在逢源北街87号办过一间莞旅中学，专门招收旅省同乡公教人员子弟的。1949年秋父亲北上参加成立新中国的工作，我们全家随后也都到了北京。

半个世纪过去了，2000年7月，我的培正中学校友郑永用学长给我提供了一份与逢源北街87号有关的文字资料，是由他父亲郑师许教授亲笔撰写的《莞旅中学创办一年来之经过》一文。这篇文章完稿于1948年4月18日，现存于广东省立中山图书馆特藏部。郑师许教授是莞旅中学的发起人之一，兼任校董会秘书，还亲自教授历史课，因此他写的这篇文章是关于莞旅中学的十分珍贵的文献。

《莞旅中学创办一年来之经过》一文记载了莞旅中学的缘起、宗旨、校董会之组成、创办一年艰苦创业之经过等，是一份比较完整的历史资料。1947年7月东莞旅省教授联谊会同人在占元阁召集茶话会，提议创办东莞旅省中学一所，由祁士恭、胡章、陈安仁、邓柱燊、郑师许、何作霖等12人，每人捐助开办费20万元，并推定名誉校董及校董各若干人，公推蒋光鼐为董事长、卢颂芳为校长，并定9月中旬上课。

但是开办费及经常费尚无圆满解决，校董会发起募捐后，"承蒙蒋光鼐、徐景唐诸先生捐助开办费二千四百一十五万元，得为筹备开学之用"，明伦堂董事会补助开办费乾谷五百司担，后又补助经常费乾谷三百司担。于是"本学期所发聘书，所有专任兼任教员得依照邑内中学待遇，致送乾谷，校务进行，较前更为顺利"，"惟是校址问题急待解决，叠开筹建会议，于10月间承蒙蒋董事长将其逢源北自居大屋一所迁出，借让本校为校舍"。

看完郑师许教授的文章后，我明白了，也理解了当年父亲的抉择。他被推选为东莞明伦堂的董事长，又被推为莞旅中学的董事长，莞籍教授们倡议兴办莞旅中学，他当然要支持，作为明伦堂的董事长他可以推动明伦堂董事会，按照邑内各中学的待遇给莞旅中学以经济上的支持，但是叠开会议而未能解决的校舍问题怎么办？莞旅中学虽有筹款择地兴建校舍的计划，但远水解不了近渴，为解燃眉之急，他除了捐出自己有限的现金外，唯一能做的就是迁出逢源北街自住大屋（87号），借让给莞旅中学作为校舍，以为权宜之计。他的抉择是值得我们作为晚辈学习的。父亲把家人全部从逢源北街87号迁出，将大房子借让给莞旅中学作校舍，是为了解决旅省同乡公教人员无力负担子弟入学者日见增加的问题，是对家乡教育事业的真切关怀，寄托了他对东莞年轻人早日成才的殷切希望。

可喜的是，不久前荔湾区的领导告诉我逢源北街87号即将动工修复，竣工后将向游人开放参观。

我希望，在逢源北街87号对外开放之时，能介绍一下在这所房子里曾办过莞旅中学的历史，因为那段历史记载了众多莞籍前辈对晚辈的期望与嘱托。

2006年6月26日

第一章　回忆父亲

"化险石"戒指的故事①

在我们家有一枚保存了70年的戒指。从外表看，这枚戒指并没有什么特别的地方——纯金的戒面上镶嵌着一块椭圆形的石头。这石头不是钻石，不是玉石，也不是大家熟悉的其他宝石。它看上去晶莹剔透，凝脂般的石体中融进几丝浅棕色的斑纹，淡雅中显出几分质朴。我们全家都很珍惜这枚普普通通的戒指，因为在它的身上寄托着海外赤子的拳拳爱国之心。

在1932年的"一·二八"淞沪抗战中，先父蒋光鼐和蔡廷锴将军率领十九路军，以劣势的装备同数倍于己的日军展开了殊死搏斗。他们在一个多月的时间里，迫使日军三易主帅，而未能向上海市区前进一步。十九路军的这一壮举，得到了上海和国内各界爱国人士广泛热烈的支持。侨居世界各地的中华子孙，也纷纷捐钱捐物，甚至组织志愿军支援十九路军的抗战。

一天，一位华侨来到十九路军后方办事处，他恭恭敬敬地从怀里取出两枚戒指，一定要请工作人员替他转交给十九路军总指挥蒋光鼐和军长蔡廷锴。办事处工作人员再婉言谢绝，这位华侨急得满脸通红，激动地向工作人员说出了这两枚戒指的来历。

戒指上镶嵌的石头叫"化险石"。它原是非洲人身上佩带的饰物。第一次世界大战期间，进入非洲的英军听当地人说，佩带这种"化险石"可以刀枪不入。他们认为是无稽之谈，便找来一些"化险石"摆在地上，

---

① 载《团结报》，2002年1月31日第三版。有改动。

然后由一群英军向这些石头射击。结果，没有一颗子弹能打中这些石头。英国军人相信了这石头神奇的威力。从此，"化险石"便成了人们争购的宝物。这位华侨听说这件事后，托人费了九牛二虎之力从非洲购回两粒"化险石"，并把它们制成两枚戒指，准备做防身之用。现在，他执意要把戒指送给两位将军，希望他们保重身体，带领部队把日本侵略者打出中国去。

听了华侨的这一番话，在场的工作人员十分感动。他们无法拒绝一位华侨支持抗战的一片诚心！就这样，这枚戒指被父亲蒋光鼐带在身边。在"一·二八"淞沪抗战以及以后的抗战里，他一直勇敢地战斗在枪林弹雨中，经历了许许多多险境，但都平安地过来了。记得小时候，父亲曾给我讲过一件小事。一天清晨，他刚起床就到屋外的松树下去观察敌情。忽然，日军飞机扔下的一枚炸弹在他住的小屋前爆炸了，一块弹片穿过窗户，深深地嵌进了父亲的枕头。几分钟前他还睡在这里，多危险啊！

父亲一生历经坎坷，许多贵重的东西都丢掉了，但这枚戒指却始终带在他身边。抗战胜利后，父亲把这枚戒指送给了即将上大学的定苏姐，说："这戒指有比它自身的经济价值高得多的精神价值。它寄托着海外华侨热爱祖国的赤子之心。不论有关它的传说是否真实可靠，但它反映出来的海外游子在祖国危难时刻的拳拳爱国之心，却是千真万确、实实在在的，一定要好好保存。"

定苏姐一直珍藏着这一珍贵的礼物，"文革"时为了免于丢失，用塑料布包裹后藏在花盆的泥土中，才躲过了造反派抄家的劫难。

直到1988年，民革中央召开"纪念蒋光鼐同志诞生100周年座谈会"时，定苏姐从山东把戒指带到北京来，表示要把戒指捐献给有关部门，但是不知交到哪里去好，就暂时放在我家。这一放又是14年，我心里面总有点不踏实的感觉。

最近，民革中央决定和中国人民抗日战争纪念馆联合举行"纪念'一·二八'淞沪抗战70周年座谈会"，我们兄弟姊妹知道后都很高兴，一致认为应该把这枚珍藏了70年的"化险石"戒指捐献给中国人民抗日战争纪念馆，让广大参观者从一枚小小的戒指上领略广布全世界的华侨炽热的爱国激情。

遗憾的是，当年捐献"化险石"戒指的那位华侨，从文字记载中，我们只知道他姓崔，但不知道他叫什么名字。想必是自己不愿暴露，登记时只写了"崔某"。在我国历史上，默默地为国奉献而未留下姓名的仁人志士，实在是太多太多了。希望这位崔先生还健在，他今年应该是百岁以上的长寿老人了。

父亲在淞沪抗战中[①]

我的父亲蒋光鼐，他的名字永远和十九路军、和中国抗日历史上那次彪炳史册的战役——"一·二八"淞沪抗战联系在一起。这场战役在国难当头、民族危亡的时刻，打响了中国军队抗击侵华日军进犯上海的第一枪！谱写了甲午战争以来抗暴却敌的第一页光荣历史。

1931年"九一八"事变爆发后，国民党政府采取不抵抗政策，助长了日本帝国主义得寸进尺、吞并整个中国的野心。他们在上海制造事端，借此提出无理要求。1932年1月28日晚11时30分，日海军陆战队向上海闸北驻军进行突袭。淞沪抗战在日军不宣而战情况下爆发了！

战争爆发前不到两个星期，当时任驻守淞沪的国民革命军第十九路军总指挥的父亲洞察到了日军的侵略动向，进行了各方面的准备和动员。1月23日，父亲召开十九路军营以上干部紧急会议，讨论了一切必要的应战措施，包括准备军粮物资、部署兵力、展开动员，要求随时做好战斗准备，并且下达了至关重要的一项密令："我军以守卫国土，应尽军人天职之目的，应严密戒备。如日本军队确实向我驻地部队攻击时，应以全力扑灭之。"正是这种决心和准备，为后来在战役中有效打击日军奠定了基础。十九路军根据这一密令采取的行动，被军政部指责为违命抵抗、不从军令。但十九路军的行动顺应民心，因而得到广大人民群众和海外侨胞的热烈支持。从第一道抗日命令起至3月2日发出退守待援通电，所有公开文

[①] 载《团结》，2005年第5期，第37—39页。原标题为"父亲蒋光鼐在淞沪抗战中"，正文有改动。

第一章　回忆父亲

件都是由十九路军总指挥蒋光鼐、军长蔡廷锴、淞沪警备司令戴戟联名签署的。

值得注意的是：1931年，十九路军奉命参加"围剿"，父亲屡征不出，赴上海养病。这次，一接到淞沪警备司令戴戟电话即挺身而出，驱车至龙华警备司令部与戴戟司令、第十九军军长蔡廷锴共商抗敌大计。当晚三人步行至真如车站，在真如建立临时指挥部，就近指挥战斗。

十九路军是清一色的步兵，没有飞机、坦克和装甲车，武器装备落后。日军凭借陆海空三军优势，根本不把中国军队放在眼里，日军指挥官少将盐泽扬言要在四个小时之内占领上海。开战之后，日军飞机飞到1000米以下低空狂轰滥炸，步兵在坦克、装甲车掩护下多次冲锋，企图突破闸北防线，但在中国士兵英勇抗击之下，连连受挫。未得逞的日军一边提出停火要求，一边增派援军，于31日晚再次发起进攻。2月1日，父亲亲临闸北前线指挥战斗，再次打退日军。2月4日，日军又发动进攻，战火蔓延到江湾、吴淞一带，增兵已达一万多人，但我军防线仍岿然不动。盐泽因此被免职回国。这一胜利使全国上下为之欢呼振奋，一扫甲午以来的抑郁之气，十九路军和蒋光鼐的名字在大江南北被人们传颂，他的画像被庆祝胜利的群众高举前进，激发了中国人民的抗日热情。

2月6日，日军新任指挥官野村接替盐泽，兵力增到25000多人。2月7日，父亲拟定了详细的作战计划，守住闸北至江湾一线以及吴淞要塞两地区，形成我军左右两翼掎角之势，而将主力集结于南翔以东至真如、大场、杨家行一带，待敌以主力进出江湾、蕴藻浜之间时，即在该地区与敌决战以图歼灭之。当天即把兵力部署下达部队。

在闸北一带，日军以装甲车群分路来攻，我军死守阵地，以肉搏相持，虽伤亡过千，但日军的进攻也毫无进展。日军久攻闸北不下，又将进攻重点转向吴淞，连日以飞机、大炮进行轰炸，所过之处，房屋、炮台损毁殆尽。

不出父亲所料，日军一面向闸北、八字桥、江湾猛攻，一面以主力从蕴藻浜架桥偷渡，想包抄吴淞后路。当天上午雨雪纷飞，战斗异常激烈，双方几次展开残酷的肉搏，迫使日军向纪家桥方向溃退。父亲下令，当晚全线出击与敌决战！然而，国民党政府一道道停战的命令飞来，如一块块巨石压在父亲的心头。军令如山啊，他长叹一声，收回出击命令。前方将士都为错失这个战争良机捶胸顿足、声泪俱下。计划中最有利的决战时机错过了。几十年后，父亲每当提起此事，仍不免感慨万千，仰天长叹："这是被自己绑住了手脚的战斗！"

深夜，父亲着便装回到家里，郑重地对母亲说："现在形势严峻，日军还要增兵，战火还要扩大。有些眷属已经疏散了，但我是总指挥，你不能走。如果你也走了，大家会觉得我没有决心和信心，会影响士气，人心就散了。"我母亲深明事理，继续参加到后方伤兵医院慰问伤病员的工作，每天熬一大锅鸡粥和柳姐一起送到医院，一口一口地喂伤病员。柳姐今年99岁，仍健在，她讲述过最得意的故事之一就是曾经和宋庆龄一起给伤兵喂粥。

接二连三的失败，让日军又一次易帅。2月14日，日军陆军中将植田抵沪，兵力增至3万余人。

迫于各界舆论，蒋介石命军政部派张治中率嫡系第五军于16日抵沪，并命令"着第五军归蒋总指挥光鼐指挥"。父亲决定实行区分作战，下达了兵力布置命令：以第十九军军长蔡廷锴为右翼军指挥，占领南市龙华、真如、闸北、八字桥、江湾一线，军部设在真如；以第五军军长张治中为左翼军指挥，占领江湾北端一线，死守吴淞要塞，军部设在刘行镇。各部务于17日拂晓布防完毕。

2月18日，日军发出最后通牒，要求我军退出租界20公里、撤去此范围内军事设施并永不重建。父亲愤然拒绝这些无理要求，断然下令：用大炮回答它！20日晨，日军发起进攻，父亲一面指挥部队，一面以十九路军名义通电全国："军人报国，粉身碎骨是分内事，大战开始之日，即本军授命之时。使一卒一弹犹存，则暴日决不得逞……"这种拼死抵抗

第一章 回忆父亲

的决心，引起了蒋介石的不满。他直接打电话责问父亲说："这个仗打得差不多了，下令停火吧！"父亲当即顶撞说："卫国保土乃是军人天职。强敌压境，怎能不奋起自卫？这仗一定要打，而且已经打起来了，无法收手！"在十九路军的抗击下，江湾、庙行两处争夺激烈，双方都伤亡惨重。22日，日军倾巢出动，向我军庙行、江湾阵地猛攻，企图从中方守军的阵地中央突破，然后向两侧扩展，将第十九军和第五军各个击破。守军沉着应战，指挥部调度有方，接连挫败日军的进攻。双方激战数日，日军始终未能前进一步。植田"中央突破"的计划终告破产，我军又一次取得了辉煌的胜利。

十九路军的英勇抗战虽然受到国民党政府的压制，但得到了民间的大力支持。上海各界、全国人民和海外侨胞展开轰轰烈烈的支前运动，捐款捐物支持抗战，给予十九路军大力支援。国民党政府欠下十九路军数月军饷，全依靠国内外的捐款才得以弥补；没有武器补给，竟然用上海总工会自制的土炸弹来抵抗日军的铁甲装备；上海一天之内开辟出几十个伤兵医院，5天内赶制出3万多套棉衣，全国人民都在支持着这场雪耻的战斗。父亲他们也一次次向全国通电，表达了誓死保卫国土、抗战到底的决心。

因为国民党政府的不抵抗政策，十九路军几乎是处于孤军奋战当中，没有补给，全军上下白天打仗，夜间修工事，没有休整的时间，伤亡也很严重。而日军第四任指挥白川率领的两个师陆续到达上海，敌军兵力已增至八万。父亲明白，这蜿蜒百余里的防线，仅以这久战的四万疲惫之师抵抗装备精良的八万敌人，其结果将不言而喻。27日，父亲回绝了一切会见，独自在总指挥部里来回踱步，久久不能决断。是撤退？是坚持下去？父亲希望近在咫尺的上官云相和戴岳所部来支援。然而，他们却始终按兵不动。3月1日，日军三万余人在浏河登陆，直接威胁我军侧背。下午，我军中央阵线也被突破。由于预备队已全部用尽，无法应付登陆之敌，下午4时，日军占浮桥，大有切断我军退路之势。但我军仍然在拼死抵抗。下午8时，我军因援绝兵尽，全线动摇。当晚11时，父亲被迫含泪下达全线撤退的命令。全军上下"摧甲哀鸣，泪尽以血"。

第十九军①与第五军乘夜各自按照指定路线撤退，秩序井然，天亮时，主力部队及辎重已离开战场40里，而日军并未觉察。到2日午后，日军才发现中方主力已经转移，开始追击，而中方掩护部队按计划逐次抵抗，使第十九军②与第五军顺利后撤到第二防线。

3月3日，国联开会决定，要中日双方停止战争。以后，大规模战事基本停止。

5月5日，中日签订《淞沪停战协定》。5月8日，父亲在杭州写信给蒋介石，请求辞去十九路军总指挥职务。

5月28日，在苏州举行淞沪抗战阵亡将士追悼大会，各界人士四万多人参加了大会，群情悲壮，挽联如林。父亲念及数月来所思所感，凝悲愤于笔端，挥毫亲撰一联：

> 自卫乃天赋人权，三万众慷慨登阵，有断头将军，无降将军，石烂海枯犹此志；
>
> 相约以血渍国耻，四十日见危授命，吾率君等出，不率其入，椒浆桂酒有余哀。

这副挽联，字字泣血，掷地有声，表现了中国人民不畏强暴的英雄气概和父亲的爱国情怀。

6月，他接到军委会密令，着令十九路军调往福建，"进剿"红军。他早已决心永不参加内战，参加完上海市民在商会召开的淞沪抗日阵亡将士追悼大会后，就独自携家眷悄然离沪，经香港回到家乡虎门。

70多年过去了，遥想战场上的惨烈战斗，缅怀十九路军将士们的碧血丹心，今日的国人仍然会倍感激奋！淞沪抗战沉重打击了日本帝国主义

---

①② 原文为"十九路军"，据上文及本书第89页，改为"第十九军"。

的侵华气焰，弘扬了中华民族的爱国主义精神，鼓舞了全国人民的抗日斗志！历史和人民会记得蒋光鼐和十九路军，会记得淞沪抗战，以及那可歌可泣的民族精神！

我脑海中的"一·二八"淞沪抗战[①]

抗战胜利了，我们家从广东东北部平远县的一个小山村搬到了广州。经过长达14年的抗日战争，劫后余生，确实是十分值得庆幸的事。

1947年初，我随父亲蒋光鼐参加了一次纪念"一·二八"15周年的活动。在广州沙河顶先烈路有一座建于20世纪30年代初、气势宏伟的十九路军淞沪抗日阵亡将士陵园，落成的时候，我尚未出生。抗战胜利后，原来伫立在纪念碑基座上的十九路军战士全身铜像及周围的铜狮、铜鼎等物都已荡然无存，但是纪念建筑物尚保存完好。参加纪念活动的人很多，除了前后两任十九路军总指挥外，大概都是原十九路军的同僚和下一代。祭奠仪式十分隆重，大家沉痛悼念"一·二八"抗战牺牲的将士，能告慰他们亡灵的是，经过14年艰苦抗战，中国人民终于取得了完全彻底的胜利。我还记得按照广东人的习俗，参加祭奠的人每人都分得一份烧猪肉。关于"一·二八"抗战具体的内容，我脑海里是空荡荡的，就像当时的那座陵园一样。那一年我12岁。

抗战前夕

1962年1月28日，上海举行过一次纪念活动，好像是上海市政协牵头举办的，在报纸上有过报道，也发表过文章。那次活动我父亲、蔡廷锴、

[①] 载《纵横》，2012年第1期（总265期），第22—25页；《虎门报》，2012年2月24日。有改动。

第一章　回忆父亲

戴戟都参加了。我当时远在甘肃会宁劳动，只记得后来看到在报纸上的有关文章中强调人民群众的支援作用，蔡廷锴在发言中说中国共产党当年做了大量发动群众的工作，就这个意义上说，"一·二八"是中国共产党领导的（大意如此，原话记不清了）。

可惜，这次活动陈铭枢好像没有参加，可能是因为1957年他被戴上了一顶"右派"帽子的缘故吧。其实，十九路军之所以能在上海与日本侵略军打起来是和陈铭枢有着很大关系的。首先，十九路军原来是被派到江西参加第三次"围剿"的，但由于蒋介石先后在南京扣押胡汉民和李济深，宁粤之间发生了矛盾，陈铭枢主动做了些调和的工作，和解条件之一就是把十九路军调驻京沪，以保障粤方领导人的安全。在此前十九路军一直是拥蒋的，蒋介石答应了这一条件。就是这样一个偶然的机会，1931年底，十九路军从江西调驻京沪。戴戟任淞沪警备司令（他原来也是十九路军的师长）。陈铭枢被任命为京沪卫戍司令，他还在中央政府内兼任行政院代理院长、交通部部长等要职。以前他一直是十九路军这支部队的领导，1月23日，十九路军营以上军官的紧急会议召开，陈铭枢派京沪卫戍司令长官公署樊崧迟参谋长参加，樊代表陈讲了几件事，其中第三点是："日寇零星少数的来不必理他，多数或大部队伍来犯，我须处于正当防卫时才同他抵抗。"据此，会议作出决定，明确命令："我军以守卫国土，应尽军人天职之目的，应严密戒备。如日本军队确实向我驻地部队攻击时，应以全力扑灭之。"

十九路军之所以能够留在上海的战斗岗位上，抵抗日本侵略军的野蛮进攻，又是因为一个偶然的机会。军政部一向贯彻"攘外必先安内"的政策，他们知道十九路军在"九一八"事变后爱国热情高涨，曾在赣州集体宣誓永不参加内战、团结抗日。上海局势日益严峻时，军政部派了宪兵六团到闸北接替十九路军防务，这是军令，不能违抗，只好准备换防。就在"一·二八"之夜，因为宪兵六团的人没到齐，交接手续还未办，半夜11时许，日军开始分五路发起进攻，十九路军奋起自卫，就打起来了。那是正当防卫、守土有责。十九路军勇敢地抗击敌人的消息一传开，马上得到全国人民的称赞和支持。一扫甲午战争以来爱国军民一直憋在胸中的闷气。"九一八"事变中，20万装备精良的东北军，因为执行不抵抗政策，被两万关东军只用了三个多月就把东三省占领了。大片国土沦丧、难民流离失所，民怨沸腾，老百姓爱国抗日的情绪高涨，这就是紧接着发生的"一·二八"淞沪抗战迅速得到全国军民的支持和拥护的原因。

我逐渐明白了为什么那么多老人提起"一·二八"就热血沸腾，对十九路军的抗日行动同声赞颂。因为他们是亲历者，他们曾经在那个年代生活。

有一位百岁老人，是民革的元老了，"一·二八"时他还是广州中山大学的学生，听到十九路军在上海抗日的消息就马上和几个同学一起赶去支前。轮船到了上海，却因为战事激烈靠不了岸，他回忆起来感到非常遗憾，说唯一可以安慰的是，后来在北京成了我父亲多年的同事。

在上海度过的不眠之夜

小时候我总听到一些年长者讲"一·二八"，我不明白为什么总是比我大很多的人在讲？为什么与我年龄相仿或比我小的人很少有人提及？我更不明白的是，即便我父亲是"一·二八"淞沪抗战的总指挥，他也不愿讲"一·二八"的事。

1967年初，父亲因患癌症术后复发，需要做肝脏外科手术。北京肿瘤医院院长吴恒兴介绍说，上海第二军医大学附属的长海医院有一个肝脏外科小组，组长吴孟超医生能做这种手术，他们是世界上首先突破肝脏外科这一禁区的。我们拿到有叶剑英元帅批示的信件到上海住进了长海医院。可惜，专家被打成"反动派学术权威"了，天天在医院扫地，手术没办法做。我们向医院领导提出请吴医生出来做手术的请求，遭到拒绝。晚上我们私下找到吴医生家里求他，吴医生十分难过地说："我们大夫的职责就是救死扶伤，可是现在我们不能做手术，他们不让我们做，不是我们不做，真是爱莫能助，请你们原谅！"就这样，唯一延长生命的机会失去了。

出院前的那天晚上，刚好是1月28日，我和妹妹定粤在病床边想听父亲讲讲"一·二八"的故事，开始他有点兴奋地说："是啊！35年前的1月28日我也是住在医院里，一接到电话，就马上赶到司令部……"啊！原来父亲不用我们提醒，他比我们更清楚，是35年前。然而，刚开了个头，他忽然打住了，再也没有开口。那天晚上他并没有睡熟，在寒冷与寂静中，辗转反侧。处在当时的历史条件下，他不说什么我们也很容易理解。

新中国成立后，我们有好多机会接触"一·二八"淞沪抗战的领导人：陈铭枢、蔡廷锴、戴戟等。因为他们作为民主党派的领导人，参加了成立新中国的工作，走上了接受中国共产党领导的道路，他们都是父亲的亲密朋友。特别是蔡廷锴，在20世纪50年代初，我们两家人还同住在北京东单沟沿头17号院内，共同度过了几年美好的时光。在我记忆中，他们都很少提及"一·二八"。现在回想起来追悔莫及的是，我们当时也没有珍惜和他们相处的日子，多提些问题，多得到些第一手资料。对过去的经历他们不愿多说，也很自然，认为只是做了自己应该做的事而已。遗憾啊！他们都已带着很多我们不知道的故事离开了人世。

好在"一·二八"淞沪抗战期间的档案材料保存是完好的，只要下功夫都可以查到。但是过去好长时间在我国对抗日战争的历史提得比较少，即使提也只提八年抗战[①]，从"七七"事变讲起，此前的六年局部抗战就提得更少了，于是就出现了下面的一段小插曲。

---

① 2017年1月，教育部下发《关于在中小学地方课程中全面落实"十四年抗战"概念的函》，将"十四年抗战"写进教科书。

中国人民抗日战争纪念馆开馆之后

1987年夏，位于卢沟桥畔的中国人民抗日战争纪念馆开馆了，这是一件大事、好事，是许多热心人促成的。我们也随着人流满怀喜悦地走进了展厅。前面有几块版面是序幕，第一块是"九一八"事变，第二块是"一·二八"淞沪抗战，在这块版面上有两幅照片，一幅是第十九军军长蔡廷锴在视察炮兵阵地，另一幅是第五军军长张治中在指挥部。还有一小本印刷品是《上海停战协议》。另外，展柜里还有一面纸做的小三角旗，写着抗日标语口号，别无其他。

我们看了"一·二八"这块展板后觉得很纳闷，两位军长是谁指挥谁？又是什么人来协调两军的配合调动呢？十九路军是有总指挥的，军政部明确命令第五军归总指挥领导，但是在文字上、图片上都没有表现出来。我的小妹妹定桂回家后就写了一封信给中央统战部，反映展览上这一内容的缺失。承蒙统战部系统以认真高效的负责精神办理群众来信，不久妹妹就收到了北京市委统战部给中央统战部四局复函的复印件。主要内容如下："关于蒋光鼐亲属希望在中国人民抗日战争纪念馆展出的'一·二八'抗日战役中，增设蒋光鼐有关史料的问题，有关领导阅批后速转抗日战争纪念馆负责人。经研究，军事博物馆的同志拟在展面上增加蒋光鼐的照片，并已报朱穆之同志，近日即可落实，特此报告，并请转告蒋光鼐的在京亲属。"

妹妹写信反映情况的结果是，在"一·二八"版面上蔡将军的大照片右上角加了一小幅蒋光鼐的照片。这种办法是最简单的处理方法，让我们不好再说什么。父亲一生从来就没有为名利争过什么，我们也没必要为他争什么，问题的关键是原版面上展出的内容是对还是错。妹妹写信的目的是想指出展览上的内容与史实有出入，希望改进，至于如何改那是专家的事。

人们并没有因为时间久远就忘记十九路军，也没有忘记十九路军的领导人，更不可能忘记"一·二八"淞沪抗战。

1988年，民革中央在人民大会堂的三楼小礼堂召开了隆重的"蒋光鼐先生诞辰100周年纪念座谈会"。

1989年，经国务院批准，"十九路军淞沪抗日阵亡将士陵园"被定为全国重点烈士纪念建筑物保护单位，陵园经广州市政府三次拨款重修，早已面貌一新。

1992年，民革中央召开了隆重的"蔡廷锴先生诞辰100周年纪念座谈会"。

1997年12月17日，十九路军前后两任总指挥蒋光鼐和蔡廷锴的骨灰从北京八宝山革命公墓移入"十九路军淞沪抗日阵亡将士陵园"安葬，他们魂归故里，又和当年一起浴血奋战牺牲的部属将士们在一起了。

2002年，民革中央在中国人民抗日战争纪念馆举行"'一·二八'淞沪抗战70周年纪念座谈会"。会上，《中国抗日战争史》（军事科学院军事历史研究部著）副主编罗焕章以军事历史专家的身份对"一·二八"淞沪抗战给予了很高的评价。

我们家属也趁这次纪念座谈会的机会，把在我家珍藏了70年的"化险石"戒指捐赠给了中国人民抗日战争纪念馆。这枚戒指是一位华侨在"一·二八"淞沪抗战期间送到十九路军后方办事处，指名要送给蒋将军的（还有一枚是送给蔡将军的，不知是否还在），希望戒指能保佑两位将军身体健康平安，领导十九路军打败日本侵略者。70年里，我们家经历了很多劫难，被日本人抄过家、被国民党抄过家、被红卫兵抄过家，能把这枚戒指保存下来很不容易。我们都很珍视它，因为它表达了中国华侨拳拳的爱国心，也是对十九路军抗击日军的肯定和支持。我姐姐定苏在非常时期曾将它用塑料布包好，藏在花盆的泥土中，才使戒指躲过一劫。这枚戒指后来一直在抗战馆的展柜中展出，最近抗战馆的同志告诉我，经过专家评定，"化险石"戒指已经被评为一级文物了。听到这个消息，我们都觉得很欣慰。

"一·二八"淞沪抗战后父亲的辞职信

前些年我曾随民革中央副主席李赣骝去台湾访问，后来台湾朋友给我带来了一些我想查找的档案资料，其中一份是因为1949年父亲名列中国人民政治协商会议筹备委员会的名单中，国民党"中央监察委员会"经人"告发"，开会决定终身"开除"我父亲国民党党籍的文件。另一份是"一·二八"之后我父亲写给蒋介石的辞职信，信是父亲亲笔写的（都是复印件），原文抄录如下：

委员长钧鉴：

职素多病，不胜繁剧。自赣归来，卧病数月，即已屡乞退休；正请命间，适"一·二八"事起，国难当前，军人天职，义当奔赴。祇惟力疾效命，不敢诿卸。今停战协定既已签约，战事即可暂告结束。职劳瘁之余，旧疾益增。极应解除十九路总指挥职务。俾得稍舒喘息，安心调养。一俟平复，则有生之年皆报国之日。尚乞钧座鉴其愚忱，即予允准早卸仔肩，以轻罪戾，不胜感戴之至。专此。敬请钧安！

职蒋光鼐呈

廿一（年）五（月）八日于杭州

《淞沪停战协定》是5月5日签订的，这封信是8日写于杭州的。

在看到这封信之前，我并不知道父亲写过辞职信，只知道他参加上海市民在商会开的追悼会后，自己悄然离沪，绕道香港返回虎门的家乡。连蔡廷锴也感到突然，事先连他也没有打招呼就走了。父亲这封辞职信还是以健康原因作为理由，而且理直气壮地说明"一·二八"挺身而出的理由："适'一·二八'事起，国难当前，军人天职，义当奔赴。祇惟力疾效命,不敢诿卸。"

十九路军在"一·二八"之前是被派到江西参加第三次"围剿"的,他托病到上海住院,屡征不出,国内很多学者都注意到他是不愿参加内战才请假赴沪就医的。当然,病可能有一点,因为平常就比较瘦弱,但应该不是要命的病,为什么这样说呢?我不妨透露一点家庭生活中的细节,大家就明白了。父亲在此期间与我母亲结婚了,我母亲的第一个孩子——我的姐姐是1932年10月在香港降生的,为了纪念"一·二八",父亲给她取名"蒋抗日",自己回家乡从事公益事业,表示不问政治。

父亲曾经说过,"一·二八"是十九路军从拥蒋到反蒋的分水岭。

到底是什么原因促使他辞职呢?为什么十九路军的领导人都不愿多谈"一·二八"?因为他们没有说,所以至今我也不清楚,这有待研究历史的专家去解答了。

从辛亥一卒到部长[①]

父亲1888年出生于我国南方珠江出海口东岸的一个小村庄。登上村后的小山向南望去，就是浩瀚的伶仃洋。他61岁的时候第一次踏上北京的土地。生前留下的照片中，最早是在北京照的，是一张在中国人民政治协商会议第一届全体会议上作大会发言的照片。他身穿西服，系着领带，是当时会场上少见的。

1949年9月25日，在北京中南海怀仁堂，他作为中国国民党民主促进会的正式代表登上庄严的讲坛作大会发言。他说："本人非常欣幸能参加这次大会。正如一个在黑暗中探索了多年的人，突然看见了光明一样……我感到兴奋、愉快……"这是他当时心情的真实表白。

追求光明的一生

几十年来，他不停歇地在黑暗的旧社会苦苦寻找着救国救民的道路。

1906年，他在广东陆军小学二期读书时，未满18岁就参加了孙中山等人创办的同盟会；1911年，在南京第四陆军中学即将毕业时，参加辛亥革命，为推翻清王朝浴血奋战；1913年在保定陆军军官学校一期骑兵科学习，又参加讨袁二次革命；失败后，逃亡日本，在黄兴等举办的浩然庐军事学校学习；回国后，在孙中山警卫团任职，参加保卫总统府的战斗，在孙中山亲手创建的粤军第一师任营长、团长……

[①] 载《北京的东莞人》，2015年5月。具体出版信息不详。有改动。

他参加了东江、南讨、北伐，为打倒军阀而战斗，立下赫赫战功，从副师长、师长、副军长升至国民革命军第十九路军上将总指挥。

1930年，中原大战刚结束，十九路军奉调参加"围剿"红军，他称病赴上海就医。

1932年1月28日，日本军队在上海闸北发动进攻，那时候刚好十九路军奉命驻守淞沪一带，他从病床上一跃而起，指挥十九路军和后来参战的第五军进行正当防卫，屡战屡胜，使敌三换主帅，尽到了最高指挥官的职责。5月，《淞沪停战协定》签订，他从杭州给蒋介石写了一封辞职信，即回故乡从事公益活动；当局调十九路军到福建参加"围剿"，任命他做驻闽绥靖主任，12月，改任福建省政府主席。

1933年，他在福建与李济深等发动"闽变"，成立"中华共和国人民革命政府"；与红军签订抗日反蒋协定；失败后，避居香港。

1935年，他与李济深等在香港成立中华民族革命同盟，并曾任代主席职，继续进行反蒋、联共、抗日活动。

1937年，开始全面抗战，他先后任国府军事参议院上将参议官、第四战区参谋长、第七战区副司令长官。抗战胜利后，从事民主活动，反对蒋介石发动内战，1946年参与成立中国国民党民主促进会、1948年参与成立中国国民党革命委员会；1949年从香港北上参加新政协筹备会。

从1906年参加同盟会到1949年参加中国人民政治协商会议，这中间经历了许多事，在黑暗中摸索了43年。他从一个年轻的同盟会员逐步成长为身经百战的爱国将军和知名的民主人士，在晚年终于迎来了新中国的诞生，感到兴奋、愉快，这是很自然的事。

难以承受的重担

若干年后，他在一份向党交心的材料中谈到，自己在新中国成立初期有"抬轿子"的想法，认为政协会开完了，新中国成立了，自己也老了，可以休息了。没想他在全国政协会上当选为28名常委之一；民革开会他又被选为中央常务委员。不久，组织又派他到民革北京市分部主持工作，担任分部二届委员会召集人。从此长期担任民革北京市委主委、政协北京市委员会副主席、全国人民代表大会代表等等。

更没想到的是，周恩来总理找他谈话，要他担任纺织工业部部长。他说："我既不会纺纱，又不会织布，自己是军人出身，没有能力担当这么重要的工作。"后来，周总理请李济深出面帮忙做他的思想工作，对他说："关于工作的人事安排，是要统筹考虑的，不是你个人的事，现在政府刚刚成立，百废待兴，工作总要有人去做，还是勉为其难吧！"李济深是他的老上级，军人是最讲服从命令听指挥的，只好从头学起了。

1952年8月7日，在中央人民政府委员会第17次会议上，他被任命为中央人民政府纺织工业部部长。对于这份他不熟悉的工作，他是努力去学、尽力去做的，而且一直干到底，直到1967年他因癌症病逝时仍在纺织工业部部长的任上，总共长达15年。这时，他已经是79岁的老人了。

一个老人身兼那么多职务，有中央的、有北京市的、有政协的、有民革的、有政府的、有人大的，即便是年富力强的年轻人也吃不消。

他70多岁了还到中央社会主义学院去听课，因为肠胃不好，去大使馆出席外事活动或到人大会堂参加国宴前都要在家里先吃饱了再去，还自嘲道："跑龙套也总得有人去跑呀！"

自从担任了纺织工业部部长的职务以后，十几年来一直为解决几亿人的穿衣问题而操心。他不顾自己年老体弱，亲赴海南岛了解海岛棉的生产情况，听说新疆的长绒棉有很多优点也想去看看，结果被医生阻止才作罢。

当了15年纺织工业部部长，他深知广大劳动人民仍然处在缺吃少穿的状况，因此，他自己在穿的方面特别节约，说出来都令人难以置信。他的汗衫前胸后背都破了很多大大小小的洞，夫人黄晚霞要给他买新的，他拒绝了，说这样透气、凉爽。住院治疗时，夫人见他的洗脸毛巾破了，要给他换新的，他说："等我病好了再换吧，如果病治不好，换了就是浪费。"

深切的思乡之情

1930年，父亲用多年积蓄在故乡他祖父原来读书的地方，重修了一栋两层的楼房，取名"红荔山房"。在院墙的石门柱上凿了一副对联："造庐谁道龙犹卧，题户应嗤鸟是凡。"正如对联上说的，房子盖好后，他一直在外面打拼，只回去短暂地住过几次。

新中国成立后，他长期定居北京，没有回过自己的家乡。1954年他参加全国人民慰问解放军代表团到了沙角炮台，陪同的陶铸对他说："你的家乡离这里很近了，回去看看吧？"见他没有回答，陶铸知道他有顾虑，对他说："没关系，我组织群众敲锣打鼓、放鞭炮欢迎你。"他略作思考后，郑重地回答说："还是采取回避政策好！"近在咫尺的故乡，他最终没有回去，其中是有难言之隐的。当时，他的大嫂还孤苦伶仃地在乡下活着，缠着小脚，早就失去了劳动能力。她收养过一男一女两个孙子，在1949年后的运动中已改姓，以示划清界限。父亲15岁时就父母双亡，是他大哥和大嫂照顾他的学习和生活。大哥早逝，大嫂后来一直是由他赡养的，新中国成立之初，运动中被残酷斗争，他回去怎么面对这个孤寡老人呢？

新中国成立后，他再也没有回过故乡，但是他一直牵挂着故乡，他出生在故乡，长大在故乡，他的祖父葬于斯，他的父母葬于斯。

1967年6月，他病危的时候，向侍候在病床边的孩子说："现在乡下荔枝熟了，能不能写信请人寄几粒荔枝来？哪怕是用信封装两粒寄来也好啊！"这是他对家乡深深的思念之情！

遗憾的是，直到他去世，亲人们也没能满足他这一小小的要求。因为那时是在1967年。

2015年5月1日写于北京

蒋兆和1932年绘的一幅油画肖像

从我刚有记忆的时候起，有一幅画像给我留下了深刻的印象。那时，我们家在香港九龙金巴伦道，我的卧室在二楼，上下楼都要经过父亲的书房门口。门口迎面的墙上挂着一幅父亲的油画像，画中的父亲身着戎装，左胸前别着勋章，表情严肃，双目炯炯有神。每次经过门口，我都不由自主地往里看，画中父亲的眼珠仿佛会跟着我动，好像能洞察一切似的，特别是当我调皮做了什么坏事或闯了什么祸时，就怕"他"看见。

蒋光鼐将军像（蒋兆和/绘）

坎坷经历

1941年底，我还在上幼儿园的时候，日本军国主义发动太平洋战争，同时攻打香港。匆忙中，家人在撤离前把这幅画像从画框上拆下卷起来，藏在顶棚之上，因为父亲是抗日将领，当时还是第七战区副司令长官。我们也不敢在家里待着，只好冒着敌机的轰炸和敌舰的炮击东躲西藏，在游击队的帮助下，随难民流逃回广东省战时省会曲江，回到父亲身边。

抗战胜利后，家人才将画像从顶棚取出，定闽姐赴美定居时，把画带到了美国。一直到上世纪80年代末，定闽姐听到政府在人民大会堂给父亲召开诞辰100周年纪念会,还把故乡虎门父亲的故居定为文物保护单位,就托在美国洛杉矶开诊所的妹妹定粤探亲时,把几幅原来在家里挂过的画带到北京交给我。

其中最珍贵的一幅就是蒋兆和先生于1932年"一·二八"淞沪抗战期间冒着生命危险到前线指挥所绘的《蒋光鼐将军像》。我把卷在美国百货公司包装纸里的油画展开时,看到这幅经过半个世纪折腾、布满折裂痕迹的画面,受损相当严重。但是仍可看出画家在掌握人物造型的严谨和神态的刻画上功底深厚,由于时间久远,几番辗转迁移,画面色彩变暗则是无法避免的。

精心修复

20世纪80年代,"文革"刚刚过去,百废待兴,国内好像还没有专门修复油画的专家,我找老同学朱乃正商量,认为请崔开玺教授帮手修复工作最合适,他也是中央美院毕业的我们的同龄人,时任中国人民解放军艺术学院油画系教研室主任。难得他对这幅画修复的兴趣、热情、耐心、细致和认真。开玺兄曾在《中国美术报》1989年第19期撰文记述这件事。

蒋兆和先生在1932年淞沪抗战期间,一共画了两幅油画肖像。一幅是国民革命军第十九路军总指挥蒋光鼐,他时任"一·二八"淞沪抗战总指挥,2月中参加战斗的第五军也归他指挥;另一幅是国民革命军第十九军军长蔡廷锴的肖像,在当时的知名刊物《良友画报》和后来出版的《十九路军淞沪御日血战大画史》上都登载过。但是蔡廷锴的肖像画后来一直不知所终,殊为可惜。父亲这幅能保存下来也确属不易。在中国正规军奋起抵御外侮的时候,一位年仅28岁的青年画家不顾个人安危,奔赴前线指挥所,满怀爱国热情认真地创作出来的这幅画像,至今已有84年的历史了。其间,世界上发生过很多事情,战火频仍,因此关于这幅画像的经历、一些细节现在已经没有人能说清楚,因为当事人和知情者多已故去,有的问题只能作一些考证或推测。

研究考证

1997年，中国美术馆举办的"中国油画肖像艺术百年展"，中国油画学会从我处借到蒋兆和先生绘于1932年的《蒋光鼐将军像》参加展出，引起了很多人的注意。在画像前，研究蒋兆和先生的专家刘曦林问我一个问题："蒋光鼐将军画像胸前的勋章是什么人在什么时候画上去的？在'一·二八'时的出版物上，令尊肖像的胸前是没有勋章的。"我们谈话的时候詹建俊、朱乃正和我的几个妹妹都在旁边，我一时语塞，张口结舌，无法回答。因为我没有研究过这个问题。专家的研究是深入的、认真的。

事后，我和弟弟妹妹们都觉得刘曦林这个问题提得好，值得我们去研究。远在加拿大定居的弟弟之翘从网络上查到画像上的勋章是二等宝鼎勋章，同时把青天白日勋章的图样也通过电脑发过来了。我查阅《中共党史人物传》中我父亲的传记，二等宝鼎勋章是1931年1月因他在中原大战中有突出贡献获得的。战后，他在上海养病，屡召不出，日军进犯，即一跃而起。1932年6月，因"一·二八"淞沪抗战有功又获青天白日勋章。这个奖章比二等宝鼎勋章规格高，如果画像上的勋章是在1932年6月以后画上去的话，就肯定会画青天白日勋章了。因此，可以认定画像上的勋章是在1932年6月以前画上去的。

最好归宿

关于勋章的事已经讲了很多，留下了一个遗憾，因为画像的人和被画的人我都有过很多接触的机会。父亲就不用说了，1953年我在中央美术学院上一年级时，蒋兆和先生就给我们示范过人像写生（是用毛笔在高丽纸上画），从一只眼睛开始画，一气呵成，基本功十分了得，佩服！如果我当面问一下两位当事人不就清楚了吗？可惜，画像从美国带回时，两位姓蒋的前辈都已离开了人世。

值得庆幸的是，画像还在。这些年有好多重要的展览（如在中国美术馆举办的蒋兆和先生的遗作展、2014年冬在国家博物馆展出的"不尽丹心——蒋兆和诞辰110周年纪念特展"）都曾借去用，一直在发挥爱国主义教育的作用。去年在国家博物馆展出的"纪念抗日战争胜利70周年馆藏文物系列展"上，蒋兆和创作的《蒋光鼐将军像》位于展览的最前面。我注意了一下，好像整个展览油画肖像只有这一幅。

我们兄弟姐妹都很高兴，蒋兆和先生这幅画终于找到了一个最好的归宿，放在国家博物馆我们大家都放心了。

2016年5月4日于北京

第二章 难忘故人

回忆陈铭枢伯伯[①]

今年是陈铭枢伯伯诞辰100周年，民革中央宣传部要编辑一本关于他的纪念文集，我觉得工作再忙也要写一篇纪念文章，追述一下他和父亲蒋光鼐长达60年的革命友谊。

投身辛亥革命和北伐战争的洪流

去年是先父蒋光鼐诞辰100周年，也是为了出书，在收集资料过程中，我逐渐了解到父亲和陈铭枢之间的关系绝非寻常，他们两人在少年时同时考入广东陆军小学第二期学习，那是1906年的夏末。在"陆小"他们都参加了同盟会，从那时起他们不仅是同学，而且是同志了。1909年夏，两人同时升入南京第四陆军中学学习。1991年10月在行将毕业的时候，传来了准备辛亥革命的消息，他们一起奔赴武昌，参加战斗。1912年9月，两人同时被选入保定陆军军官学校第一期学习。1913年6月，二次革命爆发，他们一起秘密开会，决定去江西参加李烈钧领导的湖口起义（后来陈铭枢因故未能参加）。1913年底，讨袁失败，陈铭枢与父亲在上海又聚在一起，并一起亡命日本，同时在黄兴等主办的浩然庐军事学校学习。

1920年11月，孙中山返回广州，重组军政府，并决定建立粤军第一师，邓铿任师长，陈铭枢任第四团团长。父亲与蔡廷锴、戴戟、沈光汉、

[①] 载民革中央宣传部编：《陈铭枢纪念文集》，团结出版社1989年版，第49—55页。有改动。

毛维寿、区寿年等都是陈铭枢的部下。粤军第一师逐渐发展成为孙中山的基本武装力量，后来的国民革命军第十九路军，被认为是在粤军第一师第四团的基础上扩编、发展起来的。

1923年2月，孙中山再回广州，建立大元帅府，重建粤军第一师。李济深任师长，陈铭枢升任第一师第一旅旅长。父亲任第四团第三营营长，率部参加讨伐陈炯明之役。

1924年1月，父亲升任粤军第一师第一旅第二团团长，陈铭枢任第一旅旅长，蔡廷锴、沈光汉、毛维寿、区寿年等也分别升任二团的营、连长。

1925年7月，广州国民政府正式成立，粤军第一师扩编为国民革命军第四军，李济深为军长，陈铭枢任第十师师长，父亲任第十师副师长。他们参加了东征与南讨，为广东革命根据地的统一与巩固作出了重要贡献。

1926年7月，国民革命军举行北伐，陈铭枢任第十师师长，父亲任第十师副师长兼二十八团团长。国民革命军第四军在副军长陈可钰率领下屡建战功，历经长沙、汀泗桥、贺胜桥等战役，率先攻入武昌城。

1926年12月，国民政府由广州迁武汉。第十师扩编为第十一军，陈铭枢升任第十一军军长，将原第十师分编为两个师，父亲任第十师师长，戴戟为第二十四师师长，蔡廷锴为第二十四师副师长。

1928年底，陈铭枢继李济深之后任广东省主席，十一军实际上由父亲统率。

淞沪抗战和成立福建人民政府

1931年11月21日，陈铭枢就任京沪卫戍司令长官。十九路军开赴京沪一线警卫。

1931年12月，国民政府在南京改组，孙科任行政院院长，陈铭枢任副院长兼交通部长。

1932年1月6日，父亲继陈铭枢之后被任命为京沪卫戍司令长官。但当时他正在上海住院治疗，并未就职。

1932年1月28日，面对日军的侵略，十九路军不顾南京政府的电令在上海进行自卫还击，开始了震惊中外的"一·二八"抗战，历时月余。这一正当防卫、捍患守土、救国保种的正义行动，得到陈铭枢的支持。陈铭枢发来电报说，"……近日颇有人发议论，不忍本军牺牲，无以为继，亟欲设法避免再战，枢极不谓然"；2月12日，又再次来电重申原地抵抗的主张，"……望兄等坚决到底，不可为当局所摇夺为要"。陈铭枢的态度坚定了父亲抵抗到底的决心。因为在此之前，军政部长何应钦一再下达后撤的命令，使担任总指挥的父亲，陷于进退维谷之境地。

淞沪抗战后，在美洲各国的华侨居住区，不论是洗衣铺还是小饭馆，处处都高悬着陈铭枢、蒋光鼐、蔡廷锴的大幅画像。

冯玉祥对十九路军的抗日爱国行动给予了很高的评价，后来他在泰山立"五贤祠"，五贤的前三位就是陈铭枢，蒋光鼐、蔡廷锴。

1933年11月20日，"福建事变"爆发，陈铭枢、父亲与蔡廷锴三人，在当时被人们称之为事变的核心人物，因为七八年来，他们都先后指挥过十九路军和它的前身，而福建人民政府是依靠这支部队来维持它的存在的。陈铭枢是"福建事变"的主要发起人和策动者。父亲是福建省政府主席，蔡廷锴是十九路军总指挥。当时父亲与蔡廷锴本来都认为时机尚未成熟，但在陈铭枢的策动下，父亲说服蔡廷锴，以国家民族利益为重，不计成败。十九路军与苏维埃政府和红军签订了《抗日反蒋初步协定》，随之他们又联合李济深、陈友仁等主张抗日反蒋的势力，公开与国民党南京政府决裂。

由于各方面的主客观原因，福建人民政府存在不到两个月就失败了。但是，"福建事变"仍然是中国新民主主义革命进程中的一件大事。

福建人民政府失败后，陈铭枢和李济深、蒋光鼐、蔡廷锴等人聚集香港；总结经验教训，组织中华民族革命同盟，李济深被选为该同盟主席兼组织部长，陈铭枢等人为同盟领导核心，继续坚持联共反蒋抗日活动。

坚持团结抗日　投身人民革命

"七七"事变后，国共两党再次合作，李济深、陈铭枢、蒋光鼐、蔡廷锴等人，为这一新形势而高兴。他们经商议，认为一致团结抗日的目的已经达到，乃决定解散"中华民族革命同盟"，团结御侮、共赴国难。

抗战胜利后，陈铭枢和谭平山、杨杰、王昆仑等在重庆组织成立了三民主义同志联合会（简称"民联"）。李济深、何香凝、蒋光鼐、蔡廷锴、陈此生、林一元等在广州组织中国国民党民主促进会。民促成立后，受到了中国共产党的关注和帮助，积极开展了反内战、反独裁的斗争。1948年1月1日，中国国民党革命委员会正式成立于香港，民联、民促的领导人都参与了筹建的工作，并被推为领导核心成员。

稍后，父亲和陈铭枢热烈响应中国共产党的"五一"号召，毅然北上参加政治协商会议的筹备工作。1949年9月，在中国人民政治协商会议第一届全体会议上，陈铭枢被选为中央人民政府委员会委员，后担任交通部长，为新中国的社会主义建设事业作出了贡献。

可敬的长者

1951年初夏，我们家庭院的牡丹、丁香争妍斗艳，香气袭人。一个风和日丽的上午，随着一阵爽朗的笑声，家里来了一位客人。只见他身材魁梧，方正的脸上架着一副眼镜，颇有学者风度。能言善辩的薄嘴唇，很宽的鼻翼，透出一股威武的气概，令人感到是做过一番事业的人物。平常来客，父亲总是把我们小孩打发走，以免影响他们的谈话。可这次例外，父亲大声招呼我过去，让我叫"陈伯伯"。这是我第一次看见陈铭枢。

当时家里的客厅挂着陈铭枢书写的一轴条幅：读寒山诗录一，"傻人而傻干"①题：憬然兄留念（父亲字憬然）。这是1950年冬写的，下面盖的印除"陈印铭枢"外，还有"真如"（陈铭枢的字），憬然、真如两个别号都是高僧给题的。陈伯伯是著名佛学家欧阳竟无的门徒，父亲则与虚云和尚有深交。"福建事变"前夕，著名的"鼓山会议"，就是在虚云和尚做住持的寺院涌泉寺召开的。抗战期间，父亲带我去看过虚云和尚，还给我讲过他的许多故事。

1964年春节的清晨，父亲带着我去给陈铭枢伯伯拜年，那时他家住在北太平庄1号大院内。树叶落后显得光秃秃的枯树群中，坐落着一幢幢灰色的二层小楼房，汽车开过去，惊起一两只寒鸦，司机老赵同志熟练地将车停在一幢小楼前，周围是一片死寂，我怀疑过，里面是否有人住。真是门庭冷落车马稀啊！

陈伯母朱玉淑给我们开了门，并且热情地招呼我们进屋。这时，解放初期听到过的熟悉的爽朗的声音又在耳际回荡，屋里像是生了一盆火，暖烘烘的，父亲和陈伯伯很快就进入了热烈欢快的长谈之中。

没有想到这次见面竟是我最后一次见到陈铭枢伯伯，他和父亲相继于1965年5月和1967年6月永远离开了我们。

1980年11月底，在我母亲黄晚霞的追悼会上，我看见随着飘舞的雪花，瑟缩着走进来一位用黑色长围巾裹得严严的女人。虽然脸上增添了许多岁月的痕迹，但我一眼就认出，她就是陈铭枢夫人。我赶忙上去握手道谢，我握住的是一双冻僵了的粗糙的手，心中一阵哽咽，难过极了。

行笔至此我想，假如陈铭枢伯伯能活到今天，他一定会握笔挥毫，写出许多热情洋溢的壮丽诗篇来。

---

① 全文为：傻人而傻干，愚公山可移。傻人聪明干，袈裟猎客披。聪明聪明干，粉墨登场姿，聪明而傻干，功成不自知。

默默地奉献

——记民革北京市委医疗组的一天

一场罕见的浓雾笼罩着北京城，马路上能见度极低。这是9月22日的清晨，两辆国产的面包车缓缓地从民革市委大楼前驶出，向西北方向艰难地前进。

面包车里载着20多位民革北京市委医疗组的同志，他们中具有副主任医师以上高级职称的占三分之二以上，分别为中医、内科、耳鼻喉科、针灸科、妇科、儿科、骨科、眼科、口腔科、皮科、药剂科等十多个专业的专家。应市民委之邀，他们赶往四季青乡的苗族村为少数民族同胞们义诊。曾经担任积水潭医院副院长和第一传染病医院副院长的民革北京市委副主委张廉云同志也参加了这次活动。

在车上的闲谈中我了解到，82岁高龄的老中医曹国忠早上3点半钟就起床了，因为惦记着早晨要集合出发的事，从梦中惊醒后看错了表，把3点半误认为6点15分，后来骑了一个半小时的自行车赶到民革市委时，才真正是6点15分。这好像是一段笑话，但却是事实。曹老是一位起义将领，曾经是一位军长，戎马半生养成的纪律性和责任感使他夜不成眠。这一小事反映出医疗组同志们为社会主义建设添砖加瓦、为人民群众服务的满腔热情。

车抵海淀区四季青乡的门头村，医疗组受到了热烈的欢迎。海淀区政协副主席（原区委统战部长）蒋为同志、四季青乡人民政府乡长李文元同志、门头村的党总支书记萨继承（苗族）同志等区、乡、村的领导同志专程赶来迎接。村里对于这次义诊作了认真周到的准备，将原大队办公用的一排崭新的瓦房腾出，收拾得洁净整齐，供大夫们使用。医疗组的同志们将事先准备好的分科纸条往各办公室的门上一贴。各就各位，顾不上吃一口摆在桌上的、刚摘下的香甜欲滴的葡萄和苹果，义诊就开始了。这一上午共接待病人315名。

门头村是北京地区唯一的一个苗族村，该村与全国各地的苗族同胞有着千丝万缕的联系，医疗组的这一实际行动，为加强各民族之间的团结谱写了新的乐章。

午饭后原定就地休息半小时的，刚过了一刻钟大家就坐不住了，因为下午还与六一幼儿园约好了"顺便"去一趟，于是马上行动驱车来到坐落在香山脚下的六一幼儿园。

六一幼儿园的前身是延安第二保育馆，至今保留了许多艰苦奋斗的优良传统。在院子里我们看到幼儿们自己动手种下的菜蔬，我们还看到幼儿们午睡起床后自己叠被穿衣的有条不紊的好习惯。许多同志把自己毕生的精力都献给了幼儿教育事业，有的女同志为了事业一辈子也没结婚。我们看到有好多位已经从幼儿园离休的老红军从宿舍区前来就诊，他们的脸上手上镌刻着峥嵘岁月留下的痕迹。

幼儿园远离闹市区，平常看病不大方便，所以看病的同志来得相当踊跃，有的同志各科都看了一遍。医疗组这一"顺便"又为212人次检查治疗。已经是下午4点半钟了，还不断地有人前来要求就诊，经过多方劝阻才终于结束了医疗组这一天的义诊。接待病人总数是517人次。医疗组组长、朝阳医院的著名老中医刘贵权同志，今年76岁了，医院安排他一星期只上一天门诊，而且只挂20个号。今天，在他的桌前总是挤满排着长队候诊的人，这一天的工作量不知相当于他平日多长时间的工作量呢？

雾一天也没散，但雾并未能阻挡民革市委医疗组沿着正确的道路前进。自从中国共产党的十一届三中全会决定将工作重点转移到以社会主义建设为中心以后，民革北京市委的医疗组就开始了活动，开始时是为成员服务，后来逐渐走向社会。十年来他们做了不少有益的工作，报刊上也不乏报道。但我还是第一次有机会跟随他们义诊，真是百闻不如一见，这一天给我留下深刻的印象。在我们民革医疗组同志们心中，蕴含着对人民多么深沉的爱，他们的奉献精神又是多么值得我们学习啊！

已经是华灯初放时分，汽车才回到民革市委大楼前，大夫们迈着稳重的步伐各自回家去了。告别时，在他们稍带疲倦的笑容中仍然可以感觉到，他们的心里是愉悦的、充实的。有的同志还要赶着上夜班呢！这一天，我没听到什么豪言壮语，甚至没听到高声的谈笑或多余的话语，只有紧张的工作和对病人细心的询问与耐心的解说。我们的社会主义建设是多么需要更多人的默默奉献呵！

写于
中华人民共和国成立四十周年前夕

父亲与蔡廷锴①

"一·二八"淞沪抗战60周年纪念日到来之际,我想起当年淞沪抗战的最高指挥官——先父蒋光鼐和他几十年的患难之交蔡廷锴伯伯,多少往事涌上心头,形象还是那么鲜明,印象仍然如此深刻。"一·二八"的时候,先父担任国民革命军第十九路军总指挥,蔡伯伯担任第十九军军长。他们用自己毕生的革命实践教育了我们,他们不断进步的革命精神和爱国精神永远激励我们前进。

蒋光鼐像
(黑白木刻,38.8cm×27.2cm,1980年)

蔡廷锴像
(黑白木刻,38.8cm×27.2cm,1980年)

---

① 载广东省政协文史资料研究委员会等编:《一代名将蔡廷锴》,《广东文史资料·第七十一辑》,广东人民出版社1992年版,第143—171页。原标题为"蒋光鼐与蔡廷锴",正文有改动。

第二章　难忘故人

两个人是那么不一样

凡是见过先父与蔡伯的人都会有一个突出的印象，两个人是那么不一样。先父蒋光鼐，字憬然，出生于1888年；蔡廷锴，字贤初，出生于1892年，比先父小四岁，我们都习惯尊称他为蔡伯。

他们一高一矮，先父个子不高，他曾开玩笑似地说："我在保定军官学校学习时，选的是骑兵科，因为骑在马上别人就看不出我的高矮了。"蔡伯的个子却出奇的高，同辈人中有称他"高佬蔡"的，这是根据他的主要外形特征起的绰号。

他们的出身也不同。先父出身一个衰破的书香世家，曾祖父是清咸丰三年（癸丑）探花，官至翰林院庶吉士。祖父为清光绪二十三年（丁酉）举人，在京任景山官学教习，早逝。家中经济困难，先父从小跟教私塾的长兄读书习字，16岁考入东莞师范学堂，18岁入广东陆军小学，升南京陆军中学，后被选送保定军官学校，可以说是科班出身，常有人形容他具有文武兼备的儒将风度。

蔡伯的父母生长于农家，他从小看牛割草，因劳动而发育迅速，体格极为壮健，后为生计，随父学习裁缝与医牛，15岁便成为一个熟练的裁缝和医术高明的兽医，经历社会底层生活的艰辛。后从军，他作战英勇，屡立战功，一步一个脚印地往前走。在肇军当排长时，陈铭枢因他办事努力，剿匪有功，送他进护国第二军讲武堂学习。蔡伯在军界以勇敢善战、品质忠纯著称。

他们两人的性格也不一样。蔡伯从小性情刚烈、勇武坚毅、一往无前；先父则沉静寡言而思维敏捷，顾全大局。有人说正是这种性格的互补性，使他们能长期合作而无间。

在生活中，他们对很多问题的看法，开始的时候往往也不一样。但是他们能坦诚相见，经过认真的讨论，有时甚至是激烈的辩论，最后往往又能达成一致的认识，采取一致的行动。这一点，恐怕是他们能携手走过长达半个世纪之久的共同道路的重要原因。

他们也有许多相似之处

先父和蔡伯都是广东人，先父是东莞虎门南栅乡人，蔡伯是罗定县龙岩乡人，两人都是自幼父母双亡。先父15岁时，10天内父母相继去世；蔡伯16岁时已当家做主。他们两人都很瘦，这是一辈子在人生旅途上奔波、操劳的结果，皮肤上都留下了长年风吹日晒的痕迹。

他们一起参加东征、南征和北伐，他们一起领导了震惊中外的"一·二八"淞沪抗战；他们在一起发动"福建事变"，联共、反蒋、抗日；他们一起组织民族革命大同盟，主张联合各党派一致抗日，团结中国民众，推翻反动政府，争取民族独立，树立人民政权；他们在十四年抗战期间都努力投身于抗日救国；他们积极创建中国国民党民主促进会；他们又同是中国国民党革命委员会杰出的创始人；他们一起参加了中国人民政治协商会议的筹备工作，参加了成立新中国的工作；他们一起参加了社会主义革命和社会主义建设。

他们走的路是在旧社会的黑暗中摸索着走出来的。路虽曲折而且崎岖不平，但经过长期的社会实践，早在1933年，他们就找到了与中国共产党合作的道路，并最终接受了中国共产党的领导，这是中国革命历史发展的必由之路。

新中国成立后，蔡伯与先父都被安排在很高的职位上，担负重要的工作。

蔡伯历任中央人民政府委员、人大常务委员、全国政协副主席、国防委员会副主席、国家体委副主任、民革中央副主席等职。

先父历任全国政协常务委员、中央纺织工业部部长、全国人大代表、民革中央常务委员、北京市政协副主席、北京市民革主任委员等职。

在旧中国，在黑暗中摸索，寻找救国救民的道路时期，他们在革命航程的惊涛骇浪中逐渐建立起来的革命友谊，早已达到了同生死、共患难、休戚相关，情同手足，肝胆相照，荣辱与共的程度。

合作的前奏

1920年11月，孙中山返回广州重组护法军政府，并决定建立粤军第一师，作为粤军的模范。粤军参谋长邓铿（仲元）兼任师长。他是孙中山的坚定拥护者，他用进步的军事技术、政治常识教育和训练士兵。他罗致了一批较有朝气的军官和由保定陆军军官学校毕业的青年军官做骨干，如李济深、陈可钰、邓演达、张发奎、陈铭枢、叶挺、蒋光鼐、黄琪翔、蔡廷锴、陈济棠等，大都是有文化、有军事知识和指挥才能的人物。

粤军第一师逐渐成为一支具有一定政治觉悟、训练有素、意志顽强、团结一致、英勇善战的部队，成为孙中山进行革命活动的基本武装力量。十九路军将领大多出身于粤军第一师。先父和蔡伯都是第一师的骨干。

蔡伯负气离营

1923年隆冬，蔡伯任粤军第一师第四团第三营少校连长时，原第四团团长戴戟调西江讲武堂任堂长，第三营营长缪培坤升任第四团团长，蔡伯一心以为第三营营长空缺一定是非他莫属了。因为他当时在该营任少校连长，论战功，已记功三次；论资历，在连长中他资历最深。第四团的官兵亦纷纷向他道喜，预祝他荣升营长。但是，出乎意料的是，上级从营外调先父担任第三营营长。这消息有如一盆冷水浇头，使蔡伯感到心灰意冷，认为再干下去也是前途无望了。他觉得不平，不平则鸣，鸣则非走不可。于是，他决心请长假，但上级不批准。蔡伯一怒之下将全连枪械与金钱等物一一点交清楚后，即与同事告别，由于年轻气盛，连说了几十个"请"字弃职而去。上级领导知道后，派人追到船上劝他回去，并许愿把他调升别的营或者机枪独立连,但蔡伯态度坚决地表示"好马不食回头草",扬长而去。

就这样,蔡伯脱离了第一师第四团,到大本营补充团邓世增营任连长去了。先父担任了第四团第三营营长。

但是,事有凑巧,仅仅事隔一年,命运还是把他们安排在一起了。

开始合作共事

1924年冬,孙中山北上,陈铭枢从南京学佛归来,担任粤军第一师第一旅旅长,属下两个团,由张发奎之独立团改为第一甲,先父任第二团团长,第二团以蔡伯为第一营营长。这是先父与蔡伯第二次调到一起,却是第一次共事,从此开始了他们持续一生的深厚友谊。第二团是新建的,短兵缺枪,廖仲恺先生拨六五枪700杆给他们补充,改编之后,蔡营调驻肇庆训练。

1925年初,第二团出发东江讨伐陈炯明的时候,蔡营奉命归第二旅的补充团团长黄镇球指挥,出发广西贺县讨伐沈鸿英部。直到东征军占领惠州,第二团抵淡水后,先父致电蔡伯,让他速旋师归还建制。蔡伯闻前线战报,我军节节胜利,在"棉湖战役"大胜后,又在兴宁破桂系林虎主力于神光山。他兴奋异常,每日行军百里,恨不得即日追上,加入作战。到达梅县,始赶上二团,先父听了蔡伯报告随友军作战经过后,甚为嘉勉,并犒赏酒肉费百余元,让他们在梅县休息三天,然后回师广州,参加平定滇桂军阀杨希闵、刘震寰叛乱。直到这时,先父与蔡伯才真正在一起共事,并肩战斗,开始了他们长达数十年亲密无间的合作。虽然以前他们尚未接触,就曾有过蔡伯负气离营的不愉快事情,一旦共事,从一开始就很和谐。由于蔡伯作战勇敢,善于捕捉战机,积极主动,献计献策,多次受到先父的赞赏。先父自从带兵后,很快以自己沉着机智的用兵,公正而宽厚的待人,赢得了部属的尊敬和爱戴。

以少胜多第一仗

1925年9月,国民政府将所有革命军队改编为国民革命军,从第一军编至第七军。先父与蔡伯所在部队粤军第一师改编为国民革命军第四军,李济深任军长,陈可钰为副军长,陈铭枢为第十师师长,先父升任第十师副师长兼第二十八团团长,蔡伯仍任第一营营长。

10月,第十师参加南征,从肇庆移驻江门。在开平单水口战役中,第二十八团一千余人经三昼夜激战,蔡伯估计敌军强攻我军阵地数日,必定疲困已极,即向先父建议全团出击,得到赞同。第四日拂晓全线出击,经两小时激战,即将敌击溃,蔡营一直追击至开平城附近。是役,缴敌枪千余,击溃邓本殷主力六七千人来势汹汹的进犯。

单水口战役是以少胜多的成功战例。这一仗是先父与蔡伯合作后,第一次取得以少胜多的战果。

经过几次战斗,蔡伯与先父开始有了私交,蔡伯回忆南讨驻钦州时写道:"有时亦到团部与团长谈军事,团长对此亦极感兴味。因此,无形中得着不少进益。"

并肩北伐立战功

经过东征与南讨,两广统一后,北伐有了一个可靠的根据地,国民革命军积极筹备北伐。

当时有人对蔡伯说:"你就要升团长了,恭喜你。"蔡伯说:"不要取笑,我自知学问种种均不及人,现任营长已属讨当,有何能力任团长?请你不可造谣,若像在第四团时传我将升营长一样,那么,使我更难过了。"这一回不是谣言了,不久,先父因担任副师长职务,事务太繁忙,辞去了他兼任的第二十八团团长一职,遗缺由蔡伯升任。先父集合全团官兵在钦县较场举行阅兵式并训话,宣布了这一决定,号召官兵参加北伐,铲除北洋军阀，完成国民革命。

国民革命军誓师北伐，以第四军为先遣队，由副军长率领第十师、第十二师和独立团先行出发。蔡伯在进攻淡江中洞岭时左手受重伤后，入长沙湘雅医院治疗，闻得北伐军已围攻武昌城，急不可耐，伤口尚未复原，以绷带吊起胳膊，出院乘车赶到师部请战，当天晚上即率领第二十八团调武胜门作第三次爬城冲锋，但伤亡甚大，未能得手。第四军各部队围攻武昌城月余之后，10月10日，第十师二十八团率先从南门扑入城内与敌巷战，攻下武昌。

收复武汉后，第十师师长陈铭枢兼任武汉卫戍司令，第四军之第十、十二两师由先父与张发奎指挥，到江西增援。在那里，国民革命军之一、二、三、六、七各军与军阀孙传芳十万之师血战月余，胜败未分。第四军主力在马回岭、德安一线与敌激战，使敌溃败，遂截断敌之后路。不久，孙传芳之主力随即崩溃。

第四军在半年时间里，奔驰数千里，转战湘鄂赣三省，经历了七个重要战役，其战绩之辉煌，为诸军之首。1926年11月下旬，第四军从赣北凯旋，来到武汉，各界联电致贺。1927年1月15日，武汉粤侨联欢社把在汉阳兵工厂特制的一面铁盾赠给第四军。铁盾正面铸有"铁军"二字，上款写着"国民革命军第四军全体同志伟鉴"，铁盾背面有一首四言题词，概括了铁军之名的来历和含义。第四军之第十师、十二师和独立团获得"铁军"的光荣称号是当之无愧的。

这时，第四军扩编，分出第十师扩为第十一军，由陈铭枢升任军长兼武汉卫戍司令，辖第十师、二十四师及二十六师。先父升任十一军副军长兼第十师师长，戴戟升任第二十四师师长，蔡伯升任副师长。

苦闷与彷徨

大革命失败以后，先父与蔡伯认为蒋介石是孙中山的继承人，把南京

第二章 难忘故人

政府视为正统，听凭蒋介石的调遣，以"铁血"维护了南京政权。

1930年8月17日，先父受命为国民革命军第十九路军总指挥，晋升上将军衔，获二等宝鼎勋章。蔡伯被委为第十九军军长，授中将衔。这是因为他们率部在粤桂战争及中原大战中连战皆捷的缘故。然而，目睹蒋介石发动的连年内战给人民带来的巨大灾难，以及国民党内各派系之间为牟取私利而进行的无休止的激烈斗争，先父以"铁血"维护中央统一的信念发生了动摇。他常称病拒绝视事，蒋介石虽然派人前往劝说，甚至亲自到医院探望，他都不肯回部指挥。11月，国民党在南京召开第四次全国代表大会，先父被选为代表，但他却置之不理，拒不出席。

当时先父已经拥有高官厚禄，但念及自己投身革命的初衷，常感到心灰意冷。他虽然奋死征战，从辛亥革命的普通一兵而官至十九路军上将总指挥，但却痛感国家政治腐败，面对烽火遍野的中华大地，他多少有些心力交瘁不愿再参加内战，他甚至已经开始准备解甲归田了。在苦闷与彷徨中，他常常手持《陶渊明集》和《剑南诗稿》聊以解忧。

本来蒋介石对蔡伯的骁勇善战是非常器重，并千方百计地加以推崇和利用的。蔡伯那渴望制服对手的战斗激情，精明果断的军事指挥才能和勇猛顽强的战斗作风，在连绵不断的内战中，进一步得到发挥和显得出类拔萃。但蒋介石从来未把蔡伯看成是自己的嫡系和心腹，而蔡伯能听从蒋介石的调遣，主要是出于为实现三民主义而团结奋斗的真诚愿望，同时也由于对蒋介石存在着不切实际的幻想。由于这种幻想在严酷的事实面前不断地遭到破灭，蔡伯与蒋介石之间的矛盾和裂痕也就不可避免地发生和扩大了。

蔡伯越来越清楚地意识到继续打内战是没有出路的。因为不论是"党军"之间"在青天白日旗下互相残杀"，还是"党军"对工农红军的频频"围剿"，"根本就是执政者自私的结果"。长此下去，不仅于国家的前途无补，反而"自灭革命力量"，给外敌以可乘之机。到头来，吃亏倒霉的又都是普通老百姓！

如果说在"九一八"事变之前蔡伯对蒋介石和他顽固地推行"攘外必先安内"的反动政策还缺乏足够的认识的话，那么，在"九一八"事变中蒋介石采取"绝对不抵抗"政策，致使东北三省全境迅速沦陷的事实，不仅激起了全国人民的反对，也使蔡伯思想上产生了质的变化，他开始认识到："连年内战，枪口不能对外，是造成日本帝国主义想灭亡我国的主要原因。决心从此不再反共，主张一致对外。"[①]

"一·二八"淞沪抗战

1931年10月下旬，由于宁粤合作，十九路军开赴京沪铁路沿线担负警卫。总指挥部驻南京两广会馆，第六十一师驻南京、镇江，第六十师驻苏州、常州，第七十八师驻淞沪、南翔。

由于日本帝国主义以上海为中心的压制抗日运动和军事侵略的企图越来越明显，十九路军在1月23日于龙华警备司令部召开了营以上的干部紧急会议，先父带病出席并主持了会议，他与蔡伯和当时担任淞沪警备司令的戴戟伯伯都在会上讲了话。会议讨论决定了包括准备军粮物资等在内的一切应变措施。会议决定，19时向全军各部发出了"我军以守卫国土，应尽军人天职之目的，应严密戒备。如日本军队确实向我驻地部队攻击时，应以全力扑灭之"的密令。

值得注意的是，从这淞沪抗战第一道密令起，到后来的第一道抗日通电、《告十九路军全体官兵同志书》、《敬告淞沪民众书》、2月20日对日本植田的最后通牒、3月2日发的退守待援通电等，都是由十九路军总指挥、第十九军军长、淞沪警备司令三人联名签署的。先父与蔡伯、戴戟是从粤军第一师时起就已是患难与共的亲密战友，"一·二八"淞沪抗战由

---

① 蔡廷锴：《回忆十九路军在闽反蒋失败经过》，载中国人民政治协商会议全国委员会文史资料委员会编：《文史资料选辑》（第59辑），中华书局1979年版，第73页。

于有这样一个坚强的领导集体，群策群力，共赴国难，从而保证了十九路军在一个多月对日的激烈战斗中指挥系统的正确无误。

1932年1月28日夜里11时30分，日军在上海闸北悍然发动猖狂进攻。驻守在闸北的张君嵩团，按照23日会议后第一道抗战密令的规定方针进行了坚决抵抗。

战斗打响的时候，先父还在医院养病。以前蒋介石让他出去"剿共"，他屡征不起，这次抗日，一得戴戟司令电话，便马上驱车到蔡伯处。稍谈几句，两人即同往龙华司令部与戴戟一起面商抗敌大计。作出安排后，因通往闸北的道路情况不明，三人在冰天雪地之中，踏着泥泞小路，由北山步行往真如车站，至天将拂晓才抵达目的地，就近指挥战斗。

在敌人猖狂进攻下，十九路军将士恪尽守土之职责，违抗国民政府命令，坚决进行了自卫还击，使敌人不能越雷池半步，不断增兵、数易主帅。十九路军的坚决抵抗大长了抗日军民的士气，大灭了侵略者的威风，得到了上海各界群众的大力支持，受到了全国所有爱国军民的赞颂，赢得了世界进步舆论的称誉。"一·二八"淞沪抗战的英雄业绩，是数以千万计的中华民族优秀儿女用自己的血肉建立的。英勇的十九路军将士在全国人民以及世界各地的爱国华侨的支持下，谱写出一曲曲震撼人心的爱国主义颂歌，将永远为人民所传诵。在那国难当头民族危亡的时刻，"一·二八"谱写了甲午以来抗暴却敌的第一页光荣历史。

十九路军孤军苦战半月之后，为了敷衍舆论对国民党政府按兵不动的指责，蒋介石曾作出姿态示意军政部长何应钦同意张治中将军的抗日请求。2月16日，张治中将军率第五军赶到参战。先父是淞沪抗战最高指挥官，决定实行分区作战，第十九军和税警团归蔡伯指挥，为右翼军，占据南市龙华、真如、闸北、八字桥、江湾一线，军部设在真如；第五军及第十九军七十八师翁照垣旅归张治中军长指挥，为左翼军，占据江湾北靖一线并死守吴淞要塞，军部设在刘行镇。第十九军与第五军分工合作，互相配合，同仇敌忾，粉碎了敌人一次又一次的进攻，创造了许多可歌可泣的动人事迹。

与此同时，何应钦却又指责十九路军违命抵抗，不服从军令，并制止其他部队对十九路军的支援，其通报如下："十九路军有三师十六团，无须援兵，尽可支持。各军将士非得军政部命令而自由行动者，虽意出爱国，亦须受抗命处分。"①

因此，当时近在咫尺的驻无锡、苏州一带的上官云相、戴岳、梁冠英等人的部队以及在杭州、赣东的蒋介石嫡系部队约60个师的兵力皆按兵不动，不敢予以支援。

几十年之后，先父与蔡伯在谈到国民政府这种卑劣做法时，仍压抑不住满腔怒火，并感到永远的遗憾。在他们的回忆文章里也已详细作了描述。

先父作为总指挥，最使他感到忧虑的不仅是敌人凶残狡诈，还有当局的昏聩媚外。除了指挥前线的战场外，他不得不花费许多时间和精力去与当局那些错误指示进行周旋。从"一·二八"淞沪抗战档案资料中的来往电文可充分反映，这无异于一场自己捆住了手脚的战争。

在蜿蜒百里的防线上，仅以武器装备落后且已久战疲劳的四万之众抗击有飞机、军舰、坦克装甲车装备的六七万敌人，其结果是不言自明的。经过33天的战斗，预备队已全部用尽，眼看增援部队又已经无望，3月1日下午8时，先父召集蔡、张二军长和戴戟到南翔会商。先父在会上将整个战局形势向大家介绍后，当时会场的气氛极为悲愤：张治中沉痛至极，一言不发；蔡伯则怒目圆睁，对卖国媚外之流痛骂不已；戴戟则捶桌顿足，把座椅踢翻……当晚11时，先父不得已含泪下达了全线撤退的命令，全军秩序井然地退守嘉定、黄渡等地的第二道防线。

先父和蔡伯与蒋介石的矛盾在淞沪抗战中终于达到了公开化的程度。

---

① 载中国人民政治协商会议全国委员会文史资料委员会编：《文史资料选辑》（第37辑），文史资料出版社1963年版，第12页。

事后，他们分别受到蒋介石的训斥。这时蒋介石已暗藏着要消灭十九路军的杀机。先是要使之肢体分割，拟将该军三个师分别调往皖、鄂、赣等地；后来，经各方的力争，蒋介石才打消原议，接着又把十九路军调往福建"剿共"，其险恶用心就是想借红军之手消灭之。

蔡伯东莞促驾

"一·二八"之后，先父接到军委会密令，让十九路军开往福建，"进剿"红军。他早已决心永不参加内战，对此命令不作任何表示。参加完上海市民在商会召开的"淞沪抗日阵亡将士追悼大会"后，他对蔡伯也没有打招呼，独自偕同家人秘密离沪赴港。当南京政府授予他和蔡伯、张治中青天白日勋章，并任命他为驻闽绥靖主任。蔡伯升任十九路军总指挥时，他已回到广东东莞故乡隐居。

驻闽绥靖公署主任负责全闽军政事务。先父在乡间，尚未就职，蔡伯感到办事甚为棘手。因为他虽是军队最高指挥官，只有指挥军事行动之责，无指挥行政之权。他担心如果先父迟迟不抵闽任职，南京政府可能另委他人接任，这对十九路军的前途和抗日反蒋事业都将十分不利。于是，蔡伯约请粤军第二军军长香翰屏一同赴广东东莞劝先父出山。

蔡伯和香翰屏刚走到南栅乡的附近，先父就以闲适的态度在郊外相迎。开口便说："有劳你两位大驾光临，真不敢当。请你们吃荔枝，但不准你们谈政治问题。关于我个人行动，更请你们不可多说，你们照我之意做，我就令人备办几味土产好菜相请。"蔡伯听后感到先父已预先知道他们来意，有点难于启齿了，还是香翰屏以老朋友的态度说："大约谈谈政治都得呀。"先父则频频摇头，把话锋转到别的地方去了。后来，香翰屏乘机把谈话内容再转入正题，把蔡促驾的意思说出，先父态度仍十分坚决，强调在乡下地方不准说及政治，只可闲话桑麻。一直到吃完晚饭，在院子里的荔枝树下吃最新鲜的荔枝时，香翰屏趁先父高兴，复鼓其三寸不烂之舌，劝说他出山。蔡伯更以辞职相激道："好，憬公不回去领导本军，我回去独力维持，亦确心灰意冷。明日返省后，即回我故乡罗定休养，此乃天公地道的事，我亦不敢再向你要求了。"这下子把先父难住了，只好答应："你们不原谅，一定要我下水，明日与你们上省城，再定行止。"

到了广州，经与粤方诸要人面谈后，先父不再坚持不回闽了。

坚持抗日反蒋

1932年12月7日，蒋介石命蔡伯升任驻闽绥靖公署主任，同时改组福建省政府，以先父任福建省政府主席兼民政厅长。

1933年1月，蔡伯从漳州到福州，先父到码头迎接，蔡伯心里有点难为情，因为先父原来一直是他的上级。为此，蔡伯曾一再表示要让官，他找先父谈，决心要辞去绥靖主任一职，请先父兼理。先父不但不答允，却反加责备。接着，蒋介石电召蔡伯赴武汉受训，蔡伯在蒋介石面前又提此事，将不能兼顾绥靖主任一职之理由，向他报告，请另派贤能，或仍由蒋主席兼理。蒋介石又不许可。

蒋介石先是让蔡伯任十九路军总指挥的职务，把先父调离十九路军，名义上是升任驻闽绥靖主任；然后又把先父置于蔡伯领导之下，其用意有如司马昭之心，企图达到其挑拨离间之目的，在二人间制造矛盾与不和，以便分而治之。然而，多年来，先父作为蔡伯的直接上级，他们一道南征北战，先父的军事谋略和蔡伯的骁勇善战几乎达到了珠联璧合的程度。他们在长期合作中结下了深厚的战斗友谊。因此对于这次领导职务上的变动，先父并不十分看重，他们二人之间的关系并没有因为工作的调动而疏远。先父主政闽省后，以福建为基地，继续与十九路军一道，为坚持抗日立场，保存与发展实力，以对抗蒋介石排除异己的政策，做了不少事情。

1933年初，卖国的《塘沽协定》签订，不仅承认了日本对东北及热河的侵占，而且把察北、冀东的广大地区拱手让给了日本。蒋介石集团的卖国行径再一次激起了先父的愤怒。他草拟了一封反对与日妥协的通电，征得蔡伯同意后，于5月25日联名发出。蔡伯回忆道："该电内容因对塘沽协定不满，言词激烈。"通电说："光鼐廷锴窃以我与暴日不共戴天，妥协苟存，无异圈牢待宰，等一死耳。与其呼号宛转于屠杀之下，孰愈于慷慨奋斗于浴血之中……"下面一段电文批判蒋介石"先安内后攘外"的理论："顷者钧座既屡以'共匪'不除，不能谈抗日为诫矣。然区区窃引为深忧者，共何日可以剿除，敌何日停止进攻？假使外被不可止之进攻，内悬不可决之'剿'除，则国将不国，届时狼狈沉沦之惨状，孰得而知？"

至此，先父与蔡伯进一步认识到，以蒋介石为首的南京政府顽固坚持内战的反动政策，是导致中华民族危机的真正根源。只有积极进行反蒋斗争，推翻南京政府，才能促成全国民众的一致抗日，以拯救民族危亡。

发动"福建事变"

1933年11月，先父与蔡伯、陈铭枢一起联合李济深等国民党内反对势力，策动了联共、反蒋、抗日的"福建事变"。

1933年1月，中国共产党发表宣言，愿以三个条件同国内任何军队合作。抗日三个条件是：立即停止进攻苏维埃区域；立即保证民众的民主权利；立即武装民众。

获悉上述宣言内容后，先父非常高兴，觉得与自己的想法吻合。他对蔡伯说道："蒋介石驱使十九路军'剿共'孤军深入，是想借红军之手消灭异己，这一招比他亲手歼灭我们更恶毒。如今红军提议真诚合作抗日，完全符合十九路军官兵不想再继续打内战、联合起来一致抗日的愿望。我们应当起来响应。也只有联共抗日的道路，才能挽救十九路军，我们很有必要和中共建立密切的关系。"

先父与蔡伯得知陈铭枢几次派代表与中共联系之事尚未有结果，心中十分着急,决定派陈公培火速赴苏区直接与红军联系。先父用绸子给红军写了一封信,表示和谈愿望,主张双方先停止战争行动,以联合抗日。陈将信藏于衣领内,蔡伯给他开了一张放行的便条,派人将他送到前沿阵地。陈公培于9月间在红三军团总部所在地王台见到了彭德怀、袁国平等人,并带回了彭德怀的复信。彭德怀在信中对十九路军响应共产党的宣言与红军合作表示欢迎。从此闽北前线进入休战状态。

陈铭枢得知这个消息后也十分高兴,回电希望再直接派代表到江西瑞金去会见中央红军领导人。先父与蔡伯商量后,决定派十九路军秘书长兼闽西善后委员会秘书长徐名鸿前往。徐名鸿在陈公培陪同下,约在10月间到达瑞金,毛泽东、朱德、周恩来等热情地接见了他们,表示苏维埃政府与红军支持十九路军抗日反蒋的革命行动。10月26日,双方签署了《反日反蒋初步协定》。不久,中共也派代表到福州,住在福州绥靖公署内,从事双方的联络工作。

第三次派代表进入苏区,是福建人民政府成立之后。李济深和先父商量,派人民革命军一方面军总部参谋处长尹时中前往苏区,请红军大力支援。尹时中在瑞金曾见到周恩来、刘伯承等。

"十九路军与中央红军签订停战协定,在国民党军队中是首例,意义重大……"①

1933年5月,陈铭枢考察苏联与欧洲各国后回国,立即同先父等筹划起反蒋抗日事宜。他奔走于香港、广州与福州之间,联合第三党同国民党内爱国民主人士,加紧进行反对蒋介石和南京政府的活动。他几次入闽,到机关部队演讲、训话,活动频繁。

1933年10月,先父在香港李济深寓所参加了一次重要的筹备会议。经过讨论,会议做出了即赴福州发动反蒋抗日运动、组织新政府的决定。先父在会上没有发表意见,但他对草率行事、急于发难、作孤注一掷的蛮

---

① 见平杰三:《纪念蒋光鼐同志——由将军到部长》,具体出版信息不详。

干,心中是很忧虑的。考虑到自己当时是福建省政府的主席,如果发表不同意见,可能会引起误会,朋友们会不会误认为自己恋职,企图维护个人的既得利益?他虽然认为会议的决定太仓促、太草率,但仍按照会议决定,迅速回闽,着手准备。

当时任驻闽绥靖公署主任、十九路军总指挥的蔡伯听说先父由穗返闽,即到家中会商。蔡伯本来对陈铭枢在闽的活动表现就有看法,听了香港会议决定之后,对陈铭枢仓促举事的做法更加不满,甚至产生过挂印离队的想法。

先父多次与蔡伯推心置腹地交谈,在中间做了许多调和工作,他对蔡伯说:"我们要实行抗日,但要抗日,非革命不可。南京政府不能领导我们抗日,中华民族解放无期,中华民族必沦为日本殖民地,万劫不复。"要学孙中山先生手无寸铁也敢于革命的精神,而且革命不能计成败。蔡伯同意了成功失败本不足计的观点。

在"福建事变"的酝酿过程中,先父和蔡伯在几次关键性的会议讨论具体做法时,都发表过中肯的意见,提出过一些事后看来是精辟的见解。虽然自己的意见没有被采纳,两人还是忠实地执行了会议的决定。

蒋介石在十九路军中派有特务坐探,对福建发生的一切了如指掌。对陈铭枢、先父和蔡伯分别都做过分化瓦解的工作。他曾来电劝先父要以十九路军光荣历史为重,勿以一二人反复无常而盲目附和,甚至威胁说,否则已往出生入死所造之光荣勋绩将随之毁灭。先父置之不复,不予理睬。

蔡伯掌握兵权,蒋介石对他更为重视,力图收买与拉拢他。

1933年9月、10月,蒋介石曾迭次致电蔡伯,查询陈铭枢回闽后的具体活动情况,并派飞机接蔡伯至庐山会晤。蔡伯听从先父的劝告,托病不去。随后,蒋介石又命蔡伯派亲信往见,蔡伯派黄和春随宋子文赴庐山面蒋;召见后,要宋拨50万元交黄转蔡伯,以图实行重金收买,未果。在"福建事变"发动前两三天,蒋介石在与蔡伯通了几次长途电话之后,又派人乘自己的专机携亲笔信到福州接蔡伯前往南昌会晤。在先父等人劝阻之下，蔡伯决定不自投罗网，并扣留了蒋介石的专机，粉碎了蒋介石破坏"福建事变"的阴谋。

"福建事变"发生时，先父和蔡伯在福建是手里有政权和军权的人，如果革命计成败，稍为计较个人得失的话，他们不会同意仓促起事的计划。如果不是为了中国革命的前途、中华民族的自由幸福，他们也还是可以高官厚禄，安享"清福"的。但是他们没有这样做，而是采取了如陈铭枢所说的"尽地一煲，拼完为算"这样一种积极进取、义无反顾的态度，具有"知不可为而为之"的无私无畏的气概。他们当时也许还不知道，自己已被列入蓝衣社暗杀对象的黑名单中了。

"福建事变"的酝酿与失败的经过情况，先父与蔡伯都亲自写过回忆文章。福建人民政府从成立到瓦解，岁尾年头号称纪元二年，实际上只有两个月，由于主客观方面的种种原因，很快就失败了。先父和蔡伯等主要领导人陆续避居香港。

"'闽变'虽然由于内外各种因素而失败了，但是它标志着在抗日还是妥协这个问题上，国民党内部分歧的加深和矛盾的激化，推动了国民党爱国民主力量的进一步集结和发展。"①

从此，先父与蔡伯走上了同中国共产党合作的道路，是他们一生中的重大转折点。那是中国共产党成立的第12个年头，而且正是在党最艰难困苦的时候。

组织民族革命大同盟

"福建事变"领导人陆续抵达香港后，他们有更长的时间和更多的机

---

① 摘自屈武、朱学范：《抗日名将、爱国志士——纪念蒋光鼐先生诞辰一百周年》，载《人民日报》，1988年12月29日。

会，经常聚在一起，总结过去，展望未来，纵谈国是。1935年7月，先父与蔡伯、李济深、陈铭枢等联合国民党的民主派人士和一些社会贤达，成立了一个秘密组织，叫民族革命大同盟。李济深任主席，先父和蔡伯先后代理主席，每月费用均由李、陈、蒋、蔡四人担负。为此，先父卖掉自己在香港九龙界限街的住房，将所得全部拿出来作为大同盟的活动经费。

大同盟的宗旨是：联合各党各派一致抗日，团结中国民众，推翻汉奸政府，争取民族独立，建立人民政权。

大同盟办有《大众报》《民族阵战》《大众动向》等报刊，宣传反蒋抗日的主张。其中《大众报》影响较大，销售量也高，受到港澳地区民众的欢迎。集股扩充《大众报》为宣传机构时，除将前十九路军的三万公款挪买机器外，先父与蔡伯入股最多。

随着日本帝国主义对华侵略的加剧，中日民族矛盾逐渐上升为主要矛盾。在大同盟成立一周年之际，先父与蔡伯、李济深、陈铭枢等大同盟最高领导人，根据中共《八一宣言》的精神修正政策，放弃了反蒋的口号，主张"停止内战，共同抗日"。1935年12月，大同盟领导人在《救国时报》上发表共同抗日救亡宣言，拥护中国共产党和平解决西安事变的方针。"一二·九"运动爆发后，大同盟发表《告同胞书》，声援爱国学生的抗日救亡运动。

1937年卢沟桥事变爆发后，全国抗日民族统一战线形成。8月，大同盟发表宣言，号召国内外盟员、全国同胞"全体动员，各尽其力，拥护政府，抗战到底"。10月29日，大同盟领导人公开发表了《民族革命大同盟解散宣言》，"吾人深信此种光明表示，足以增强全民族团结之信念。我海内外同盟组织一律结束后，所有力量，自当贡献政府，效力抗战，以贯彻吾人之素志"。

奔赴国难，壮志难酬

从"七七"事变后的整个抗日战争期间，先父与蔡伯从一开始就响应中共《八一宣言》的号召，很快就回到国内参加抗日民族统一战线，准备一致抗日，团结御侮，共赴国难。蒋介石和国民政府被迫联共抗日，也给他们安排过一些不算小的职务，但是都没有实权或者是没有兵的光杆司令。先父先后担任过国民政府军事参议院上将参议官、第四战区司令长官部参谋长、第七战区司令长官职务。蔡伯就任过第十六集团军副总司令、总司令，第二十六集团军总司令等职。他们都有英雄无用武之地的感觉，无法施展其抗敌的抱负。蔡伯在自传中描写自己抗战八年、坐困西南的苦闷心情是相当传神的。先父在七战区任职时，我们家住在曲江十里亭的一个小山上，背靠黄岗山，他经常清晨带我上山打猎，教我背诵唐诗，给我讲述历代爱国将领的英雄事迹。当时我只是个七八岁的孩子，哪里晓得在他那悠闲自得的外表下，隐藏着一颗痛苦的忧国忧民之心，他要凭借古代诗人那些优美的作品在平衡自己的心态，哪怕是能暂时忘却正遭受敌人铁蹄蹂躏的祖国、民族、故乡。

"数月来最欢慰的时期"

1938年10月，蔡伯因车祸住进香港玛丽医院。同时，先父因身体不适亦到该院休养，两人住隔邻房间。蔡伯在自传中回忆道："自蒋先生来留医，来探访的亲友此去彼来，有若过江之鲫。因为我与蒋先生患难与共廿多年，所有彼此亲友，大都相熟，是以来访我的必探蒋先生，看蒋先生的亦必来望我，接踵相继，无或有间，几使我忘却病痛，可算是数月来最欢慰的时期。蒋先生住院四星期，已恢复健康，可以出院了。医院总是希望蒋先生早离医院，可是当蒋先生出院时，我确有点难过，情若不舍，因为此后我在医院又复返孤寂了。"①

上面这段文字真实地表现出蔡伯与先父经过20多年并肩战斗和患难与共的生活,在感情上已达到了难分难舍的程度。

忘记家中电话号码

下面再介绍蔡伯在自传中写到一个不大引人注意的细节,有时一个电话号码的事也可反映出两个人的关系。

1941年初,"虽自抗战军兴以来,我参加作战已数年,唯日受掣肘,无所施展,然已竭尽心力,自问无愧。今在休养期间,无聊中乃忆起家人儿女辈均寄居香港,三年余未得见面,故乘暇与继室西欧于1月9日晚乘中航民用机飞港……约十二时抵达香港,降落启德机场。捡拾行李,已失去皮箱,查觅半个钟头之久,尚无着落。时已更深,又忘记家中电话号码,乘的士车过海后,打电话至蒋光鼐先生公馆,请其转知我家人在门前守候。故甫抵闸门,绍昌儿已牵着一只狼狗在门前候迎"②。

阔别香港三年余,连自己家中电话号码都忘记了,但却记得先父家中之电话号码,可见平日联系之多。从这一个电话号码的细节,也可反映出两位前辈的亲密关系。

重任在肩,埋头工作

抗战胜利后,蒋介石不顾全国人民对和平的渴望,于1946年悍然发动全面内战。先父和蔡伯对于蒋介石坚持独裁、发动反共内战的错误行动是坚决反对的。先父和蔡伯、李济深、李章达等商量今后的行动,决定在第七战区因抗战胜利而撤销后,先父接受由余汉谋任主任的衢州绥靖公署

---

① 蔡廷锴:《蔡廷锴自传》,黑龙江人民出版社1982年版,第466—467页。

② 同上书,第542页。

副主任职务，以便进行策反工作。他欣然接受了中共委托他争取余汉谋起义的策反工作，并为此专程去了一趟台湾。因此，当在广州组织成立中国国民党民主促进会的时候，他不便参加集会活动，只在幕后进行筹划，暗中尽力协助民促成员的地下活动；还捐助了巨额会费，大力支持民促的工作。

在此期间，先父曾经利用自己的特殊身份，借用当时担任广州行营主任张发奎的汽车，将被军警特务围困在中山大学的地下党员梅龚彬教授营救出来。这一惊心动魄的场面，我们直到纪念他诞生100周年的时候才听说。由于他守口如瓶，连亲人也不告诉，不知还有多少"秘密"已经随他而去，也许已经成了永远的"秘密"了。

由于先父另有重任，在香港筹备成立中国国民党革命委员会的时候，好几次会他参加了都没有签名，民革创立人之一的朱学范在纪念文章中提到了这一点。民革成立，先父被选为中央执委，但名单不公布，使他方便工作。在他的掩护下，民革和民促在广州的工作进行得比较顺利。

1948年1月，蔡伯与李济深、朱蕴山等民革中央领导人乘船北上，进入东北解放区后，先父和张文、陈汝棠等主持民革中央机关在香港的留守工作。

1949年三四月间，周总理在北京饭店召集一部分民革的中央委员开座谈会，有人提到蒋光鼐争取余汉谋起义没有成效时，总理说："我们对憬然先生要借重的地方很多，不在乎这次策反的成功与否。"

先父在广州、香港一直埋头工作到1949年8月，才由中共代表乔冠华陪同北上，参加新政协筹备工作。为此，他被国民党中央永远开除了党籍。

追求光明、建设新中国

新政治协商会议筹备委员会于1949年6月15日在北平召开会议，参加会议的有23个单位的代表134人。先父和蔡伯都是民促的代表。先父到北平前由秦元邦代。

1949年9月25日,先父在人民政协第一届全本会议上发言说道:"本人非常欣幸能参加这次大会。正如一个在黑暗中摸索了多年的人,突然看见了光明一样。"这是他当时心情的真实写照。经过将近半个世纪在黑暗中的摸索,出生入死,艰苦奋斗,终于看到新中国有如一轮初升的太阳,发出万丈光芒,冉冉升起在东方的地平线上。他当时的兴奋与喜悦可想而知。先父这几句话,道出了包括蔡伯在内的许多民主人士的心声。

不拆墙也是一家

1950年,先父请朋友把我从香港送到北京。那时候,我们家和蔡伯家同住北京东单沟沿头17号内,院子里有两排东西向的房子,蔡伯在前排住,我们家在后排。前院有一架葡萄,我们都叫它"新疆马奶子",每逢中秋节,我们两家人共同采摘那甜得黏手的一串串葡萄,坐在院子里赏月,共庆团圆。两排房子有走廊相连,走廊的东边还有一个花园,每年春夏之交,园里可漂亮了,有紫色的、白色的丁香,有粉红的、紫红的牡丹花,开得又大又繁,香气沁人心脾,还有那满树的海棠花。我们两家在一起,在新中国成立后的和平环境中,共同度过了几年永远难忘的欢乐的生活。

那时候,真是拆了墙是一家,不拆墙也是一家。两位老人常在一起讨论问题,研究工作,在一起接待客人。我们也有了更多的机会接受蔡伯的教诲。蔡伯是使敌人闻风丧胆的抗日将领,威风凛凛的仪表不减当年。据说在工作中遇有不如意事常发脾气,但对先父从未发过脾气,对待我们晚辈就更加温和,他对我们的关怀与爱护,至今难忘。

后来,两家的孩子陆续从香港来京,住不下了,蔡伯家才搬到石碑胡同27号去(后又搬到前圆恩寺胡同)。两排房子都由我们一家人居住了。

到了1958年，为了建设北京火车站，要拆迁，我们家先搬到小拴马桩胡同过渡，又搬到大甜水井胡同。但是几十年间两家人频繁地来往，并没有因为住处分开而间断。

每年夏天，先父和蔡伯到北戴河休假，国务院机关事务管理局的同志，也特意将我们两家安排在相邻的两幢红顶石墙的小别墅中。我们家在东经路81号时，蔡伯家在82号，我们家在中海滩9号时，蔡伯家在8号。孩子们也有机会陪伴老人同去。在阳光灿烂的白天，在星光闪烁的月夜，有过多少笑声和歌声，听到过多少引人入胜的故事，我们永远忘不了那些美妙的时光。先父和蔡伯最后一次到北戴河是1965年夏天，回京时我们还将一些厨具和电熨斗之类比较笨重的生活用具留在那里，准备来年之用。可惜，他们没有能够再到北戴河去了，1966年史无前例的"文化大革命"开始了。

"大丈夫视死如归"

1967年初，先父癌症复发，赴上海长海医院，准备接受肝脏外科手术未果，因主刀医师被打成"反动学术权威"，扫地去了。先父只好回到家中养病。中央纺织工业部办公厅给甘肃省文化局去了一封公函，说明蒋光鼐部长病危，需要我在身边照料，寻医觅药均有待我去做。这样，我得以请假回京侍奉。5月初的一天下午，蔡伯在蔡伯母罗西欧的陪同下，到家里来看望先父。推开房门，他看见先父正躺在床上，用手遮光，闭目养神，即用手势阻止我去惊动他。蔡伯轻轻地走到病床前，仔细地、深情地端详着先父的面容，看着看着他猛地转过身，掏出一方白手帕来擦拭眼泪，这时忽听得先父开口说话了："大丈夫视死如归，有什么好难过的呵！"蔡伯一怔，接着用洪亮的声音说："是啊，我们几十年来身经百战，要死早就死了，生死早已置之度外，能活到现在早就够本了。"

1967年6月8日，先父被癌症夺去了生命，与世长辞了。蔡伯在蔡伯母的搀扶下，迈着沉重的步伐，沉痛地到北京医院向先父的遗体告别。我们看见蔡伯那难过的样子，都失声痛哭了。在他和我握手的时候，我只说了一句话："蔡伯，你自己多保重。"6月12日，蔡伯又出席了父亲的追悼会。

蔡伯母曾告诉我们，先父去世以后，蔡伯整整哭了三天三夜，精神从此一蹶不振，不到一年，1968年4月25日，在没有什么明显病症的情况下，也溘然长逝了。这种感情上的内在的联系，心理学家可能解释得清楚，但最高明的医师恐怕也是束手无策的。

尾　声

1992年，是"一·二八"淞沪抗战60周年，也是蔡伯诞辰100周年，还是先父逝世25周年。为了表达自己对两位前辈的怀念，我写了这篇文章，是想让更多的人了解先父和蔡伯的友情，他们长达半个世纪的友谊，也堪称中国近代史上少有的了。

在中国近代史上发生过许许多多的历史事件，在人生的舞台上出现过形形色色的历史人物，但世事如浮云，有些人和事很快便被人们遗忘了。尽管经历了60年的风雨沧桑，"一·二八"淞沪抗战没有被遗忘：在上海市闸北区还有"一·二八纪念路"，在广州市沙河顶有一座规模宏伟的十九路军淞沪抗日阵亡将士陵园。1989年，陵园经国务院批准，被定为全国重点烈士纪念建筑物保护单位，陵园经人民政府　再拨款修缮，将逐渐恢复原貌。当年领导十九路军进行"一·二八"抗战的先父和蔡伯，也没有被遗忘，1988年12月17日，首都各界在人民大会堂隆重纪念蒋光鼐诞辰100周年，中共中央代表对先父的一生作了很高的评价。可以断言，1992年4月15日蔡廷锴伯伯诞辰100周年的纪念会一定开得更隆重、更具规模。他们的一生做到了"适乎世界之潮流，合乎人群之需要"，和历史共同前进。他们是我们的光辉榜样，他们将永远活在中国人民心中。

从一封信想起的[1]

日前，安徽民革的戴国庆同志把我父亲蒋光鼐在1965年9月24日写给戴戟伯伯的一封信寄给我。父亲这封30多年前写的信引起我许多往事的回忆。原信如下：

孝悃兄：

　　前后两函均已收到，关于《广东文史资料》许锡清所说您和曾晚归、邓瑞人因军事经济力量对比不同意反蒋事，我以为您可以作一更正函，交《广东文史资料》要求更正。我一向很少看文史资料，因材料太多我没有时间去看。例如有人告诉我，郑庭笈写有一篇文史资料，涉及我和蔡廷锴曾派范汉杰做代表去厦门，请求蒋鼎文收编十九路军云云。我当时早已离开漳州，根本不知道有这件事，我也曾去函要求更正，反正登不登，权在主办的人。又如军事博物馆把（提及）兴国高兴圩之役，曾说我和蔡廷锴报告蒋介石，说此次战役是生平最艰苦最恶的战斗，我当时正在上海治病，不在江西，把我拉进去，其不真不实之处，我也只好听之任之。

　　总之，我以为今日关于个人的事，少想一些，对祖国、世界的事，多关心一些，为人民事业多做一些，可以省却许多烦恼，自然身心感觉舒畅而愉快。

　　至于福建人民政府的反蒋工作，错误很多，一言难尽，历史评价

---

[1] 载《团结报》，1998年12月29日第三版。

如何,自有公论,不必因一人一事斤斤计较,耿耿于怀也。

专此奉覆并祝健康!

光鼐拜上

九月廿四灯下

再者,如写信给《广东文史资料》,可以说明我可作证,又及。

戴戟伯伯字孝悃,是"一·二八"淞沪抗战三位主要领导人之一。我父亲写给他的这封信可能是他生前亲笔写的最后一封信了,因为他极少写信。这一年的夏天,我有幸和父亲一起在北戴河度过了一个欢乐的假期,冬天他便因病住院,1966年初确诊为癌症,1967年6月8日不幸病逝于北京。

信中,他对老朋友感到的委屈是十分关心的,建议作一更正函,信末又补充强调一句,"我可作证"。

在信里他举例说明自己也曾遇到过类似的问题,同时,表述了自己对待此类问题的态度:"总之,我以为今日关于个人的事,少想一些,对祖国、世界的事,多关心一些,为人民事业多做一些,可以省却许多烦恼,自然身心感觉舒畅而愉快。"又说,"历史评价如何,自有公论,不必因一人一事斤斤计较,耿耿于怀也。"

他不但信中这样写,在生活中也是这样做的。就在1965年夏天去北戴河休假前,他带我去革命博物馆参观。多了解中国的历史、特别是中国革命的历史是他对子女一贯的要求。博物馆陈列中有关于"一·二八"淞沪抗战的内容,也有关于反"围剿"的图版,在第三次反"围剿"的示意图上赫然写着"蒋光鼐率十九路军……"等字样。就在这个时候,一位女讲解员认出了他,凑过来说:"蒋老,给我们讲讲过去的历史故事吧!"父亲忙摆手说:"没什么好说的,没什么好说的。"等我们走过去后,我轻声问父亲:"当时你在上海养病,那图版上为什么还把你写上?"父亲平和地说:"他们当时不可能知道实际的情况,我是十九路军总指挥,蒋介石把十九路军调到江西去,把我写上也很自然。"胸怀坦荡、严于律己,宽以待人是他一贯的作风,也是值得我一辈子要好好学习的。

际此父亲诞生110周年的时候,写上几句,表达自己对先辈怀念之情。

第二章　难忘故人

怀念我的老师李桦先生[①]

1994年5月19日在八宝山革命公墓举行了李桦先生遗体告别仪式。李先生的独生女儿已在此前先他而去。但是，在家属行列里站立着他的学生们——他所倡导的新中国版画教育事业的继承人，其中有宋源文、谭权书、广军、张桂林等。如果不是因为自己在版画事业上无所建树而感到愧疚，我也切盼加入这个行列中去。自从李桦先生创建中央美术学院版画系以来，他在学生们心目中不仅仅是老师，同时也是指引生活道路的长辈，他教过的留学生们回国后给他写信，开头常常是这样写的，"李桦先生，我的父亲"。

李桦先生离开我们走了，我因失去了一位尊敬的师长而悲痛万分。过去和李桦先生接触中许多事情一下子都涌现了出来。有些事情虽然年代久远，但印象仍那么鲜明，李先生的音容笑貌又显现在我的面前。

单刀练习

我和班上许多同学一样，是在1953年夏天高中毕业后考上中央美术学院的。这一年中央美院刚刚改学制为五年制，我们这个班也就成了五年制的第一班学生。我们进校后第一年为预科，当年录取的24名同学都在一起学习。课程安排上，油画、彩墨画（中国画）、版画、雕塑都让我们有所接触和了解；二年级分系的时候，我因为喜欢版画的强烈对比和力度，也

---

① 载王琦主编：《李桦纪念文集》（内部资料），1995年5月。有改动。

因中国新兴版画运动又有很好的革命传统，所以选择了版画系。我们年级选版画系的人特别多，有傅小石、谢立纲、肖惠祥、张坚如、杨澧、英若识、蒲国昌、陈维楒和我。

"单刀练习"是木刻技法的第一课，给我们上课的是刚从香港请回来的黄永玉先生，要求我们通过这一练习掌握斜口刀的使用方法。我刻了一幅青年拉手风琴的半身速写，很随意的，没想到作业刚交上去，李桦先生和黄永玉先生一起把我叫到旁边，单独"教练"了半天。他们给我讲，做人要讲道德，作画要讲画德，刻木刻也要讲画德，讲究底子要铲净，从哪里下刀，到哪里收刀，都要事先想好，刻掉了的再想补就难了，不能靠小聪明去刻。做人要做老老实实的人，刻木刻要一刀一刀地刻，踏踏实实一步一步走下去……这堂木刻技法课竟是一堂人生道路课！已经是40年前的事了，但是，我一直记在心间，未敢忘却那老老实实做人的教导。

夜半示范

中央美院版画系从成立的时候起就呈现出一派祥和的气氛，师生关系融洽，学术氛围浓厚。美院最北边的一排平房是版画系的工作室。晚上总是灯火通明，我们都习惯开夜车。一次，我正在印制一幅油印套色木刻《京郊的黄昏》，快到午夜时分了，李桦先生推门进来，看见我印的油墨太厚，他说了两句（李桦先生是广东番禺人，我的祖籍是广东东莞，两地隔江相望，是大同乡。先生说起普通话虽带有浓重的广东口音，但从来不用广东话与我交谈）。大概是怕我理解不了，他挽起袖子就操作起来，用汽油洗版重新印了一次给我作示范，直到看着我按照他的要求，掌握了要领才离去。李桦先生就是这样全身心地投入到美术教育事业中去，不分白天和黑夜，像关心孩子成长似的，全天候地关怀着版画系的每一个学生。后来，我们班同学在油印套色木刻练习中作的那套《北京风景》被李桦先生送到1955年举行的第一届全国青年美展展出了。

提倡速写

李桦先生十分重视速写，提倡画生活速写，认为"速写是创作的桥梁"。

版画系一成立，李先生就亲自给我们上速写课，他强调对描写对象的理解，要画出内外关系。例如：先画一幅人体速写，然后穿上衣服，按原姿势再画一幅速写，用这种办法增加对衣纹形成的理解；画树他也提倡我们冬天画裸露枝干的树，等夏天树叶长出来了再去画那棵树，画出来的就一定是立体的树而不是平面的树了。

李桦先生重视速写作业，每个星期都要我们交生活速写，他每幅必看，而且在画面下角打钩儿，他认为好的还写上一个好字。发还作业时，把同学们集中起来，当众评讲一番。我们在版画系学习时，这项传统一直坚持了好几年。

体验生活

李桦先生亲自带领我们深入生活（那时候叫体验生活），印象最深的一次是1956年夏天去白洋淀，水乡风景清秀美丽，是个很宜入画的地方。我们在端村与农民同吃、同住、同劳动。班上有一位插班的捷克留学生，他金发碧眼，当时极少见到欧洲人的端村农民，自然对他产生了极大的兴趣。因为围观的人太多，在地面上写生是不可能的，留学生爬到梯子上画画也不成，不一会儿房上房下都站满了人。李先生想出了好主意，每天给留学生租一条带篷的木船，划到大淀里找个好角度，再把船固定住，躲在船舱中写生，这一来避开了围观的群众，也为留学生创造了一个清静的作画环境。

李桦先生在带我们实习期间，还带着创作任务，在他那幅著名的作品《鲁迅先生在木刻讲习班》中，就可以找到我们班上同学的形象。

提携后生

从白洋淀回京后,我们进入了四年级,学了两年的木刻技法课结束了,要分工作室(当时分木刻、铜版、石版三个工作室),我选了石版工作室,因为我觉得石版画的技法表现能力很丰富,可以挥洒自如。那时,石版工作室只有三个人,李宏仁先生教技法,李勤同志是从印刷厂调来的技术工人,我是唯一的学生。

我们创作课的老师是古元先生。我搞了一套套色石版组画——《渔》(共八幅),是以白洋淀渔民生活为题材的。印好后,我把它装进镜框,堆放在工作室的墙角里就下乡为毕业创作收集素材去了。我选择了故乡虎门作为深入生活的根据地,很认真地实行"三同"。7月,我们被用电报从祖国各地召回参加反右派斗争,从此,工作室成了斗争的会场。不知什么时候我的那套组画被送去参加"京津版画展"了。据说展出了其中的四幅,是李桦先生亲自送展的,我心里为此事一直十分感激李桦先生的提携和关怀。

组画《渔》是我的第一套石版组画,也是石版工作室学生的第一套组画。

甜蜜回忆

从美院毕业后,我被分配到了大西北,而且一去就是20年。在许多寂静的漫漫长夜里,我常常回忆起李桦先生的教导,成了激励我在任何艰难的条件下都继续拿起画笔去为人民服务的动力。

常记起,李桦先生在北京沙滩银闸胡同46号的家中,在陈设古朴的书房兼客厅里,茶几上总摆放着一只与真鸭子等大的瓷鸭子,鸭背上有一只小鸭子,是个盖子,把它拿开就可看到大鸭肚子里总是装满了五颜六色的水果糖和奶油糖。我们每次拜访先生都受到热情接待,我们贪婪地聆听李先生的教导，也同样贪吃甜甜蜜蜜的糖。我们带着李先生的教诲走了，留下一大堆糖纸，但甜蜜的回忆却长久地留在我的心间。

那时候，李师母曾玉然为了李桦先生的事业，已经退职在家。我们班上这群20岁上下的年轻人从未想过李先生的家庭经济情况并不富余，更未想过带些"手信"去看先生。

春节回信

1964年春节期间，我有机会回京探亲，大年初一去给李桦先生拜年，推门进屋看到的景象，是我永远也忘不了的：李桦先生正伏案给美术青年回信，桌面上堆满了写好的回信和未复的来信。工人上下班有钟点，教授讲课有时间，老百姓休息有假日，李桦先生正月初一还在为新中国的版画事业工作，他函授指导了全国各地众多的版画艺术团体及难以数计的美术青年，他为了弘扬民族文化艺术，全身心投入的精神永远值得我们学习。

回想起来，在西北的时候写信向李桦先生请教，他是有信必复的，可惜我未能把老师的复信珍藏保留至今。

思想解放

1979年因为全国政协的帮助，我结束了在西北的独身生活，回到北京与家人团聚，到自然博物馆工作。因为木刻方便，我利用业余时间刻了一些黑白木刻，带到李桦先生家去请教。先生十分高兴，他指着我刻的那幅《蔡廷锴将军》说，现在刻肖像的人不多了；又指着我刻的一幅《敦煌莫高窟风景》说，刀法变化再刻也就是这样了，需要再放开些。李桦先生鼓励我要放开，正说明他的思想是解放的，他绝不墨守成规，纵观他的创作道路，从他的作品风格的变化就明显地反映出来。早年李先生在送给我一幅黑白木刻《弹球》时就明确说过，他在尝试探索版画的装饰美，他说人民生活改善了，都愿意在家里的墙上挂几幅好看的画，所以一定要研究形式美感的问题。李桦先生作品的风格在不同的历史时期有不同的追求，是在不断变化中发展前进的。

临终遗训

从1987年起（我刚刚结束在美院进修"丝网版画"一年的学习），由于工作需要，我被调到民革北京市委工作，1990年又调到了北京市政协，工作性质离美术越来越远了。这几年因为工作忙，画笔都束之高阁了，心里觉得很对不起老师。因为不好意思，甚至连几十年来一直关心我的李桦先生家也很少去。李桦先生去世前不久，我听说他健康状况大不如前，就到李先生家里去了一趟。李先生见面还是那么笑容可掬，还是那么热情，尽管从外貌看明显衰老了，但思维仍然敏捷。我刚解释说因为改行不好意思，他马上就笑着说："那有什么关系，你现在到政协工作，也是工作需要，子承父业嘛！"从小就催我交速写作业的老师现在仍继续给我做思想工作，他胸怀广阔，并没有因为我没画画而责备我。李先生只是劝我利用业余时间画画国画，他说自己年纪大了，也常拿起毛笔写写字，画画山水，这是切实可行的。万万没想到这竟是李桦先生给我的临终遗训。

临别，李先生拿出一本张作明同志的遗著《李桦传》，写上"建国同志惠存"送给我。我想，这将是我一生中收到的最珍贵的礼物了。

李桦先生60年来把自己最宝贵的时间都花在培育美术人才上，甚至连休息时间、节假日也全身心投入教书育人的工作。如果他把这些时间用来搞个人的创作，定会创作出更多作品。他的一生，不为名、不求利、俯首甘为孺子牛。李桦先生用他自己的言行，以其巨大的人格力量和崇高的精神境界塑造起一座完美的丰碑，他是中国优秀知识分子的典型，他的精神将永远激励我们前进！

想圆的梦

——我所认识的朱乃正君[①]

如果要在我所有的朋友中选出一位最知己者，那么，我可以肯定地回答："非乃正君莫属。"难得的是，我们一起学画、一起当"右派"、一起分配西北、一起回北京，又一起参政议政。

同学少年

乃正和我是同龄人，已届花甲，今年是我们的本命年。想当初，我俩同在北京念高中，他在大同（后改名为二十四中），我在汇文（后改名为二十六中），都是学校美术组的负责人，所以都被推荐到北京业余艺术学校美术班学习。因此，从16岁起我们就在一起学画了。

18岁那年我们一起考上中央美术学院时，学院刚刚从三年制改为五年制，我们是五年制的第一班学生。那年有预科，24名同学共在一班学习了一年。

美院的许多人都说朱乃正是才子。

对学艺术的人来说，天赋是需要的，色盲不能搞色彩，缺乏灵性，理解不了老师的点拨。乃正对素描规律的理解和对色彩微妙变化的感觉，有过人之处，但是在学生时期更重要的是通过他的勤奋努力，学习成绩才取

---

① 载中国人民政治协商会议北京市委员会文史资料委员会编：《北京文史资料》（第53辑），北京出版社1996年版，第186—193页。有改动。

得大家一致的好评。暑假，他背着铺盖卷下乡，住在京郊鹫峰脚下的一所中学的教室里，天不亮就爬山去画日出，直到天漆黑了才下山。他还曾把自己反锁在美院的裱画室里，悄悄临摹苏联美术学院学生的油画与水彩习作。他在二年级时画的素描习作《维纳斯》，曾选送斯德哥尔摩世界素描教学会议展出，至今仍被视为佳品。

同当"右派"

二年级分系时，他选了油画系，我选了版画系。但是，除了专业课外，其他课仍在一起上，宿舍也在对门，过往甚密，大家都专心于自己的学业。

1957年夏，整风运动迅速转变为波及全国的反右派斗争。在运动中，美院院长江丰被称为"美术界的纵火头目"，首先被打成"右派"。随之，一批教职工被"揪出"，我们当时都分别在农村深入生活，准备搞毕业创作，被一纸院长江丰署名的电报召回北京参加运动。我们刚回到学校，在文化部派来的工作组领导下，学校的运动立刻转为在学生中进行反右斗争，而且把重点放在我们这一届的几位同学身上。所谓以傅小石、谢立纲为首的"傅、谢右派学生小集团"，我与朱乃正都被称为这个集团的干将和实力派。反右大字报一夜间在校园中铺天盖地张贴起来。记得朱乃正是学生中最先在大字报上被点名的批判对象，接着便是我。美院反右运动的特色之一就是在贴大字报的同时出现许多漫画，形象地说明文字的内容，学生们有充分发挥才能的机会。可惜的是当时照相机很不普及，班上好像只有我一人有一架徕卡相机，我又不能照，未能把那些"生动的"历史画卷保留下来。

就在那一年的秋冬之际，22岁的我们被一起定为"右派"，不准参加当年的国庆游行，不准参加民兵训练，不准上课……被集中在学院图书馆劳动，等待处理。原来的院长江丰、院党委书记洪波也和我们在一起清理图书和整编图书目录。朱乃正的字写得好看，就由他来刻蜡版，我也学着用钢针刻写美术字，而江丰则一声不吭，端坐在一张高高的木凳上，有板有眼地印刷目录卡片。那时候我们并未意识到问题的严重后果，有一次劳动是擦图书馆的玻璃窗，我和朱乃正从一块玻璃的两面不约而同地张嘴哈了一口热气，以便擦得更干净，隔着玻璃看见对方那种认真严肃的样子，忽然觉得特别可笑，两人同时笑出了声，又都感到笑和周围的环境太不协调，赶快强忍着收住了，故做严肃状。好多年后提起这一情节来还想笑，如果我们当时政治上稍微成熟一点，就一定笑不起来。

反右运动改变了我们如此年轻的生命风帆，打破了我们一心想成为艺术家的梦幻。1958年2月，对我们进行了处理，我们都被开除了团籍，幸好还能继续留在学校学习。从此，我们一起开始踏上了艰辛漫长的坎坷生活道路……

分配西北

1958年夏，"大跃进"、人民公社运动开始，我们一起到河北省徐水县大王店人民公社参加大炼钢铁，在土高炉林立的工地劳动锻炼，同时也在大搞壁画热潮中贡献自己的技艺。

1959年3月，我们一起被分配至大西北工作，我分到甘肃省图书馆工作，乃正更远些，分配到青海省文联工作。古人云："君不见，青海头，古来白骨无人收。"时值三年困难时期，本来自然条件就很差的大西北，再加上一些人为的因素，客观环境是严峻的。政治上的压力和生活上的艰苦并没有影响乃正在艺术上的追求。6月他奔赴柴达木盆地体验生活，在写给我的信里，他用诗来赞美大自然，用诗来赞颂顽强拼搏的石油工人。至今我还珍藏着一幅他送我的小油画写生《冷湖石油工地之晨》。看那只有几顶帐篷的茫茫雪原，有谁相信这是7月画的写生？一个从小在大城市上海、长大后又长期在首都学习的年轻人，在西北的荒原戈壁中经受着真正的锻炼和考验。短短几个月，由于他作出的成绩和他的表现使他在9月便第一批摘掉了"右派"帽子，他的作品参加了青海省庆祝新中国成立10周年美展，初露锋芒。

《金色的季节》

从此，乃正在艺术道路上一步一个脚印地攀登着，但是远非一帆风顺。仅以《金色的季节》一画为例，构思和作草图是1962年开始的，素描稿与油画原作等大，可见创作态度之严肃。1963年秋天完成后，参加甘、青、新三省区美术巡回联展，获得好评；1964年春，《金色的季节》被选送至北京举办的全国"公社风光"画展，引起美术界普遍关注。《美术》杂志曾准备用它作封面，彩色版都制好了，但是不知何故，不但此画没有用作封面，反而在《美术》杂志的一篇文章中被点名批判。于是，《金色的季节》在"文革"期间被打成"黑画"，下落不明。后来有人发现它在西安，先被用来搭大批判专栏，后又险被用于防地震棚，幸经画友抢救，才得以保存下来。去年，中国美术馆举办的"馆藏新中国建立以来优秀作品展"上，在半圆大厅中，人们又欣赏到《金色的季节》的风采。如果观众们知道这幅画不平凡的遭遇，一定会引起更多的思考。

《金色的季节》是幸运儿，它能失而复得，重见天日。乃正还有其他得意之作，却遭肢解、被覆盖而永无翻身之日。但是许许多多的不幸与挫折并没有阻挡住乃正的创作热情。在从事大量繁杂的日常事务性工作之余，他不断有新作问世。

《第一次出诊》是一幅水粉画，描写一位初次出诊、充满喜悦心情的新"曼巴"（藏医），在冰天雪地里和向导骑着马和牦牛向观众迎面走来。由于巧妙地运用了轮廓光和雪地的反射光，画面显得格外明媚，色彩缤纷，超凡脱俗，洋溢着欢乐的情绪。面对画作，有谁能想到作者有过那么多艰辛的遭际呢？

第二章 难忘故人

难得知己

乃正和我都把人生最美好的一段时光留给了大西北,我待了20年,他待了21年,又都是单身一人(结婚以后家属也没去),所以只要有可能,我们就想办法聚会。西宁和兰州之间的距离,从地图上看,大概和天津至北京差不多。因为举目无亲,形势允许的时候,逢年过节凑上两三天假我就去看他。乃正出差北京或去上海探亲,有时就在兰州转车,欢聚的机会还是不少的。

聚会当然离不开酒,它是御寒之物,更有助兴之功,有时二人谈得兴起,不知不觉间瓶底已现。酒逢知己千杯少呵!酒后的余兴就是看乃正写字,《丹青引》《琵琶行》《兵车行》等长诗他都能牢记在心、一挥而就,说明他记忆力相当好,至少平时书写的次数一定很多。我们都喜爱李白的《将进酒》那种豪气。

老同学在一起顿觉年轻(当时也不算老,去西北时是二十三四岁,离开时也不过四十四五岁),还有在一起滑冰、打乒乓球的兴趣。乃正的乒乓球打得不错,或许那挥拍上阵的功夫对书法绘画也有好处?至少有一个强健的体魄,好应付西北恶劣的气候。

助人为乐

乃正到兰州看我,遇上我正忙于搞展览的时候他就帮我画画,学王杰展览中的几幅水粉画就是出自他的手笔。特别令我感动的是:1965年他接到父亲病危的通知,急匆匆要赶回上海,在兰州转车只有几个小时的空隙时间,当时我正在为"甘肃省民兵工作展览"绘制一幅巨型招贴画,有四五米高,画面是一个跑步前进的民兵。他来了以后,我请他提意见,他认为民兵脸上皮肤的颜色不够浓重,我说"你来吧",他二话没说,也爬到摞了好几层高的桌椅顶上,摇摇晃晃地帮我画,直至完成。他在父亲病危、心急如焚的心情之下还能做到这一点，令我永远难忘。

刻苦磨炼

每次我去西宁，在他那斗室中，写字画画、喝酒谈天，总睡得很晚，第二天清晨，我睁开眼的时候，他已经在工作室画了两三个小时的画回来了。他的许多油画作品都是利用凌晨的静谧在日光灯下画成的，那套抒情诗一般的水粉画《银色的梦》就是在寂寞长夜睡不着觉的时候画的。

乃正下牧区参加社教运动时，睡在帐篷里，因为天气寒冷，清晨醒来眉毛头发都结了一层白霜，砚台的宿墨也结成一层薄薄的冰凌，他用嘴里呵出的热气把冰化开，坚持练习书法。心诚则灵，贵在坚持，没有昔日的勤学苦练，怎能有今日之挥洒自如？

为了事业

改革开放以后，乃正终于有了一个回美院任教的机会，这一机遇本来早就该到来的。为了事业他毅然放弃了在青海已经得到的种种头衔和待遇，那时他已经当了省美协副主席、省人大常委等。回到美院，他只是一个普通教员，一切从头开始。由于他全身心的投入，不到一年美院团委组织民意测验，他被选为全院十位优秀教师之一。经过数年的教学工作实践，乃正在学校教职员工中，威信日增，于1987年被文化部任命为中央美术学院副院长，负责全院的教学。在任期间他关心青年教师的成长，将自己当时卖画所得全部拿出来作为基金，成立了美院青年教师艺术研究会。为了弘扬民族文化，他在美院成立了书法艺术室，各系都要把书法作为必修课。他教过的学生，很多都已成为美院教师的骨干并且是活跃在当今画坛上的佼佼者。20世纪80年代末，他参加了文化部组织的考察慰问团，到美、英、法广泛接触从国内输送的高等院校青年教师和毕业生，了解他们在国外生活工作的情况,并做了大量工作。后来,他由于工作繁重,劳累过度,在一次检查毕业生创作时,突患脑梗死,幸亏没留下明显的后遗症。此后由于健康原因,他辞去副院长职务,但仍任美院学术委员会主任和教授的职务。

想圆的梦

好心的朋友们都希望乃正在卸却副院长职务后能有更多的时间与精力集中在个人的创作上,画出更多更好的作品来。他本人又何尝不是连做梦都这样想呢?

乃正虽离开了使他魂牵梦绕的青海高原,一幅幅以青海为题材的画面构思仍如泉涌现。他在教学与工作之余画了不少的佳作,如《大漠》《长河》《青海长云》《春风》《鸣泉》《夏之梦》《青海湖》《临春》《归巢》《云醉高原》《奔云驰雨》《西风系列》《西部魂》等等,无一不是以青海为题材。

由于他在艺术上的成就,由于他对朋友对事业的忠诚,找他的人越来越多,全国政协安排他为委员,市政协安排他担任常委,嘉德拍卖行也要聘请他做顾问……他为兴建美院教职工宿舍而奔走,他对学生的辅导是那么认真,他关心曾经长期在青海工作的同志是否落实了提高工资的规定……等着他去做的事情是那么多,留给自己的时间是那么少。他梦寐以求的是把西方传来的油画技法与我国传统的文化艺术精髓结合起来,创造出有深厚中华民族文化底蕴的中国油画来,这是已经通过几代人的努力,正在进行的一项神圣的事业。祝愿乃正能圆这个梦。

北京市政协开常委会,我和乃正又坐在一起了,命运把我们连在一起,想分都分不开。我常为自己缺少画画的机会而苦恼,他写了一幅字送给我:"来日可追。"谢谢你,乃正。

1995年3月

哭八哥[1]

1966年3月初,我在甘肃省平凉县帮助省卫生厅筹备一个展览,忽然接到家里的电报,说父亲得了癌症,这消息有如晴天霹雳。我日夜兼程赶回北京,守候在父亲的病榻旁。一天清晨,他的精神像似好了一点,伸手从床头柜的小抽屉里拿出一个烟嘴儿来把玩,就像他以前下班回家后细细端详那些用来刻图章的田黄石、鸡血石一样的专注。那会儿他已经因为健康的原因不吸烟

李沛瑶像
(纸本墨笔,99cm×99cm,1999年)

了,因此,我也好奇地把烟嘴儿要过来看。初看,我以为是玛瑙做的,它呈黄褐色半透明状;细看后,发觉不过是一个普通的塑料烟嘴儿而已。父亲可能看出我那种不以为然的神情,加重语气地说:"这是李济深送给我的。"原来那是一件有纪念意义的物品,他是在怀念已故去的几十年的老朋友、兄长般的老上级啊。

父亲告诉我,早在1921年的时候,他和李济深伯伯就在孙中山亲手组

---

[1] 载《北京政协》,1996年第4期。原标题为"哭八哥:悼念全国人大常委会副委员长、民革中央主席李沛瑶",正文有改动。

建的粤军第一师共事,并在长期的革命战斗中结下了深厚的情谊。

1933年,他们在福建成立"中华共和国人民革命政府",实行联共、反蒋、抗日的政策。十九路军与红军签订停战协定,这在国民党军队中是首例,"福建事变"是国民党民主派的一次大集结,他们公开与蒋介石决裂,揭竿而起,这也是空前的。这次闽变虽然很快失败了,但是事变的领导核心人物李济深、陈铭枢、蒋光鼐、蔡廷锴等从此走上了与中国共产党合作的道路。他们一起组织中华民族革命同盟、一起组建中国国民党民主促进会、中国国民党革命委员会,一起响应中国共产党的"五一"号召,北上参加新政协的筹备和中华人民共和国的建立,在中国的近现代史上有好长一段时间他们的名字是联在一起出现的,有"李、陈、蒋、蔡"之称。他们真可谓是志同道合、患难与共的生死之交。

由于父辈的亲密关系,我们两家的孩子都以兄弟姐妹相称。沛瑶是李济深伯伯之子,按大排行是老八,比我年长两岁,所以我从小就一直跟他的弟弟妹妹一样称呼他八哥。

噩 耗

1996年2月3日晨,民革中央办公厅突然电话通知我,要我马上到中央去。我怀着忐忑的心情匆忙跑进民革中央礼堂,刚赶上民革中央彭清源常务副主席开始讲话:"告诉大家一个不幸的消息,我们的主席沛瑶同志昨天早上不幸遇害……"①这消息有如五雷轰顶,是我万万没有料到的,当时的心情比接到父亲得了癌症的电报更难受,因为癌虽属"不治之症",如果早期手术还有康复的可能,而八哥的生命是已经不可逆转了。我不相信自己的耳朵,因为我两只耳朵的鼓膜都在"文革"中被打穿孔过,但是彭公和赣骝副主席一面抽泣、一面诉说的事实说明,不应该发生的事发生

---

① 1996年2月2日凌晨,李沛瑶在家中被入室盗窃的凶徒所害,终年63岁。

了，残酷的事实就摆在我们面前。

我屏住气息，强忍悲痛，认真听取领导们的讲话。待到通报结束，我握过了六哥（沛钰）、六嫂（舒赋章）的手，又劝过了筱薇、筱桐（沛瑶之妹）节哀保重以后，自己也忍不住赶紧掏出手帕掩面痛哭起来……在泪眼蒙眬中，一幅幅活生生的八哥的形象画面有如电影蒙太奇一般，一幕幕地闪现在我的脑海里。

忆 昔

1941年底，日本侵略军占领香港。因为我和八哥都是出生于香港，在香港长大的，所以和广大香港市民一起经受了炸弹和炮弹的袭击，遭遇了战争的灾难。我们又都是著名抗日将领的后代，处境比一般市民更危险。我们不敢待在家里，东躲西藏、流离失所。香港沦陷后，在东江游击队的帮助下，李济深、蒋光鼐、蔡廷锴三人在港的家属（均为妇女、儿童）回到了亲人的身边。连贯同志在《文史资料》上写的回忆文章中也曾提及。我们一起从战争废墟的瓦砾中走出来，通过封锁线，回到了长辈的身边。那时候八哥九岁我七岁，我清楚地记得他是个健康活泼、好动的孩子，我腼腆内向，我的弟弟之翘小时瘦弱多病，因此他很自然地就成了我和弟弟心目中的"领袖"。

新中国成立后，我们到了北京，都考进了汇文中学念高中，他比我高一级，是52届的。汇文有比较好的运动场地，在操场上常常能见到他的身影。隆冬季节，我们常到建国门外结冰的稻田或窑坑去滑冰，他很快就掌握了花样滑冰中的内字技术，使我们羡慕不已。学习上，他的理科成绩突出，毕业后，他以优异的成绩考入清华大学。后来院系调整，航空系分出去扩建为航空学院，即今天的北京航空航天大学。我高中毕业后考取了中央美术学院。我们学的专业不一样，但是有共同的兴趣爱好，都喜欢运动、照相。

第二章 难忘故人

暑假期间，我们两家的孩子常跟随老人们外出避暑，去青岛，去北戴河，一起度过许多欢乐的时光。印象最深的一次是在青岛登崂山。那是一个晴朗炎热的日子，我们跟着父辈从青岛乘汽车"爬"到了崂山的半山腰，在一座小别墅里尝到了冰凉的泉水镇过的西瓜，暑气已消了一半，稍事休息后，开始步行登山。那是1955年，建国初期许多制高点仍是军事要地，我们以外没有游人，所以异常清静。我们沿着蜿蜒的峡谷小道，伴着溪水前行，走到尽头处有一挂瀑布从天而降，轰隆之声震耳，回响于山谷中。瀑布下游形成了溪流，还有大小不等的水潭，深浅不一，但都清可见底。那时候我俩都是大学生，风华正茂，大热天见到了清凉的溪水，早就按捺不住，小声相约……我们故意放慢脚步，互相照相留念，等到大队人马在前面一拐弯，我们就匆匆跳入水中游了个够。暑气全消、凉了个透，当天再也没出过汗。我一直珍藏着他在游泳时给我照的相片。他抓拍动作的时间恰到好处，拍入水式的那幅，是脚刚离开岩石，手即将触到水面、却又未能到水面时按下的快门，充分显示了他在摄影艺术方面的才能。没有想到的是，这次愉快的游玩之后，整整30年，我们各奔东西，失去了联系。他大学毕业后自觉地走与工人群众相结合的道路，在江西一待就是30多年，我大学毕业后被分配到了甘肃，更多的是与农民相结合。

1985年，李济深伯伯诞生100周年纪念活动在北京、梧州相继举行，我们终于又见面了。阔别30年却一见如故，虽然才50出头，生活的重负使我们的头发都过早地白了。但他红心依旧，对改革开放以来的大好形势，欣喜之情溢于言表，对祖国的前途充满信心。他又提起了那次崂山之行，我答应把那次照的相片送给他，后来因为忙一直压在我的抽屉里。如今，它成了一幅送不出去的照片。看见它就怀念八哥，那时候他须发茂盛、精力充沛，现在他已永远离开我们，给我们留下那么多的难过和悲伤。

从 政

20世纪80年代中期，他服从组织安排，放弃了自己熟悉的、为之奋斗了几十年的祖国航空事业的技术工作，先后担任了民革江西省委副主委、主委，江西省政协常委、副主席，第六届全国政协委员，第七届全国政协常委等职务。

1988年，由于在江西从政以后的出色工作，他被选为全国总工会副主席；11月民革中央换届，他又被选为民革中央副主席；不久，又被任命为劳动部副部长。三个副部级的职务陆续压在了他的肩上，这对任何人来说都是沉重的负担，他努力学习那些对他来说是十分新鲜的事物，默默地工作。

更为可贵的是，他并不因为职位高了就高高在上，并未因为忙就忙于事务，总是利用一切可以利用的时间和机会同大家谈心，深入群众。甚至在民革中央开全会期间，他还利用晚上会议空隙的时间，挨着房间敲门进房聊天。

记得他曾很风趣地向我们叙述自己从政的经历：他说自己从政是从说话穿衣开始学起的。原来在工厂时人们相互间称呼为师傅，到了民革称呼老同志都叫什么"公"什么"老"，称呼女同志不管有多老都是叫"大姐"。他说刚刚背熟了十六字方针——"长期共存、互相监督、肝胆相照、荣辱与共"，就被选为全国总工会副主席。当他第一次去会见全总领导班子成员的时候，心里想一定是十分严肃庄重的场合，于是把最好的西服穿上，把领带系上，皮鞋擦得亮亮的去了。结果，一进门就发现情况完全不是自己原来主观想象的那样，大家的衣服穿着很随便，都穿茄克，自己反而显得很尴尬。

他也说过自己从政以后的一些有利条件。他代表全国总工会在深圳会见港澳工会代表时，用纯正的广东话与其亲切交谈，减少了语言上的障碍，令人们兴奋异常。当这些港澳人士知道他是李济深之子后，倍感亲切，都愿和他促膝谈心。

他还毫不掩饰地叙述过自己在刚刚担任劳动部副部长职务时，由于缺乏从政的经验而捅出的"篓子"。他说过劳动部党组是很放手让他工作的，他有职有权，甚至部长出差的时候就由他代理主持部里的工作。一次某省给劳动部打了一个报告，申请成立社会福利局。他想，原来企业办社会，把职工的福利工作都包下来，包袱越背越重，事实证明是行不通的，非改革不可，迟早要转变为社会办福利，是得有一个部门管。于是就签发了，同意了他们的申请。但是，批文下去后，那个省的编制委员会不干了，一状告到了中央，李鹏总理批示要追究责任。结果劳动部党组集体代他受过，以党组名义写了一份检查给国务院。他后来知道，一个省增加一个局的编制不是小事，这个局下面还要有"腿"。全国各省市都增加这样一个局的编制就要增加多少干部？增加多么大的一笔开支？不是那么简单一批就了事的。

1992年底，他当选为民革中央主席，民革选出了新中国培养下成长起来的新一代的领导人，而且是八个民主党派中央主席中最年轻的一位。

1993年，他又当选为全国人大常委会副委员长，走上更加重要的领导岗位。

我们高兴地看到他在中国共产党和民革老一辈领导人的帮助培养下逐步成熟起来；我们高兴地看到由于他勤奋学习和深入研究，已经逐渐适应了工作的要求、找到了感觉、做出了成绩。有多少事等着他去做，大家又对他寄予了多少厚望啊！

在他遇害的当天下午，他本来和六哥约好，要到六哥家里去借一件长羽绒服，因为3日他将要和江泽民总书记一起飞赴哈尔滨参加第三届亚洲冬季运动会开幕式。人们不知道他家里是一穷二白，什么值钱的东西都没有，只有一部照相机，摄影是他从小就喜欢，在他的生活中唯一保留下来的业余爱好。

他突然过早地离开了人世，这不但是民革全党的重大损失，也是国家和人民无可挽回的损失，我们怎能不悲痛，怎能不失声痛哭呢！

震 惊

电视台播出了八哥遇害的消息后，接连几天我家里的电话铃声不断，听筒刚放下，铃声又响了起来。有市内的、有国内的，还有国际长途。同志们、朋友们通过电话表达他们的心情，寄托了哀思。几乎所有的人对八哥突然遇害的消息都表示震惊和不可思议。

北京医院耳鼻喉科主任朱树椿同志是我在广州培正中学读书时的校友，1993年曾为八哥做过鼻腔手术。他给我打来电话，说："我拿手术刀是为了治病救人的，而凶手却拿刀杀害了沛瑶同志，我听到后感到非常震惊、非常悲痛！"他告诉我，"沛瑶同志患鼻窦炎和鼻息肉已有20多年，这种病是很痛苦的，平常分泌脓血，工作时间长了就会头晕，有时还会伴有剧烈的头痛。可是这20多年他由于工作忙，一直忍着痛苦，没有做彻底的治疗。这种精神、这种毅力不是一般人能达到的。在北京医院治疗期间，沛瑶同志是那么平易近人，从不提任何特殊的要求，手术后甚至没有喊过一声痛，给医生、护士留下了非常深刻的印象，大家都十分怀念他。"朱主任还说："沛瑶同志痊愈出院后，有一天还突然到家里来看望我，对我表示感谢。没有想到他处在那么高的'位置'还会想到来看我，真是出乎意料。"

是的，去年底民革中央开全会的时候，八哥也曾主动提出想到我家看看，因为他还没有来过。我知道他很忙，经常有外事活动，要出国访问；为了做好参政议政工作，他亲自带队，深入生活搞调查研究；他的足迹踏遍了边远山区，去访贫问苦，做支边扶贫工作。我不忍心再占去他的休息时间，迟迟没有发出邀请。我不知道他晚上总是一个人孤独地度过的，现在悔之晚矣，他已经永远不可能到我家来做客了。

第二章　难忘故人

哀　悼

八哥的住处已成了凶杀现场，暂时还需要保护起来。因此民革中央决定从4日开始在民革中央办公楼内设灵堂，便于广大民革党员和社会各界人士前来吊唁和寄托哀思。

4日清晨9时，我们全体在京的和从广州赶来的蒋光鼐家属，来到刚刚布置好的灵堂，我们这个集体是第一批有组织的吊唁者，因为签名册上前面只有几个名字。灵堂正面墙上挂着八哥的遗像，那熟悉的面孔露出的亲切笑容与他的悲惨遭遇形成了强烈的反差，更增加了我们心中悲伤的情绪。在徐缓低沉的哀乐声中三鞠躬后，我们和多年来一直很熟悉的他的亲属们抱在一起，哭成一团。哭吧，眼泪流出来心里会好受些。

从4日至12日吊唁的人流络绎不绝，民革中央办公大楼的一层变成了鲜花的海洋，鲜花制成的花圈不计其数，吊唁者来自全国各地、四面八方。最令人心碎的场面是各民主党派中央的领导人，他们年高德劭、步履维艰，来到沛瑶的遗像前号啕大哭。他们悲痛，他们惋惜，他们失去了这么好的一位同事、一位跨世纪的接班人、民革新一代的卓越领导人。这是不可估量的损失啊！

送　别

2月13日上午，八哥的遗体送别仪式在八宝山革命公墓礼堂举行。很多人早早就排队等候在礼堂外的广场上，人们在寒风中静静地伫立着，气氛肃穆。10天来沉浸在巨大悲痛之中的人们显得更深沉和冷静。八哥头戴帽子、脖子上围了一条围巾，穿着舒适的呢绒大衣，安详地睡在鲜花丛中，遗体上覆盖着五星红旗。能再看一眼他慈祥的面容，也是对我们所有参加遗体送别仪式群众的极大安慰。

江泽民同志等党和国家领导人参加了八哥的吊唁和遗体送别仪式。

在广场上我看见民革成员、速算奇才史丰收同志。他带着全家从深圳赶到北京来参加吊唁活动,因为八哥刚刚应史丰收同志的邀请,到深圳参加了丰收大厦的开业典礼归来就遇害了。丰收同志无论如何也接受不了沛瑶已经在与歹徒的搏斗中英勇牺牲的事实,他痛哭失声,无法控制自己的情绪……

八哥,你安息吧!你给我们留下了一个光辉的形象,你给我们树立了一个学习的榜样。广大民革党员一定会学习你的先进事迹,继承你的遗志,为坚持和完善具有中国特色的、中国共产党领导的多党合作和政治协商制度而奋斗。

第二章　难忘故人

"老羊倌"陈济生走过的道路①

在北京郊区密云县偏僻的山沟里，有一个曾因泥石流灾害严重而闻名的贫困乡——番字牌乡。1995年深秋的一天，全乡最好的建筑番字牌乡中学洋溢着节日的气氛，彩旗招展，鼓乐喧天，老乡们扶老携幼赶往学校运动场看热闹。这里正在进行一场别开生面的"斗羊会"，全称叫"密云县首届鲁羊斗羊选种大会"。两羊相斗，胜者为优。斗羊场上响起一阵阵喝彩声。可是，有时哨声响过，两只公羊走到一起却面面相觑斗不起来，胜负难定，优劣难分。这时只好请教一位白发老头，他像一位资深的长者，权威地当机立断："个体大者为胜方。"他是这次斗羊会真正的导演和裁判长。如果不作介绍你很难相信他就是民革中央团结委员会委员、民革北京市委顾问、北京农学院的离休老教授——陈济生。

他是个干瘦的老头儿，眼睛不大却炯炯有神，上身穿一件宽松的黄褐色茄克衫，下身穿一条肥大的蓝灰色西服裤，脚上穿一双薄底布鞋，手上拿着从不离身的一根1.1米长红白相间的细竹竿——他自制的用来测量羊的身高体长的量具。今年78岁的他腰板仍然挺直，步履轻捷，有那么一股子不知疲倦的精气神。

曾经是位公子哥儿

生于1918年的陈济生，小时候是个公子哥儿。他的父亲陈聘之是北京

---

① 载《诤友》，1997年第3期，第13—15页。有改动。

大学法文系的教授，卖了三本法文教科书的版权后，在后局大院胡同盖了一所中西合璧的宅第。乔迁的日子，许多名教授如胡适之等人都来庆贺，热闹非常。陈济生六岁进孔德小学，后升入孔德中学。当时校长是蔡元培兼任，那中学就像是北大的子弟学校，很多教授的子女都在那里上学。陈济生回忆道，那时候到了星期天，他常西服革履，风流倜傥，骑着德国蓝牌自行车和一班男女同学去游香山、西山，逛颐和园。他学习并不用功，对国家大事也不那么关心。到了1937年"七•七事变"那一天，他正在中南海新修的游泳池游泳，忽然传来消息：日本人打到大红门了！这才赶快穿上衣服往家里跑。情势危急，父亲让他往河南老家去躲躲。

陈济生离家后，躲到哪儿日本人打到哪儿，他目睹国土沦丧和日军的暴行，决心投笔从戎抗日救国。他从西南联大考入了黄埔二分校第十四期，在抗日战争中先在中条山反扫荡，又在榕江血战，屡立战功，好容易盼到了抗战胜利，又被卷入内战漩涡。他不愿打内战，以腿上受过伤为借口，离队回北平养病，后来参加了傅作义的部队，担任少将副师长并随傅部起义。

衔命南下策反有功

北平和平解放后，解放军借住他家的空余房子（那时他父亲已买下了一所旧王府，有好几十间房子），他亲眼看到解放军对老百姓秋毫无犯，严格执行三大纪律八项注意，每天都把院子扫得干干净净的，使他对解放军有了好感。他和父亲与老师李明灏（民主人士）商量，可利用旧关系，夫四川联络贾应华（罗广文部的参谋长）共同策动罗广文反蒋，率国民党第十五兵团起义。他的想法很快得到领导的批准。于是陈济生作为第二野战军司令部情报处派遣的工作人员，由宜昌徒步出发赶赴重庆。

他曾经记述过这样一段经历："……裹行于千百携妻背女的遣散人员中，沿途霪雨连绵，空气潮湿，道路泥泞，上千人有如饥饿的蝗虫，所经之处十室九空，无食可供，人人饥肠辘辘常难饱腹。此时，我发长过耳，头虱成团，乳房长疥，更有甚者，身患疟疾，时冷时热，我怕高烧或梦中道破秘密，常独身觅老乡盛草的陋屋而眠。"他经秭归、巴东，越过大巴山，经过一个多月的长途跋涉到了万县。一个偶然的机会让他混上了开赴重庆的军轮。到重庆后本想借宿于一个黄埔同期同学的婶母家，但人家看他头发蓬乱，衣服褴褛，没敢留宿……

上面记述的仅仅是他从事策反工作开头的片断，只说了生活上的艰难。策反需要勇敢、机警、耐心、细心，是一项十分危险的工作，一不留神就有杀身之祸。陈济生不但主动争取去做这一工作，而且在策反过程中英勇机智、化险为夷。经过他的艰苦努力，不但罗广文率十五兵团在安德起义，还因为他做工作时长期住在重庆陆军大学一个旧同事的单身宿舍，他抓住机会做了大量工作，终使陆大的全体教职员和士兵拒绝跟随蒋介石跑去台湾，而就地起义。

载誉而归，功成身退

1950年初，陈济生在重庆陆军大学的策反工作全部顺利结束，军代表进驻陆大后，他带着全体师生送给他的一本厚厚的纪念册返回北京。

重庆陆军大学全体教职员和士兵赠予济生先生的"临别纪念"中充满了颂扬与感激之情。有的写道："由于您，使我们对于解放军的怀疑一扫而空；由于您，使我们认识了共产党确是拯救中国的救星；由于您，使我们的觉悟表现出来正确的行动；由于您，使我们能光荣地参加了革命阵营……"还有两句话是以陈济生的名字来造句的，"济袍泽于水火，牛枯木丁阳春"。另有一首惜别辞："阁下……来自遥远的北方，抛弃温暖，背井离乡，不避艰险，不怕风霜，更不计较那关山重重，点燃了西南解放之火，光芒万丈，催放了西南革命之花，灿烂芬芳。英雄无名——阁下当之该无愧色。敬祝阁下此去前程万里，万里前程！"

从以上摘录的片断文字可以看出重庆陆大师生对陈济生的感激之情,这本纪念册又成了为很多人落实政策的重要证明。

农学院的老大学生

陈济生回到北京时,新中国已经建立,他非常渴望能重新进大学学习建设祖国的本领,成为一个有用于人民的人。可是当时他已30多岁了,早已超过招生简章规定的年龄界限。没想到在1952年一次研究安置起义有功人员的会议上,有人将陈济生的心愿向周总理作了汇报,总理听后当场就问教育部长马叙伦:"这种情况可不可以上学?"马部长的回答也干脆:"当然可以。"事后,河北农学院破例招收了这位已超过34岁的老大学生。他经过四年的刻苦学习,毕业后分配在北京农学院教书长达30多年。

他主动与著名全国劳动模范、养羊土专家吴春山同吃、同住、同劳动三年整,学习了许多宝贵的养羊经验,这对后来他在支边扶贫工作中能深入浅出地用通俗的语言,指导农民养羊,使文化水平不高的贫苦农民很快掌握了饲养小尾寒羊的要领。在吴春山身上他也学到了许多做人的美德。

党的十一届三中全会后,拨乱反正,把"文革"中给他做的错误结论改正了。过去说他是"有严重政治历史问题的旧军人",改为"起义策反有功人员,复转军人"——本来就应该这样。陈济生从心底里拥护新时期党的政策、路线。

1981年,陈济生经他父亲的得意门生、北大法语系教授郭麟阁介绍参加了民革。1983年,他开始带领青年科技人员到昌平县贫困的沙岭子村,探索扶贫开发的方法,推广小尾寒羊。从此,陈济生开始了十数年如一日的支边扶贫工作。

壮心未已，离而不休

1987年，陈济生办理了离休手续。但他不改初衷，离而不休。依然奔波在推广小尾寒羊的第一线上，把自己的知识一如既往地奉献给贫苦农民，却从不收取任何报酬。他声明：我不能出卖知识！

他为贫困地区群众创造了亿万财富，而自己安于清贫，身居陋室，无欲无求。他在离休后选择的昌平县最贫困的老峪沟试验基地认真地说了这样一句话："我死后，在荒山坡上挖个坑，把骨灰撒进去，上面种一棵树。"他死后也要作出贡献，骨灰也要为绿化荒山服务。

10多年来陈济生受到不少表扬与奖励，先后被评为北京市统战系统先进个人、全国民族团结先进个人，1995年荣获全国扶贫贡献奖，去年又获星火计划实施10周年中国星火计划奖章。在国家科委颁发的奖励证书上写道："陈济生同志在星火计划实施10年中，做出突出贡献，被评为全国星火先进工作者。"在刚刚开过的"各民主党派、工商联为两个文明建设服务经验交流会"上，他是民革北京市委推选出来代表民革的先进工作者。

现任全国政协副秘书长、全国工商联副主席的胡德平同志，在给陈济生的书作序时写道："我在他身上看到一位老专家的报国热忱，从旧日战场上的军人，到今天畜牧业的养羊专家，陈先生身上的变化极大。这些对我有莫大的教育意义，让我尊敬他。"

京城棠棣花

——记民革党员、舞蹈家张京棣[①]

香港回归前夕,在民革中央大礼堂举行了一场热烈的"庆祝香港回归联欢会"。这是一场真正意义的联欢,参加演出的民革党员人数之多是空前的,准备之充分是罕见的,自编自导自演的节目水平之高也是出人意料的。虽说大部分是业余演员,但不乏颇有盛名、造诣很深的专业艺术家。其中,艺龄最长的恐怕要数中央戏剧学院国家一级指导张京棣同志了。她是中国舞蹈家协会会员,从事舞蹈表演艺术已经40余年。

在联欢会上,张京棣表演了名为《1997》的独舞,这是她专门为联欢会编排创作的。在舞台上她那婀娜的身姿、轻盈的舞步使人们忘记了她的实际年龄;她的一举手、一投足完美地表现出角色内心世界,而深深地感染了观众。在急速的旋转中,她把一束束鲜花抛向观众,舞蹈在欢快的乐声和掌声中结束。这时我仿佛看到她是将自己40多年来在舞台上接受到的束束鲜花和掌声,又回报了观众,抛向了人间,表达了中华儿女欢庆香港回归的兴奋和激动的心情,把"洗雪百年国耻,喜迎香港回归"的欢乐情绪表达得淋漓尽致。

张京棣同志是甘肃人,因为她的丈夫是我在汇文中学时的校友,所以,我在甘肃工作的时候有幸认识了她。京棣13岁时和近两千名孩子一起报考舞训班,结果她是六名被录取者之一。

[①] 载《诤友》,1997年9月;《团结报》,1997年9月3日第4版。有改动。

周恩来总理到西北视察工作时，就曾经关怀过15岁的她。总理问她是哪里人，旁边的同志介绍说，她奶奶是临洮人，总理说："呵！怪不得，临洮出美人嘛！貂蝉就是临洮人。"总理鼓励她说："条件不错嘛！学舞蹈就要刻苦的练习，舞蹈事业是很苦的，你怕苦吗？"小京棣斩钉截铁地说："不怕！"总理说："只要不怕苦就能成功。"又问，"什么时候能看到你的演出呢？"周总理的关怀和期望在京棣幼小的心灵上铭刻下艰苦奋斗的决心。从此，夏练三伏、冬练三九，扳腿撕胯、劈叉裂筋这些学舞必经之路上的痛楚她都一一承受了。

　　功夫不负有心人，20年后，上演舞剧《丝路花雨》时，她是当年舞训班六名录取者中唯一的参演者，而且成为这台舞剧第一代女主角英娘的扮演者。此后，在意大利金碧辉煌的米兰斯卡拉大剧院、法国豪华的国会大厦、朝鲜东方格调的万寿台艺术剧场和香港老牌的新光剧院都留下了她的身影。

　　1985年，京棣调入中央戏剧学院任教，她接受的第一个任务是担任话剧《俄狄浦斯王》的形体设计。

　　《俄狄浦斯王》是2400年前希腊悲剧诗人索福克勒斯写的120部悲剧中最为杰出的一部。我国古希腊文化研究专家罗念生先生50年前已将这部杰作翻译成中文，介绍到我国，但由于种种原因，《俄狄浦斯王》的上演一直未能实现。在改革开放的大好形势下，导演系教师罗锦鳞决心填补我国话剧艺术的这块空白，把《俄狄浦斯王》搬上舞台。张京棣接受任务后，反复地细读剧本，不放过任何一张可以找到的希腊雕塑照片，一遍遍放映出国时摄录的录像资料，从中寻求希腊艺术美的法则，要使舞台上的每个演员都成为一尊活的希腊雕塑。为了充分发挥形体动作的表现力，她创造性地设计了"倒摔""颠倒仰卧""扭身翻起""侧身撑手"等造型以及"滚翻""匍匐"等一系列动作，把演员的朗诵、独白及表演配合得恰到好处。一些美、难、绝的动作对于俄狄浦斯王的扮演者无疑是严峻的考验，经她一遍遍地示范，一次把腰都磕青了，终于取得了成功，演出效果非常好。

《俄狄浦斯王》剧组在希腊德尔菲戏剧节演出时,谢幕竟达十几次。一位研究古希腊悲剧的专家说:我研究古希腊悲剧45年,看了中国的演出,我感到自己很渺小,因为我从来没有想到中国人会用这样虔诚的手法来演古希腊悲剧。

演出获得巨大成功是全体演职人员共同努力的结果,这里面也饱含着张京棣在幕后辛勤耕耘的汗水。

张京棣10多年来就是这样默默地在幕后努力浇灌着一代代表演艺术界的花朵,使他(她)们茁壮成长。她也因此而受到人们的尊敬和爱戴。

繁重的教学任务丝毫没有影响张京棣旺盛的创作欲望。1986年10月,在由文化部和中国舞蹈家协会举办的第二届全国舞蹈比赛中,她创作表演的《唐舞》荣获演出奖;1989年10月,她为评剧《多情的河》编排的舞蹈获北京市1986—1989年度新创剧(节)目的编舞奖。她积极创办北京市中国古代服饰舞蹈表演艺术研究会,为弘扬民族传统文化做贡献,1995年被评为北京市社会团体先进个人……

张京棣同志自从1986年5月加入民革组织以后,积极参加全国范围的扶贫助残义演活动、参加民革组织的文化下乡慰问演出活动以及不同层次的文艺联欢200余场。她有请必到,不怕苦、不怕累,充分体现了一位艺术家的崇高艺德,发扬了无私奉献的精神。她在舞台上不停地跳、不停地舞,好像她的生命就是舞蹈,舞蹈就是她的生命。愿京城这棵棠棣花,永葆艺术的青春。

14年的坚持：我的袁崇焕情结[①]

民族英雄袁崇焕生于明神宗万历十二年（1584年），距今420年。年代的久远是美国历史的两倍还多。

原来我对袁崇焕的生平及身后之事了解不多，一个偶然的机会使我认识了为袁崇焕守墓的佘义士第17代传人佘幼芝女士，袁崇焕的故事才深深地打动了我的心。

初识守墓人佘幼芝

1988年初，北京市政协七届一次全会前夕，我代表北京民革参加记者招待会，当意大利记者问及蒋经国逝世的问题时，会议主持人说："关于蒋经国先生去世的事请民革的蒋建国先生回答。"此语一出，记者席中引起一阵骚动，主持人忙补充介绍说我是蒋光鼐之子。这一花絮被电视台转播出去了，电视机前的佘幼芝女士看在眼里记在心上，几天后她在丈夫焦立江的陪同下找到了我，简单作过自我介绍后，她就迫不及待地向我述说袁崇焕的英雄业绩和悲惨遭遇。新中国成立后，因北京市政府令将城内坟墓一律迁出城外，有四位知名民主人士联名写信给毛主席，袁祠墓因而得以保存和重修。她说，这件事蒋光鼐和蔡廷锴两位将军也有筹策奔走之劳，这在"重修明督师袁崇焕祠墓碑"上是有记载的。到了那场史无前例的"无产阶级文化大革命"，袁墓被毁、墓碑被砸、袁祠被占、佘家房屋

[①] 载《纵横》，2004年第6期，第58—60页。有改动。

被拆。为了不离开祖辈苦守了300多年的地方，她一家人住进了当年养奶羊的羊圈里。佘幼芝长期生活在阴暗潮湿的环境中，双腿得了严重的风湿性关节炎。打倒"四人帮"后，她即拖着病腿开始四处寻访有关单位，希望恢复袁祠墓，但毫无结果。说到伤心处她声泪俱下，听了她的一席话，我感动了，除了袁崇焕的故事打动了我外，佘家守袁墓的高尚精神也令我十分钦佩。

佘幼芝来访后，我们做了一些调查研究工作，在中共中央档案馆查到了叶恭绰、柳亚子、李济深、章士钊于1952年5月14日写给毛主席的信和1952年5月16日毛主席的批示："请彭真同志查明处理。我意如无大碍袁崇焕祠墓应予保存。"在北京市档案馆查到了1952年5月16日北京市广东省会馆财产管理委员会筹备会给彭真市长和张友渔、吴晗两位副市长的报告和5月21日吴晗的批示："袁崇焕墓庙应予保存，秘书厅即通知有关部门设法保护。"袁祠、墓、庙当年即得以重修与重饰。

我们在袁祠里看到了遭"文革"破坏后的惨状，院子里私搭乱建、拥挤不堪。1984年袁祠、墓、庙定为北京市重点文物保护单位的石碑周围堆满了废弃物，目不忍睹。

袁祠在新中国成立之初就受到过最高领导人和北京市领导人的保护，当年正值百废待兴、抗美援朝时期，还不是写封信领导人一批示就解决了。后来袁祠在"文革"中遭到破坏，落实政策应是天经地义之事，写个提案也许就能一蹴而就。但现实往往不是我们主观想象的那么简单。

十二年间一件事提了七次提案而未果

1989年，北京市政协七届二次会议期间，我写了《明末民族英雄袁崇焕祠墓应修复对社会开放》提案，约请了12位民革委员共同签名（当时还没有党派提案一说，但是民革北京市委组织了现场调查和座谈会）。北京市政协为办理这个提案做了很多工作：一、召开座谈会统一认识；二、发《政协简报》第11期《政协委员强烈呼吁修复袁崇焕祠墓》；三、市文物局出资重修袁墓后，1992年清明节，市政协组织了一次大型祭扫袁墓活动。提案的部分内容得到了落实。

1992年，北京市政协七届五次会议期间，我写了《呼吁进一步重视民族英雄袁崇焕祠的腾退、修复及向社会开放》的提案，有13位委员签名。市政府办公厅在办理提案的情况报告中说，由于祠内已住有多户居民，腾退及修复工作难度大，目前还难以落实；将在今后规划中全面考虑，妥善安排。报告中还专门指出市政府副秘书长朱祖朴同志已当面向蒋建国委员进行了说明解释，请蒋建国委员向其他提案委员说明解释。朱祖朴同志是代表市政府专门联系市政协协调办理提案工作的，这是市政府的决定，我们只好耐心等待。

1994年，北京市政协八届二次会议期间，我写了《建议清明节期间组织中小学生祭扫袁崇焕墓》的提案，期望进一步发挥重修后的袁墓作用。

1995年，北京市政协八届三次会议期间，王大明主席陪新任市委书记尉健行到会参加我们小组的讨论会，我趁机作了将近半小时的发言，谈袁崇焕祠的腾退修复问题，希望引起市领导的注意。同组的委员说，听我反复说这个问题，耳朵都起茧子了。

会后，市政协召集市文物局及崇文区人民政府等有关单位召开保护袁崇焕祠的现场会，作出决定：一、将腾退袁崇焕祠列入东花市危房改造计划，在危改中优先安排腾退袁崇焕祠；二、袁祠腾退后由文物部门出资修复，征集文物，对外开放。

以上"决定"比1992年市政府的答复进了一步，腾退和修复分别由两个单位负责，有了分工，责任也分明了。

1996年，北京市政协八届四次会议期间，我又提《尽快解决袁崇焕祠"文革"中被侵占的问题，迁出住户，对社会开放》案，建议市领导下决心对"文革"遗留问题从速落实政策，采取有力措施迁出住户、对外开放。这一提案被送交崇文区政府研究办理，但没有下文。

1998年，北京市政协九届一次会议期间，我再提《袁崇焕祠应尽快清退住户、修缮并向社会开放》的提案。这次送交市文物局，因居民搬迁问题是崇文区政府的事，居民不迁出修缮无法进行。文物局也只能这样答复。

后来，我曾约请当时分管文物工作的副市长林文漪关心袁崇焕祠的事，她去了，市文物局的局长也去了。他们都希望尽快解决这件事，初步商量出一个方案，由市里划拨一块地，文物局筹钱盖楼，把挤占文物单位的居民一次性全迁出去。方案不错，可惜不久她分管工作有变动，当时陪同视察的市文物局长也调走了。

1999年，北京市政协九届二次会议期间，我再提《关于再次呼吁民族英雄袁崇焕祠应尽快腾退住户向社会开放》案。提案中反映了情况：袁祠破损越来越严重，住户越来越多，佘幼芝女士十分焦急，她还多次表示要给江泽民主席写信，我们一再劝阻，请她相信，北京市领导会重视的。可是这份提案仍是送到市文物局办理，市领导并不知情。文物局的办理报告写得很客气，还是搬出1995年4月5日市政协召集的现场会的决定作答。鉴于危改迟迟未启动等原因，袁祠的修复仍是遥遥无期。

2000年，北京市政协九届三次会议期间，我再次写《建议北京市主要领导重视袁崇焕祠墓的修复并向社会开放问题》的提案。提案的结尾我写道："一个新的世纪、新的千年即将开始。希望现任北京市主要领导也关注一下袁崇焕祠的问题。半个世纪前领导人关心袁祠墓的做法，今天看来并没有错。在新世纪里我们更应珍惜历史文化名城的宝贵遗产，把古都风貌的丰富内涵展现给世人。"可惜提案未能让领导看到，还是未由市文物局办理，虽然答复很有耐心，最终还解决不了问题。

综上所述，从1989年到2000年这12年间，由我牵头写的关于袁崇焕祠墓的提案就共有七件。这件事并不是我的本职工作，自1988年起我担任北京市政协的副秘书长，从政以后，我有组织领导交给我的任务，我有做不完的工作，可是十几年来，袁崇焕祠墓的事却几乎始终贯穿我的工作和生活之中。

有人说我之所以关心袁崇焕,因为我和袁崇焕都是东莞人;还有人说新中国成立之初最早关心保护袁祠墓的是老一辈的民革创始人,我是继承遗志,我不否认有这样的一些因素。但最主要的是因为袁崇焕是民族英雄,在国家危亡的关键时刻他挺身而出,他为保卫北京而死,死在北京。袁崇焕的事迹是对青少年进行爱国主义教育的好题材。为此,我一再呼吁,锲而不舍。关于袁崇焕祠墓的提案虽然从未得过优秀提案奖,但是我坚信提案的内容是正确的,我想,只要努力不懈,终会"感动上帝"的。

偶遇转机　瓜熟蒂落

2000年8月18日,政协北京市委员会研究室出的专门反映社情民意的刊物《诤友》在其增刊第12期登载了我反映的情况,这是我从热心人处获得的信息。标题为"中山大学数位老教授呈请东莞市从北京迁走袁崇焕墓",现将内容照录于下:

> 蒋建国委员(市政协副秘书长、民革市委副主委)反映,日前,中山大学哲学、历史、中文和人类学方面的几位东莞籍老教授,看到7月7日《中国艺术报》题为《十五代人苦守袁崇焕之墓谁来延续三百年忠烈之举》的报道。遂联名致信广东东莞市有关领导,表示支持东莞石碣镇积极筹建袁崇焕公园,并建议将北京袁墓迁入该公园,'提高其知名度','使一代民族英雄的陵墓返回故里,彻底解决其维护管理问题'。蒋建国委员说,关于袁崇焕祠墓的保护问题,市政协连续四届都有委员提案,但始终没有得到很好地解决。他希望市委、市政府主要领导关注此事。

在这份报北京市四套班子主要领导的一页纸的文章上,当时的市政协主席陈广文写下了这样一段话："敬民同志，我建议你出面召开会议，就袁祠墓保护问题专门研究一次（去年我同文物局同志看了祠墓并提出了由文物局、崇文区共同筹资落实的意见，后不了了之）。"

刘敬民是分管这方面工作的副市长。他在8月25日也作了批示："已有安排，请梅宁华同志落实，结果报广文同志。"（梅是市文物局局长）

这件事的直接效果是，把袁崇焕祠居民搬迁并维修祠墓的工作列入了北京市2001年在直接关系群众生活方面拟办的60件重要实事之中，公之于众，完成期限是2001年12月底前。

所有关心袁祠命运的人都怀着欣喜的心情耐心等待着，期望袁祠问题的解决，从年初等到第二年的年初。

2002年1月9日《北京日报》用套红通栏大标题向公众宣布"北京市2001年在直接关系群众生活方面拟办的60件重要实事全面完成"。

见报惊喜之余，致电佘幼芝女士表示祝贺，没想到她正为此而焦急呢！她说袁崇焕祠居民搬迁问题尚未有任何行动，更谈不上袁祠维修工程，"全面完成"消息见报后来访者很多，不知如何向来访者解释才好。

我认为这一情况应立即向市领导反映，于是在10日把我了解到的情况和报纸的复印件传真给民革北京市委的专职副主委，请他交给主委韩汝琦供他发言时参考。因为我知道11日下午韩主委要参加市里的协商会，是征求对政府工作报告意见的会。这是每年市人大会前都要开的会。

韩主委在会上提出袁崇焕祠居民搬迁与维修工作并没有做，但是报告上说60件实事全面完成了，与事实有出入。当时担任市长的刘淇同志听了以后很重视，马上打电话给市文物局了解情况，弄清事实真相后，决定把"全面完成"改为"基本完成"。统战部长和韩主委商量后都认为报告就不要改了，因为袁祠的事仅是60件实事中第57件的五分之一而已，绝大部分工作都做了，余下的抓紧完成就是了。但是市长是认真的，不能失信于民，坚决把"全面完成"改为"基本完成"。

袁祠的事在惊动了市里主要领导以后，真是立竿见影，当天晚上袁祠就搭起了脚手架……

就在这一年的岁尾我收到崇文区文化委员会寄来的请柬:"兹定于二〇〇二年十一月二十九日(周五)上午九时三十分,在北京市崇文区东花市斜街五十二号举办袁崇焕祠、墓开放仪式。敬请光临。"我为此感到欣慰,因为从1988年算起,我一直关注的事情,经过14年的时间,在全社会方方面面的共同努力下终于有了结果,这是重要的。由于健康的原因我没有参加这个开放仪式,不过,我会继续关注袁崇焕的事,民族英雄袁崇焕是为保卫北京而死,我们居住在北京的人能不关注袁崇焕的事吗?

父亲与朱执信先生纪念碑[1]

《虎门》报今年4月17日和4月20日两期分别用一个整版的篇幅刊登了《虎门医院筹建纪实》与《朱执信先生虎门殉难记》。我读后不禁想起了距今已整整60年的一段遥远的往事。

深情怀念朱执信先生

抗战胜利后,我们家从粤北平远县偏僻的山村搬到了广州。1946年的夏天,父亲蒋光鼐曾带我回了一趟故乡,那年我11岁。

一个风和日丽的清晨,我们从广州长堤码头乘坐一艘小火轮沿江南行,除了我,同行的只有两名在第七战区时就跟随父亲的卫士李贤和李苏。虽然是顺水而下,那时候的船速度还是慢,中午时分才到达太平镇码头。

这是我第一次回乡,故乡的美给我留下了很深的印象。船过虎门时所看到的奇特自然现象,几十年来一直萦绕在脑海中,多少次在梦中相见。快到达目的地了,在一望无际的江面上突然出现了一大一小两座山峰,远远望去就像两只老虎雄踞江心,把守着祖国的南大门。奇妙之处还不是两座山头,是在水中。浅黄色的珠江水和深绿色的海水相遇在这里,一深一浅两种颜色互相渗透,形成了一条有形无形的移动着的交界线,像一条巨龙在水中翻滚,它是活的,又是虚无缥缈的,来回摆动,十分好看。可惜

---

[1] 载《虎门报》,2006年6月8日。有改动。

这一美景很快就从视野中消失了。

这次回乡父亲办了什么事,见了什么人我都记不清了,直到我读过前面提到的两版报纸后,有一个情节逐渐从我的脑海中显现出来。

上岸后,我们先到六丰米机稍事休息便到虎门医院参观,在大门的左侧有一亭子,有人给父亲搬来了一张藤椅,他坐下点着了一支香烟,凝视着前方。午后很安静,红墙绿瓦的医院大楼周围空旷无人,视野开阔,环境优雅。父亲把我叫到身边,指着正前方不远处的一座纪念碑,神色凝重、语速很慢地告诉我,那是为纪念在这里牺牲的朱执信先生而建的。他还讲了一些关于朱执信先生的生平和他们的关系的事,可惜,时间太久远了,他说的原话我都忘却了。因为亭子外面很热,太阳又晒,我甚至都没有走到纪念碑跟前仔细看看碑文。现在回想起来,真是后悔,为什么没记下当时父亲讲的那些话?

我只记住了父亲对朱执信先生满怀深情的怀念,朱执信先生是值得纪念的好人。

长大以后我才知道,朱执信先生1885年出生在番禺,长我父亲三岁,1906年父亲在广州加入同盟会时就认识他,有过十几年的交情。朱先生牺牲时只有35岁,太可惜了。

朱执信纪念碑建于何时?

仔细端详胡汉民先生为纪念碑撰写的碑文和碑记,提到了四个日期,原文用的是民国纪年,换算过来是这样的:1.碑文是1931年12月写的;2.碑记是1932年3月写的;3.1920年粤军还粤之役,朱执信先生牺牲;4.1923年粤人为立碑纪念。

上面的日期表明了一个情况,在朱执信先生牺牲三年后,1923年即有粤人立碑纪念他了,但碑记是又过了九年之后的1932年3月胡汉民先生写的,这好像有悖于常理。因此产生了一个问题,到底朱执信先生纪念碑建于何时？

虎门医院的筹建经过因省立中山图书馆存有1933年《筹建虎门医院征信录》的原件而令后人有了清晰而细致的了解。至于朱执信先生纪念碑的筹建，到目前为止，笔者孤陋寡闻，未曾见到当年有关的文件，只能作一些主观的臆断。

在家乡村后的三台山上，有一座父亲为祖父母修建的纪念碑，祖母郑夫人的墓碑碑文是胡汉民先生撰写的，时间也是1932年3月。因此，可以断定朱执信先生纪念碑的碑记和我祖母的碑记是同时由我父亲请胡汉民先生写的。我祖父母的纪念碑落成于1933年3月，朱执信先生纪念碑的落成是否也在这时间左右呢？

我们完全可以相信胡汉民先生在碑记中写的1923年有粤人为朱执信先生立碑纪念，当时立碑的人是谁？是否有过另一座纪念碑？希望虎门和东莞的文史专家作进一步考证。

1923年为朱执信先生立碑的不可能是父亲。从父亲生平大事年表中我们知道，1923年他在孙中山先生亲手创建的粤军第一师中担任第四团第三营营长。35岁才开始带兵打仗的革命生涯。在这个时候他没有时间、也没有经济能力来为朱执信先生修纪念碑。直到1930年，他担任了十九路军上将总指挥之后，才有可能把历年积攒下来的薪金和打胜仗得到的政府的奖金用于故乡的公益事业，为家乡的父老乡亲贡献自己一点绵薄之力。

虎门医院的筹建可以从1930年12月1日开始算起，这是"募捐小启"发出的日子，也是父亲担任了十九路军总指挥之后，由他牵头发起的。到1933年4月16日虎门医院竣工举行开幕典礼，总共用了两年零五个月时间。

我们现在见到的朱执信先生纪念碑应该是在同一时间内筹建的。建纪念碑的工程比建医院简单，落成的时间比医院早一些是可能的，但现存的这座纪念碑绝不是建于1923年。

2006年6月8日于北京

悼念北京中山书画社名誉社长邵恒秋同志①

惊闻邵老病逝的噩耗，深感悲痛，邵老的不幸去世使北京中山书画社失去了一位可敬的组织者、领导者，是我社的巨大损失。

北京中山书画社成立于1980年11月12日，那天是孙中山先生诞辰114周年的日子。第一任社长是著名的张伯驹先生，可惜只过了一年多的时间，1982年2月，张伯驹先生便逝世了。由谁来接替他当社长呢？时任民革中央常委、宣传部副部长的邵恒秋同志便成了大家一致公认的合适人选。从邵老1981年4月填写的中山书画社社员登记表上得知邵老年轻时是学画的，曾就读于北平国立艺术专科学校，先入西画系后转入国画系。他在抗日战争前就曾出版过《卧薪尝胆》和《史可法》等长篇连环画；抗战期间，出版有《日本兵上吊》《日本妇女大反战》《轰炸东京》《开封大锄奸》《小号兵》等读物和长短篇连环画；主编《抗日通俗画刊》、为《中国日报》主编《星期艺术》副刊、发表大量抗敌漫画和美术论文等；还参加举办《西北抗敌漫画展》、全国美展和巡回展，还有个人举办的国画展。因此邵老与美术界有广泛的联系，是元老级的人物。

邵老领导北京中山书画社20多年来，成绩斐然，书画社的工作经常受到表彰，被评为先进集体，所有成绩的取得都离不开邵老的领导有方和邵老的辛劳。

---

① 载《团结报》（第3207号），2006年10月14日。有改动。

邵老由从艺到从政

1949年10月25日,邵老经朱蕴山、陈铭枢介绍加入民革,在入党表格上他写道:"当三十五年(即1946年)冬国民党反动派正式进行反人民革命战争,本人即联合新艺术研究社同志从事协助解放工作,因无法传递情报,经于振瀛介绍加入民联。因在南京时,解放前担任民联南京、丹阳、芜湖地下斗争之部分组织与领导工作。"要知道1946年参加民联从事地下斗争是随时有生命危险的,因此而牺牲的大有人在,这是革命的行动。享受离休待遇是理所当然的。

邵老1956年从南京调至北京工作,从此一直在民革中央机关工作。

邵老的笔记本

邵老一生担任过许多领导职务,而且越来越高,从民革中央宣传部副部长到民革中央组织部部长、民革中央监委会副主席、民革第十届中央委员会顾问、全国政协副秘书长……这样一位高级领导人来领导一个区区书画社,当然是游刃有余。他一直十分认真、十分细致地去做许多看起来是琐碎的事务性的工作。

记得书画社成立20周年的时候,要印一份宣传材料,开列一份大事记,书画社20年的"流水账"由于干部调动、人员更迭,没有留下一份完整的工作档案,只有邵老能列得出来。他有一个笔记本,上面记录着书画社的一个个活动、一份份名单、大型展览、小型笔会、学术报告、友好往来、春节联欢……一件件、一桩桩如数家珍。邵老把书画社的工作不仅是看成一件工作,而是把它当成一项事业来做。

邵老的民主作风

北京中山书画社从成立的时候起就受到民革中央和民革北京市委的重视与关怀，关于书画社的组织工作，对每个书画社成员的安排使用他都反复考虑、协商、征求多方面的意见，遇到有不同意见时，哪怕先放一放，不急于作出决定，这是他长期担任民革中央组织部长工作积累的经验。

邵老的大女儿邵迎辉深情回忆道："父亲给了我八个字，'以正克邪，以柔克刚'，我受用了一辈子。"邵老自己也是身体力行做出了榜样的。

邵老带病坚持工作

1987年，邵老得病住进了中日友好医院，被确诊为肾癌，我们去探望时看到人很快就瘦成了皮包骨头，病情十分危急。一位副院长使用大剂量的中西医药治疗法，在邵老的配合下，竟奇迹般地战胜了癌症，成了中日友好医院尽人皆知的成功范例，后来连一个癌细胞都找不着了，邵老出院后又继续投入工作。2006年的这次住院，医生说他得肺癌已经10年了，前不久我还曾到他家为书画社换届的事征求意见。我们谈了很长时间，他一直很耐心听我的汇报，我没有觉察到他身体的不适。临别，我说下次再向他请示，邵老像往常一样说："你们就放手干吧！"万万没想到这就是他的临终嘱托！

邵老最后是因呼吸衰竭后心脏停止了跳动。我们再也无法向他请教了。20多年来我们从邵老身上学到了很多东西。

邵老心底的秘密

北京中山书画社的社员很多人都不知道邵老曾经是20世纪三四十年代

活跃在中国画坛的人物，在前面已经简略介绍了一点。邵老的女儿邵燕宁告诉我，在2006年9月21日晚和22日早晨邵老两次告诉她：在病床前面的墙上看见了一幅巨大的山水画，美极了。当然，这仅是邵老的一种幻觉，再结合邵老临终最后说的两句话："画画！画画！"可以看出邵老在生命行将结束时心里想的还是画画，也可以认为这是对女儿的期望与叮咛。

邵老如果不是因为革命工作的需要而花费大量时间从事行政工作的话，一定会画出更多美妙的图画来。

别了，邵老，请您放心，我们定将继承你的遗志，把书画社办好！

第二章 难忘故人

百岁老人柳姐的故事[①]

随着社会的发展、医疗技术的进步,人的寿命越来越长了,在公园晨练的人群中、在市场买菜的人流里,常能看见老人们的身影。这些鬓发花白、步履蹒跚的老人,每一位都有自己独特的人生阅历,老人们脸上的每一道皱纹,都是无情岁月留下的痕迹。

一位普普通通的老人

在许许多多退休老人中,有一位出生于1906年的老大姐,她姓蒋名柳,是原纺织工业部1967年退休的职工。这是一位普普通通的老人,退休前的月工资只有33元,退休后当时每月仅得25元。从外表看,她并没有什么与众不同的地方,个子矮矮胖胖的,长着两片厚厚的嘴唇,淳朴而善良,她一年四季都穿着上世纪初广东农村妇女那种装束,中式大襟上衣,袖子短短的,裤腿宽宽的,脚蹬一双布鞋,朴实无华。

前些年,她因病两次住院手术,均获成功,第一次手术是脐疝,第二次手术是膀胱癌。在手术过程中她表现出了惊人的耐受能力与顽强的生命力,甚至在手术后的第二天就坚持起床去卫生间,她因而成了垂杨柳医院上下无不知晓的人物。我们去送饭、探望、陪住,无论何时都不用拿陪住证,只要说是陪90岁老太太的,住院部门口值班的同志就给以通融放行。

医院的大夫护士们都说老太太好福气,有那么多亲人为她奔忙。柳姐

[①] 载《虎门报》,2006年12月21日。有改动。

一辈子没结婚,虽然她还有两个亲弟弟,都远在东莞虎门的老家,他们年纪也大了,身体欠佳,鞭长莫及,照顾不了她。那为什么又有这么多人去陪伴、照顾她呢?说起来话就长了……

柳姐是我同乡同族的亲戚,论起辈分儿我该叫她姐姐。她出生的那一年,刚好我父亲蒋光鼐参加了孙中山先生领导的同盟会。父亲参加革命十几年后,还是个下级军官,收入微薄,因为革命,东餐而西宿,极少有回家的机会。夫人谭妙南带着两个孩子在乡下生活,自己身体又不好,多少有些顾此失彼,家中经济十分拮据,全靠娘家接济勉强度日。柳姐的母亲看在眼里,就让柳姐到我们家帮助照看孩子,是乡亲间相互帮忙的性质。那时候她只有13岁,我大哥庆瀛7岁,二姐定闽才4岁。从此柳姐与我们家结下了不解之缘,跟随我们家东奔西跑几十年。后来家里人多了,她就成了管家,看着我们家几代人成长。柳姐一辈子没有成家,为我们家奉献了自己的一生。

毫不犹豫地同意北上

抗日战争胜利后,我们结束了逃难的生活,回到了广州。可是没上几天安稳的日子,由于父亲从事民主运动,为了躲避国民党特务的迫害,柳姐跟随我们家到了香港。

1949年7月底,父亲在中共地下组织负责人乔冠华陪同下,从香港抵达北平,参加了新政治协商会议筹备会的工作,并参加了中国人民政治协商会议第一届全体会议。我母亲黄晚霞和我们几个大些的男孩子随后陆续来到了北京。

1951年,我母亲回香港,准备带最小的几个孩子上北京,她在香港征求柳姐意见,希望柳姐一同北上帮助料理家务,柳姐毫不犹豫地欣然同意了。此前她已经在我们家生活了30多年,她对我父亲选择的道路深信不疑,于是,不顾北方的寒冷,不畏新中国成立初期生活的艰辛,跟随我母亲和五个最小的孩子一起来到了北京，而且，在北京一住就是半个多世纪，直到现在。她年龄比我和弟妹们大得多，我们都把她看作长辈、看作自己最亲近的人。父亲生前说过："柳姐是我们家中之宝！"我们家的亲戚和父亲的社会关系她了如指掌，这方面我们有什么不清楚的就问她，她就像一本活字典。

记得1967年春，父亲癌症术后复发，时值"文革"最乱的时候，老朋友戴戟不顾个人安危赶到北京来看望父亲。当时我们家是受保护起来的，当然住在我们家里最安全。第二天清晨，戴伯伯刚洗漱完毕，一碗加有两个荷包蛋的热汤面就放在桌上了，戴伯伯高兴地说："柳姐真是好记性，这么多年了还记得我的老习惯。"柳姐告诉我们："四叔（指我父亲）和戴先生最投脾气了，他们感情最好。"

柳姐说："有些四叔不喜欢的人，他连面都不愿见，人从前门进来，他从后门就出去了。但是，对待老朋友就完全不一样。新中国成立后，中国人民救国会宣布解散，李章达先生回到了广东，每年来北京开会，四叔都邀他到家里来住，好朝夕相处。"

柳姐的一生阅历丰富。她曾和大嫂一起陪我大哥去日本治病；1932年"一·二八"淞沪抗战，她曾和我母亲黄晚霞一起去后方伤兵医院，含着眼泪一口一口地给伤兵喂鸡粥；她亲耳听到蒋介石打电话到家中，让父亲停火，父亲坚决地回答："卫国保土乃军人天职，强敌压境怎能不奋起自卫？这仗一定要打，而且已经打起来了，全国百姓不让停火！"

1934年初她也曾和我们家一起经历了"福建事变"的惨痛失败，逃难香港；抗日战争中，她曾经受过敌机空袭的洗礼，和我们一起颠沛流离……

许多生动有趣的故事

柳姐给我们讲过许多生动有趣的故事，都是我们闻所未闻，书本上也

没见过的。其中有一个关于叶挺将军的小故事,我至今难忘:

> 很久以前,你父亲曾经在广州云台里住过,那是一幢大房子,袁煦圻、李章达、叶挺、黄侠毅等都在一起住。每人租一间,共用一个厨房。后来家属来了,才搬到南苑酒家旁边的一条小巷居住(音"荣誉二巷"),是一间很小的二层楼房,二楼的窗口对着商人李十六家的阳台,他家有两位女儿,长得都很漂亮。叶挺常到家里来坐,那时他们都是孙中山大本营警卫团的军官,叶挺经常坐在窗前看报纸,我很奇怪他看报纸为什么那么聚精会神,一看就是老半天。我凑近一看才发现他在报纸中间挖了一个小洞,原来他是透过小洞观察对面阳台上的两位小姐。后来,其中的一位(妹妹李秀文)成了叶挺将军的夫人。(柳姐口述)

1967年6月8日,我父亲因患癌症不幸逝世于北京。12日在八宝山革命公墓举行追悼会,何香凝收到讣告后,因年高体弱未能亲临参加,特意写了一封亲笔签名的信给我母亲黄晚霞,表达她深切悼念之意。追悼会结束后,母亲带着我们几个年纪大些的孩子到何香凝家,对她的关怀表示感谢。寒暄过后,何香凝忽然发问:"柳姐呢?为什么她没有来?"母亲告诉她:"柳姐还在我们家里,身体很好,因为汽车小坐不下,所以没有来。"沉默了好一会儿,何香凝深情地说:"我想问问柳姐我养的那几只鹅后来怎么样了……"

我回到家里才听柳姐说起:1941年日本人占领香港前,何香凝(她称廖夫人)住在我们家,在香港九龙尖沙咀加连威老道10号的楼下,还养了几只鹅。香港沦陷后,匆忙疏散回内地,鹅当然是来不及带走的,鹅通人性,可起看家护院的作用,相处时间长了,自然会有感情。事隔近30年,那几只鹅还在何香凝的思念之中也就不足为怪了。

何香凝曾在我们家住过的事,如果不是柳姐说,我是不知道的。因为当时我们已搬到九龙的金巴伦道去住了。父亲做的很多事,经常是不说的。看一些文史方面的书,有的作者也只知道那段时间她在蔡廷锴伯伯家住过。

我们家住在灵通观西大楼906的时候,605住着黄琪翔伯伯和夫人郭秀仪,柳姐告诉我,"福建事变"失败后,黄将军流亡德国,他们在德国结婚后,为了团结抗战毅然回国,途经香港时从永安公司买了一张小钢丝床送给我,就是我小时候经常在上面翻跟头的那张床。

在父亲的追悼会上,柳姐站在我们家属的队伍里,周恩来总理也和她握了手。她还认出了参加追悼会的范汉杰,回到家里她告诉我们,"福建事变"的时候范是蒋介石的特务,把"福建人民政府"搞垮了,自己在蒋介石手下做大官。

当然,"福建事变"失败的原因很多,柳姐不一定都清楚。

坚决留下来共渡难关

父亲辞世后,我们家的情况发生了很大的变化。纺织部派来做服务工作的厨师、司机、服务员等先后都撤了,每月的固定收入(父亲的工资——行政三级)没有了,我母亲因为孩子多,从来没有到外面工作过,发一点生活费是后来的事,母亲当时得了肺结核病,还有心动过速症。孩子们的遭遇也不好,因为"文化大革命"的缘故,受到冲击,无一幸免。有的在西北、有的在西南、有的在东北、有的在二线……在这种情况下,柳姐坚决留了下来,和我母亲一起共同生活、共渡难关。她到纺织部办理了退休手续,买了月票,主动担负起了家庭生活中的采购、做饭等等生活重担。

从此,北京街头经常出现她的身影。她手提两个装满食物的草篮,因为个子矮,篮子快拖地了。她缓缓地移动着沉重的脚步,为了用最少的钱买到最好的东西,她一会儿出现在朝阳门菜市场,一会儿又出现在东单菜市,到地安门去买宽挂面,到西单菜市场买……她的钱包成了小偷觊觎的目标,因为这是一位善良的、毫无反抗能力的老大姐。尽管处处小心,钱包还是一再被盗。但是,她不管风吹雨打、无论酷暑严寒、不怕艰难险阻,日复一日、年复一年,默默地操劳着,奉献着,无怨无悔。

新中国成立之初,父亲的亲密战友蔡廷锴家和我们家都住在北京的沟沿头17号。后来孩子们都来了,住不下才分开了,到了1968年父亲和蔡伯伯都不在了,我们两家又搬到一起了,我母亲住在灵通观西大楼的906,蔡廷锴夫人罗西欧住在805。柳姐和我母亲就经常成为蔡伯母的忠实听众,听她朗读古典文学名著《红楼梦》《三国演义》等等。

她心里想的只有别人

柳姐今年100岁,由于长年累月辛勤劳作的锻炼,她的身体还算硬朗,虽然做过两次大手术,生活都还能自理,天气好的时候,每天都上下三层楼到室外晒晒太阳。我们给她请了个保姆,照顾她的饮食起居。但是,最近她有时埋怨自己脑子不好使了,耳朵背了,眼睛看不清东西了,说自己没用了,想去敬老院,想回虎门老家去;有时又念叨起过去在乡下"斋堂"买的床位,那是她积攒了好久的辛苦钱买下的,后来,破除迷信,斋堂也就不存在了。我知道,她说这些是考虑自己年纪越来越大,健康状况自然会一天不如一天,怕拖累我们,不愿给我们增加负担。她心里想的只有别人,没有自己。柳姐信奉佛教,一辈子行善,做好事,所有接触过她的人,没有不说她好的,她明辨是非,爱憎分明,同情弱者,乐于助人。她看着我们家几代人成长,常烧香拜佛,求菩萨保佑我们的平安。我们都得到过柳姐的关怀和照顾,在她的晚年我们当然要尽力去照顾和关怀柳姐的生活。

母亲黄晚霞去世后,每个子女都平均分得一份她从我父亲的工资中省吃俭用留下的存款,虽然钱不多,柳姐也得到一份,在美国的二姐把自己的一份也给了她，于是她得到了两份。母亲离开我们已经26年了，这段时间里，我们兄弟姐妹一直以柳姐为中心，过年过节大家习惯了在她那里团聚，柳姐也随着我们的悲欢离合而喜怒哀乐。我们家的亲戚朋友，不管是国内的还是国外的，凡是路过北京的都会抽时间看望柳姐。由于政府的关怀，她每月的退休金已增加到1500多元。我们希望她的晚年过得愉快和幸福，从她的身上我们可以学到中华民族优良传统中的许多做人的美德。

今年重阳节前，北京市朝阳区劲松街道老龄办开展了慰问地区百岁老人的活动。大家为五位百岁老人分别送去"祝福百岁"慰问金，还请来专业人士为他们检查身体，其中就有劲松中社区的蒋柳，柳姐的照片还登在了北京晚报上面。

柳姐的一生是平凡的一生，她做的事是普普通通的事，她做了自己认为应该做的事，默默地奉献，从来没有索取。柳姐的一生也是不平凡的一生，她的丰富阅历不是什么人都能有的。她已将百年来在中国发生的巨大变化尽收眼底，她还会看到我们的祖国更加美好和谐的明天。

今年的12月8日是柳姐的百岁生日，祝柳姐福如东海，寿比南山！

我为家乡虎门有柳姐这样的好人而感到自豪！

怀念我的好朋友卢沉

1953年9月29日,《光明日报》刊登了中央美术学院当年在北京地区录取新生的名单,一共有10名,其中有卢炳炎,我也在其中。

美院男生宿舍盖好后,我们是第一批住进去的学生,我和卢炳炎、朱乃正三人一起住在男生宿舍的传达室,虽然面积小,但两层的砖混结构楼房,比原来的旧平房条件好多了。

我们三人是同龄人,朱乃正和我在北京市读高中,一起在劳动人民文化宫的北京市业余艺术学校美术班学习过,班上画速写都要用线条勾勒,大概是为了适应群众美术的需要吧。卢炳炎曾在苏州美术专科学校学习,画素描时把铅笔放倒了在素描纸上蹭,画出一种磨砂玻璃的效果,很有特点。卢炳炎是苏州人,性格温柔,沉静内向,很好相处,很快我们就成了好朋友。

我们是美院五年制的第一届学生,一年级是预科,二年级分系,我们分别选了油、墨、版三个系,宿舍调整后才分开,但是共同课还是在一起的。全年级加起来才二十几个学生,同窗五载是缘分,留下了一段难忘的记忆。

1958年从美院毕业,卢炳炎因家庭经济困难提前留校在附中教书,我被分配到了兰州甘肃省图书馆,在那里度过了20个寒暑。好在父母在北京,如果没有特殊情况,国家规定每年还有一次探亲假。回北京一定会看看老同学,卢炳炎是我们班少数留在北京工作的人之一,虽然我远在大西北工作,同窗之谊并未因此而淡漠。有机会他还是尽量把我往美术界拉,陪我去看看老师、介绍一下美术界的动向、带我去看画。

年轻人可能不清楚，卢炳炎是从美院毕业后，发表作品时才改名卢沉的。他原来的名字"炳炎"两个字有三个火，太张扬了，改成沉字和他的性格似乎更贴切些，名字改得好。

1964年春，他带我到李苦禅老师家拜访，李苦禅先生后来在给我的同班同学于衍堂的信中提到："蒋建国同学返京曾到宿舍相晤谈次，率尔执笔成一幅，只可作纪念，作画不可观矣。"①信没有写日期，在信的末尾写有"西北天气寒冷，诸且珍重"，当知这是在冬天写的。我在"文革"前的几次探亲多在夏天，只有1964年是在春节前后回京探亲，因而说是1964年春大概不会错。李苦禅先生热情接待了我，并当场画了一幅白荷花送我。画面的下方是大片浓墨渲染的荷叶，黑白对比鲜明，映衬出一枝白莲亭亭玉立，出淤泥而不染，十分可爱。可惜，此画毁于"无产阶级文化大革命"！好在洁白的荷花仍永存我心中。

"你怎么来了？！"

1968年4月中，我因妻子即将分娩，请假回京，准备尽丈夫和父亲的责任；不料被红卫兵抓到美院附中的地下室。不记得过了多少时间，我能够起床上厕所了，扶着墙在走廊上往前挪动，迎面走过来一个熟悉的身影，是卢沉。他认出了我，怔住了，停下脚步惊奇地问我："你怎么来了？！"我答："我也不知道他们为什么把我抓来了！我是因为爱人快生孩子了，请假回来侍候月子的，现在也不知道生了没有。"

第二天上午卢沉到关押我的地方告诉我："生了，母子平安！"这是我最迫切希望听到的好消息，压在心头上的一块石头落了地。

后来我才知道，卢沉当时是美院附中革委会的委员，在派性十分严重

---

① 引自于萍、贾谬主编：《于希宁、于衍堂家书》，泰山出版社2013年版。于衍堂是蒋建国的同班同学，美院毕业后，他们一起分配到甘肃兰州。

的氛围下，不怕牵连、毫不犹疑、尽力而为，表达了对老同学的关怀和信任，在那种特定的历史时期，实在是非常难能可贵的。

在经历了一波又一波的严峻考验后，我还是活了下来，我是幸运的，先后被打穿孔的两只耳朵的鼓膜也逐渐长好了。

1973年我请假回北京探亲，当时卢沉借调在革命博物馆上班，找他的时候见到了李桦先生和黄均先生。他们都是从农村调回城里来的，李先生还谈到了他在农村养兔子的笑话，我听了笑不出来。把他们从乡下调到博物馆工作可能也是有心人对老先生们的保护。令我感动的是，这次李、黄两位先生见了我都很高兴，各画一幅松树送我：黄均先生画的是黄山倒挂松，在悬崖峭壁上顽强地生长；李桦先生画的是一株顶天立地的松树。他们没有对我说什么，两幅画都是对晚辈的期盼和祝愿，老师们的好意我领会了。

1973年5月1日我儿子力强满五周岁，我和妻子许莉约卢沉和夫人周思聪（他们是在1969年结婚的）同游颐和园。没料到当天是阴雨天，小雨断断续续地下，那年代偌大一个公园空荡荡的，冷冷清清，没几个游人，照了几张黑白照片洗出来都带有一种淡淡的哀愁味道。给力强照的那张很有纪念意义：卢沉把他抱到石舫船头的石礅上，披着雨衣站着。卢沉抱住他的腿，防他跌倒，仰望着他，延续着五年前对力强的关怀。我把他们两个都摄入镜头内了，背景是一片多云的天空。

回中央美院进修

1978年底，经多方努力，在许多好心人的帮助下，克服重重困难，我调回北京与家人团聚，在自然博物馆工作。刚到自然博物馆我就向馆领导建议，美工组的同志应多到大自然中去写生提高业务能力，得到批准。春暖花开的时候我们到了黄山。说来也巧，在上山的路上就遇上了卢沉、周思聪和北京画院的李小可等一批画家，真是有缘。

第二章　难忘故人

在自然博物馆工作期间，大大小小的展览、陈列需要画许多大大小小的画，曾得到很多老同学的帮忙，其中当然也不少了卢沉和周思聪。记得在《我爱大熊猫》展上，就有他们的两幅大熊猫主题国画，采用汉代画像砖风格，很有创意，为展览添彩。

1986年，我了解到中央美术学院版画系新增了一个画种，叫丝网版画，可以用于展览工作上。征得馆领导同意后，版画系很顺利地接受了我去进修一年的要求，也没有收我一分钱的学费和材料费。闻到版画工作室特有的油墨和汽油味道，我觉得好像又回到了阔别30多年的家，感到温暖和受到了特殊的照顾。

版画系办公室在老美院U字楼里院靠北面的一排教室。一天清晨，我看见卢沉在院子里的紫藤花前练气功，同时他也发现了我，惊奇地停下来问我："你怎么来了？"我告诉他，是来进修的，学丝网版画。他表示惊喜。看见我这个白头发的老头子，年轻的学生都投来奇异的眼光，当时我已经52岁了。想当年我做美院学生时，也曾用同样奇异的眼光看调干的进修生，年纪最大的是田辛甫，47岁，据说当时已有外孙女了，比我进修时还小5岁。我进修的成果是一组关于自然保护题材的丝网版画，感谢广军和张桂林，在他们的指导下，我的第一幅丝网作品《苍凉》就获当年"首都版画双年展"优秀作品奖，并被北京市美协收藏。

只可惜，我重拾画笔的愿望到这里就戛然而止了。1987年5月，民革北京市委把我调去当副秘书长，1988年，北京市政协又任命我做驻会副秘书长，我只好服从组织需要，从头学起。

虽然和老同学们渐行渐远，但是感情上还是割舍不了，有机会还是聚一聚。1993年孙子翼聪满百日之时，我邀请卢沉和夫人周思聪、朱乃正和夫人安玉英与我们一家在西单附近的"北海渔村"共度良宵，已经是三代人的友谊了。

没有不散的宴席，老师和老朋友一个个相继走了，前面提到的三位老师和卢沉、周思聪、朱乃正、安玉英、许莉都已先后离世，剩下我独自一人在难眠之夜回忆过去生活中那些挥之不去的点点滴滴,回想朋友们对我的真挚友情,感恩之心不禁油然而生……

2016年4月4日清明节

第二章　难忘故人

重登莫高窟忆故人

我自从72岁退休以后，向前看的时候少了，向后看的时候多了，常会想起年轻时的趣事。1953年我有幸考上了中央美术学院，同班的大多是应届高中毕业生，从全国只招了二十几位。18岁左右的年轻人精力旺盛，求知欲强，老师在讲台上讲课，我们在下面听课的同时，还悄悄地传递小画片，戏称"细密画"。其实是在王府井国际书店买的、苏联出版的彩色明信片，印有苏联、俄罗斯画家的作品，可以用刚刚学到的俄文知识了解画的题目和作者的名字。同学们敞开心扉，贪婪地吸取所有能够接触到的关于美术方面的知识。因为我们是新生，就像一张白纸、对一切新事物都有兴趣，不会因传看几张小画片而影响听课，仅仅是精力过剩的非典型表现而已。

我们是幸运的，中央美院当时名师云集，江丰院长亲自给我们讲西洋美术史。他讲课很投入，总是充满激情，一次在播放幻灯时，讲到兴奋起，不小心一脚踩空，摔到讲台下去了。还好，他又站起来，接着讲。王逊先生讲的中国美术史给我们留下深刻的印象。原来，我们的老祖宗遗留下那么多宝贵的东西，敦煌壁画中的故事，如"太子舍身饲虎图""九色鹿本生故事"等，至今难以忘怀。我们知道了莫高窟是世界文化的宝贵遗产，一心向往之。

在美院学了五年半，我被分到了兰州，在甘肃省图书馆待了20年。原以为兰州与敦煌同属甘肃省，一定会有到敦煌参观学习的机会，但直到即将离开甘肃那一年（1978年），我才得以随甘肃省文物工作队到让我望眼欲穿的敦煌莫高窟去一次。

当年，从兰州去莫高窟先要坐兰新线火车到柳园，再坐长途汽车去敦煌，再搭去莫高窟的班车。从柳园到敦煌要经过一大片学名叫"酒泉纪砾石层"的戈壁荒漠。听说，正午，那里在强烈阳光照射下常会出现"海市蜃楼"的奇观。果然，就被我们遇到了。回兰州后，我曾画过一幅记忆画。

那一次，在莫高窟我们停留了一个多星期，因为喝的是河沟里苦涩的碱水，从到达次日开始拉肚子，到离开时才止住。虽然已人到中年，经过多年历练，身体还算结实，没有吃药，时间长了就适应了。机会难得，也无暇顾及病痛的折磨，抓紧一切时间参观学习、写生、临摹。

某一天清晨，在画莫高窟的标志性建筑九层楼时，我想退后看看大效果，一扭头才发现不知道从什么时候开始，常书鸿先生静静地站在背后看我画画呢！我赶快站起身来请教，请常先生指正。常先生很和蔼地只说了一句话："还可以再大胆些。"感谢常先生的关怀，没想到这句话成了常先生给我的临别赠言。从敦煌回兰州后，年底我就调北京工作，再也没有机会见到常先生，1994年常先生长眠在三危山上了。

今年6月为了陪长年生活在地球另一边的几个弟弟妹妹回国观光，特邀我的同龄人、好朋友董玉祥兄作向导，参观敦煌莫高窟，他研究石窟艺术几十年，有他的引导我们受益良多，也受到了当地朋友们的热情接待，十分感激。

在莫高窟除了参观一些珍贵洞窟外，我们还参观了常先生的故居，那是在莫高窟九层楼斜对面的几间低矮的平房，室内按当年的样子复原，供游人参观。还选了一些常先生各个时期的代表作（高仿复制品）挂在墙上，介绍常先生在绘画方面的成就。虽然规模不大，但，是一个十分精致的、高水平的展览。作品包括了上世纪30年代常先生在法国里昂和巴黎学习时的油画作品，还有早期在敦煌地区画的反映当地风土民情的写生，十分难得一见。在故居院子里常先生亲手种下的两棵梨树已经长大，绿荫丛中果实累累。

第二章 难忘故人

我们一行到莫高窟的第一天，晚饭后就徒步到对面的三危山寻找那一片为莫高窟的研究和保护事业奋斗终生的前人们的墓地。因为没有路标，董玉祥兄也只能凭印象、顺着大概的方向，带我们摸索着前行。好在敦煌和北京有将近三小时的时差，都晚上八点了，太阳还未落山。墓地在一个斜坡上，共有好几排。我们顺着修了台阶的墓道上去，第一个墓碑就是常先生的，我赶快在碑前行礼、默哀。

就在那一刻，我想到许多。环顾四击，除了光秃秃、皱巴巴的山就是戈壁、沙漠、荒无人烟，绝对是一片不适宜人类居住的地方。常先生为什么能在这里待那么长时间呢？他1904年出生，早年赴法留学，1932年毕业于法国里昂国立美术学校，1936年毕业于巴黎高等美术学校，毕业后回国；1944年任国立敦煌艺术研究所所长，1949年后任敦煌文物研究所所长，直至1994年病逝。

如果从1944年常先生任国立敦煌艺术研究所所长算起，到1994年病逝，常先生献身敦煌艺术也已超过半个世纪了，在自然条件那么艰苦的环境里，坚持工作那么长的时间，需要一种什么样的精神才能做到啊！

我曾在甘肃生活20年，但是和常书鸿先生见面的机会记忆中只有几次。常先生的大名我是早就知道的，美术界的前辈人数不多，去法国留学的更少，兰州东火车站候车室有常先生画的大幅油画《刘家峡水电站》，色彩缤纷，气势恢宏，我印象深刻，对他仰慕已久。

1963年，为庆祝甘南藏族自治州成立10周年，我画了一幅招贴画《巩固集体经济，支援社会主义建设》。出版社的美编告诉我，审稿时常先生肯定我的画，而且赞扬了几句。但是，这次我没见到常先生，审稿时作者不在场。

1976年，我国三位领导人相继去世，我创作了一幅大画准备参加展览，省图书馆的领导让我请常先生审查。因为画幅大，不好搬运，只好请常先生到图书馆来，我按照事先打听好的地址，找到了常先生在兰州武都路的家，常先生很痛快就答应了我的请求。我进一步提出要求想看看他挂在家里的画，常先生也很痛快就答应了，让我自己在几间房子里随便看。几间房子墙上都挂满了画，墙脚也随意摆放了很多刚画好的、还未配框的油画。其他有限空地都堆满了盆花，只留下能容一人走过的通道。画的内容多半都是鲜花和静物写生，画里盘中的鱼给人的感觉还在滴水，瓶中的花色彩艳丽、香气四溢。常先生古稀之年在家里也没闲着，眼、手、脑仍在不停地运转！我一边看一边激动，引为自己学习的榜样。

正在这时，常先生端着满满一碗蟹黄，颤颤巍巍地走过来，举到我面前问我会不会做。这一下可难倒我了，因为家里弟弟妹妹多，而且父亲一直主张年轻人要过集体生活，养成艰苦朴素的习惯，我从小学五年级起就住校，大学毕业后到了甘肃也一直住集体宿舍、吃机关食堂，还从未有过学习厨艺的机会。我注意到当时只有常先生一个人在家，他把自己的多半生时间和精力都投入到工作和艺术之中，长期生活在艰苦的环境里，有好东西也不会做。可惜，我也同样不会做，帮不上忙，只能一再表示歉意，匆忙告辞。

常先生并未介意我的无能，在夫人李承仙的搀扶下准时赴约，到省图书馆给我的画认真地提出改进的意见，还高兴地和图书馆的馆员们一起在画前合影留念。

十分感谢老前辈常书鸿先生对我的关怀与帮助，无以为报，唯一做过的一件小事是为常先生带一双小红布娃到北京给他的后代，是通过他的女儿、中央工艺美术学院院长常沙娜转交的，实在惭愧！

2016年9月15日于北京

第三章 由从艺到从政

套色石版组画《渔》的故事[1]

在家中拣拾旧物时，偶然翻出一套彩色石版组画，共八幅，是表现白洋淀渔民生活的，题目叫《渔》。那是我在中央美术学院学习时的习作，完成于1957年5月，距今已半个多世纪了。

经过几十年历史的变迁，画面上当年鲜艳的色彩已失去光泽，好在一个青年学生创作时的激动心情仍依稀可辨。那些单纯简洁的画面从石版画技法来说虽然并不复杂，然而由于它是石版工作室的第一套组画，它们曾经承载了老师们的许多关怀和厚爱，让我永远感激和不能忘怀。

渔之一　黎明

渔之二　出发

一切都是新的开始

1953年，我考进中央美术学院，正好成为美院从三年制改为五年制的

---

[1] 载《翰墨东莞》，2009年8月总第二期，第150—153页。有改动。

第一届学生。我们这一届通过统一高考在全国总共只招收了24人。

学制变了,课程的安排和以前就不一样,是新的开始。第一年是预科,全班同学一起上基础课外,还让我们接触美术的各个门类,油画、雕塑、版画、国画等都安排了课程。

第二年分系了,原来的绘画系分成三个系,成立了版画系、油画系、国画系。李桦先生担任版画系主任,可能是因为中国的新兴木刻运动有光荣的革命传统,同学们报版画系的最多,共9人。油画系5人,国画系7人,雕塑系2人。二年级和三年级时版画系的专业课是木刻,由黄永玉先生教授木刻技法。我们是黄先生应邀从香港回京后教的第一班学生,后来他把我介绍给别人时,常说"这是我的老老学生"。李桦先生也一直关注着我们。

木刻技法的第一课是单刀练习,要求通过这一练习掌握斜口刀的使用方法,我随意地刻了一幅拉手风琴青年的半身速写。作业刚交上去,李桦先生和黄先生一起严肃地找我谈了一次,他们说刻木刻要讲画德,要一刀一刀地刻,讲究底子要铲净,下刀、收刀要事先想好,刻掉了再想补就难了。做人要讲道德,要做老老实实的人,踏踏实实一步步往前走,不能只靠小聪明……这次谈话竟是一堂人生道路课,我一辈子也忘不了。

李桦先生还亲自给我们上速写课,他强调速写是从生活到创作的桥梁,每星期他都要检查我们课外的生活速写作业。

在三年级课程即将结束的时候,1956年夏天,李桦先生带领我们到白洋淀去体验生活,我们在端村与农民同吃、同住、同劳动。面对充满诗情画意的、美妙的白洋淀风景,我们不知疲倦地画着,从黎明到黄昏,画晨曦、画晚霞、画生活速写。其中印象最深的,是一次我和傅小石同学一起,跟渔业队出去捕鱼的经历。渔民们生活中那种健康的美,让我们看得如痴如醉、激动不已,深深地印在我的脑海中,记录在我的速写本上。

四年级可以按照自己的兴趣爱好选修专业了,版画系成立了木刻工作室、铜版工作室和石版工作室。我选择了石版工作室,成了石版工作室第一个学生,又是一个新的开始。1956年下半年至1957年上半年,整个石版工作室只有三个人:老师是李宏仁先生、另一位是从工厂调来的技术工人李勤,学生只有我一个。

李宏仁先生给我讲石版画技法的讲义是手写手绘的,我保存至今,应该是美院石版工作室的珍贵文献了,因为是第一份。

李勤同志的作用也不可或缺,工作室很多用品市场上是买不到的,如药墨棒、转写纸等都是他制作出来的,我请父亲蒋光鼐为组画题写的标题"渔"字就是写在李勤同志做的转写纸上,然后转压到石板上再制版印刷的。

渔之三　撒网

渔之四　赶鱼

《渔》的创作过程

在工作室钻研石版技法的时候,白洋淀生活的场景常在脑际萦回,我逐渐萌生了用一套组画的形式去表现渔业队员们生活的想法。

创作课的教师是古元先生,他对组画的内容和色彩都提出过很中肯的意见。他给我们讲版画色彩的特点,联系古元先生新中国成立后的作品,我们很容易地理解了。

在老师们的点拨指导下,经反复修改,组画的草稿逐渐成形。八幅画可各自独立又有内在的联系,有一个顺序:黎明、出发、撒网、赶鱼、收获、拉网、休息、清晨。从黎明到第二天清晨，寓意周而复始，生生不息。原来每幅画都写有一小段说明文字，现在找不到了。不要也好，因为组画的目的是要表现渔民生活中的美好的东西，不需要说明什么，由观众自己从画面中去感受好了。

构图和色彩稿通过后，即进入了紧张的制作阶段。版画的制作过程是比较费时费力的，石版画就更加费劲。磨版时两块石头一上一下正面对着，中间放上金刚砂和水，要抱着上面那块又厚又重的大石头转着圈地反复磨。光是将那石块搬上搬下就是一种繁重的体力劳动，当年我们用的是从老工厂淘汰下来的旧机器，摇起来也是十分吃力的。机器上有一块可调节压力的压板，压力轻了印不好，压紧了就很重。但是，只要你喜欢，爱上了这一行，再苦再累也高兴。晚上版画系那一排平房，各工作室都是灯火通明到深夜的。

组画《渔》终于赶在端午节前印刷完成了，我匆匆忙忙将画装进镜框，堆放在工作室的墙角里，就动身南下到我的故乡东莞虎门深入生活，为毕业创作收集素材去了。

以上就是中央美术学院版画系石版工作室第一套彩色石版组画产生的过程。

渔之五　收获

渔之六　拉网

《渔》的非凡经历

1957年的东莞是一个宁静的农业县，我老老实实地按照老师的要求在故乡体验生活。原定的时间是三个月，时间尚未过半，忽然接到以院长江丰的名义发来的电报，让速归参加运动。我带着一份评价很好的基层组织鉴定，匆忙赶回北京，可惜一直派不上用场。

我从乡下回到美院时，首先关心的是组画《渔》，看见堆放在墙角里的镜框是空的——组画不见了，连忙询问李勤同志，他高兴地告诉我说别着急，画没有丢，是李桦先生亲自送到"京津版画展"去了。听说其中四幅和观众见了面。

1958年2月，朝花美术出版社出了一套比明信片稍大的小画片——"木刻"（活页，共10幅），其中有我的组画《渔》中的一幅，和李桦、陈晓南、李宏仁等老师的作品放在一起。出版者肯定不知道正好在这个时间我被戴上了"右派分子"的帽子。

后来我被分配到甘肃，一去二十载，命途多舛，再也无暇顾及什么石版组画的事了。

改革开放后，李桦先生忽然通知我说有人要在武汉搞一个"三版展览"，还要出一本画册，让我寄《渔》中的一幅去。后来不知展出了没有，画册出了没有，这都无所谓。难得的是，时隔几十年，李桦先生还想着《渔》，不但没有忘记，还积极推荐。得到老师如此的关怀和厚爱，实在是应该永远感激和不能忘怀的。

李桦先生的夫人曾玉然先生生前曾多次提到，李桦先生晚年觉得很遗憾的一件事，就是没有能把我们这第一班学生留下几个在系里工作。

离开美院后，没有了石版工作室的条件，再也没有机会从事石版画的创作。因此，《渔》是我的第一套石版组画，也是我的最后一套石版组画。

渔之七　休息　　　　　　　　渔之八　清晨

  套色石版组画《渔》的命运随着作者的不幸遭遇而在故纸堆中沉睡了几十年，早已被人忘却，几乎无人知晓。这次如果能在东莞政协的刊物上发表，那将是这套组画第一次全部展现在广大观众面前。感谢家乡的亲人给了我这个机会。这是一次迟到半个世纪的汇报。

  借此机会对所有关心、培养过我的老师、长辈和朋友表示衷心的感谢！

《蒋建国画集》跋[①]

我不是一个专业美术工作者，只做了一辈子业余美术爱好者。从我的简历可以看到，大学毕业分配那年我24岁，后来做了20年图书馆馆员，又做了8年博物馆馆员，只赶上过一次评职称，定的是博物馆的副研究馆员。当我的丝网版画《苍凉》获得首都版画双年展的优秀作品奖时，我已服从组织需要，调到统战系统做党派工作和政协工作，一干又是20年，72岁退休。可以说，我一天也没做过专业的美术工作者。

我从小就喜欢画画，抗战时躲在防空洞里也画。读书时期，志锐中学附小的美术老师教我们到河边折柳枝烧成木炭条画写生，初中在培正高中和汇文都有很好的美术老师。感谢他们对我的鼓励和教导。1953年，我考上了中央美术学院，是五年制的第一届学生，受到过许多名师的指点。因为热爱这个专业，在学习上自问是勤奋的，全身心投入的。但是，由于在校学习期间被错划为"右派"，被分配到了甘肃省图书馆，而且一待就是20年。我只能利用业余时间画画。

徐悲鸿先生勉励学生要"拳不离手、曲不离口"，这一点非常重要，如果有一段时间不画，手生了，再恢复起来就要有一个过程。我常常遇到这种"手生了"的困难，需要作出比别人更多的努力。因为是业余，只能挤休息时间、挤睡眠时间。

困难时期那几年，下乡劳动的机会很多。我喜欢下乡，让我有机会深入底层，了解社会，也让我领略了甘肃美妙的自然风光。

---

① 引自东莞市政协编：《蒋建国画集》，岭南美术出版社2011年版。有改动。

多少年形成了习惯，外出时背一个小小的军用挎包，内装一个调色盒，几管水彩、水粉颜料，几支笔，一个军用水壶，一个小搪瓷缸，一个装有几张纸的硬皮夹子，仅此而已。画完了回到住处，顶多是用图钉在床边的墙上挂起来，自我欣赏一两天找找毛病，就收起来了。几十年间只有极少数的人看过我的写生画。我不是没想过出画册、搞展览，但是一想到要费时费力就望而却步。而且又觉得何必呢？手头上那些历尽劫波残存下来的画留着自己看看还能引起对过去生活的一点回忆，别人会有兴趣看吗？

特别感谢东莞市政协的领导决定要给我出画册，李炳球同志一再催促我整理画作，早日付梓。盛情难却，只好遵命，就作为向家乡父老乡亲的一次汇报吧，也是对培养过我和一直关心着我的老师们的交代。

我还要感谢我的夫人许莉，她身患重病，癌症晚期的病痛在折磨着她，但仍坚持帮我腾出时间来整理画作。希望在她有生之日能看到画集的出版。

拳击运动员的运动生涯是短暂的，岁数大了，就打不动了。但画画可以画到老，人老了，手抖了，画出的线条更有金石味，我会画下去的。

2010年11月2日

甘肃石窟的念想[①]

进入耄耋之年,刚摘下的老花镜常忘记放在哪里,然而几十年前的有些事反而还记得很清楚。

近日在清理家中的杂物时,翻检出一些与甘肃石窟有关的旧作,最早的作于1962年,距今已有半个世纪之久。看着这些照片、水粉写生与速写,脑海中不禁泛起了些许当年生活中少有的、愉快的回忆。

1959年年初,我从中央美术学院版画系毕业后分配到甘肃,1978年年底调回北京,在甘肃整整生活了20年。从24岁到44岁是一个人一生中最宝贵的青年时期,而此间我是孤独一人在甘肃度过的。在那段漫长而又艰苦的岁月里,对我来说在严峻的历练的同时也学到了许多东西。

在甘肃期间,我的人事关系在甘肃省图书馆,顾名思义,工作分配与我所学专业是不对口的。又遇上了经济困难时期,下乡劳动、开荒种地的机会很多,外单位借调我的时候也不少。当年兰州画画的人不多,因此,我实际上是东奔西跑,动荡不安,哪里需要就到哪里去。

在当时所有的工作中,我最有兴趣的是随省文物工作队去做石窟调查,让我有机会接触到向往已久的著名石窟和博大精深的佛教艺术。走进洞窟,面对那一尊一尊无言而慈祥的佛像,尘世间的烦恼都会忘得一干二净。只要拿起画笔我就会感到身心舒畅,和文物队同志们在一起工作时又留下了许多欢乐的记忆。在有限的几次考察中我努力用相机、用速写的办

[①] 引自东莞市政协主编:《陇原石窟留痕:蒋建国作品选》,岭南美术出版社2014年版,第8—17页。有改动。

法记录下自己对石窟艺术的感受。可惜，斗转星移，我的命运多舛，只侥幸地保留下一小部分照片和画作。几十年来一直压在箱底，没有机会公之于世，现在看来已多少有点像"出土文物"了。

《陇原石窟留痕：蒋建国作品选》中选用了93幅黑白照片和63幅与石窟有关的画。

离开甘肃已经35年了，我仍常常思念着那些魅力无穷的陇原石窟和想起在石窟考察时生活中的种种趣事。

初上麦积山

在甘肃，我最早接触到的石窟是位于天水的麦积山石窟。1962年冬天，我有幸被甘肃省图书馆派往麦积山出差。那个时期我的心情比较好，因为1962年夏天，我在甘肃中部干旱地区会宁县劳动时得到了摘掉"右派"帽子的消息，由于缺乏营养引起的水肿病也痊愈了，这和回家探亲时父亲带我去北戴河休养不无关系。在中海滩，国务院机关事务管理局为休养人员办的食堂可吃到大盘的对虾、螃蟹等海鲜，我们家属也沾光了，当然是要付钱的。这些东西当时在兰州有钱也买不到。在麦积山上伙食也比兰州强，文物管理所的食堂偶尔还能吃到附近农民卖的野鸡。不过，吃的时候，不小心就会被射杀野鸡的铅弹硌了牙。

我是和省图书馆的周丕显同志一起去麦积山的，在山上我们和省文物工作队偶然相遇，都寄住在麦积山瑞应寺的禅房，很快就熟识了。

清晨，打开庙门的咯吱声响起，离大门不远的公厕就会经常飞出一群野鸡来，领头的是一只色彩鲜艳的雄鸡，扑扇着翅膀贴着地面飞，后面跟着一大群灰褐色的雌鸟喧闹着钻进附近的灌木丛中。在瑞应寺旁边的树林下，也常能看到麂子在悠闲地低头吃草。当年那里因为人类的活动少，野生动物自然繁盛，它们好像也不怎么怕人，呈现出一派宁静祥和的美好气氛。

晚上在瑞应寺里睡觉有时也会不得安宁，可能是周围太安静了，有一点声音就觉得很响。有一晚松鼠在禅房纸糊的顶棚上追逐嬉闹，全然不顾下面睡在床上的人。忽然听到扑通一声，喧闹声戛然而止，我屏住呼吸急忙用手电筒照看，原来是两只松鼠在顶棚破损处打闹时，不小心掉进了地上装满水的脸盆，溅了一地的水，松鼠跑了，我们也能睡个安稳觉了。

风雪麦积山
（木刻，39cm×27.5cm，1980年）

第一次上麦积山，没想到有规模那么大的洞窟，里面黑漆漆的。我只带了一个老式的莱卡相机，要在窟内照相很困难，幸亏发现了前人遗留下的一面镜子和一块用香烟锡纸贴在三合板上做成的反光板。就在设备条件极其简陋的情况下，我照了一批黑白照片（当时我只有几个黑白胶卷），也用画笔记录下了麦积山石窟当年的风貌和周边环境的实况。时至今日那里已发生了很大的变化，往日的旧作也就越显珍贵，因为它们忠实地记录了当年的情景。

记得有一次下雪，我躲在瑞应寺前面的小戏台上画对面风雪中的麦积山，虽然戏台避风又挡雪，却挡不住刺骨的寒冷，画着画着手都快冻僵了。这时，文物队的董玉祥兄用一块瓦片端着几块燃着的木炭送来给我取暖，这真是雪中送炭啊！现在那小戏台早已被拆毁，但当年这一情结却长留在我心中。

有一天，在麦积山还遇到过一次地震。我正在东崖上面的洞窟中聚精会神地临摹壁画，突然听到有人大声喊我的名字，焦急地叫我下去，我顾不上收拾画具就往外跑，原来是地震了，是在宿舍里的人首先发现的，因为脸盆里的水晃动了。好在这次地震还不算严重，只掉了些渣土，没发生大的灾难。历史上的麦积山曾因地震受到过严重的损毁，好多洞窟因崩塌而消失，不少精美的造像与壁画也毁于一旦。真是天灾难抗啊！

通过在艰苦环境下工作中的接触，我和文物队的同事们很自然地成了朋友，后来文物队多次邀请我参加文物调查工作，让我有更多的机会向伟大的民族文化遗产宝库学习。

与石窟有缘

1963年秋，我在一次出差后返兰州的途中巧遇省文物队队长岳邦湖同志。他告诉我省文物队正在河西做石窟考察工作，问我有没有兴趣，我说兴趣当然是有的，只是担心请假手续的问题。岳队长爽快地说："请假的问题包在我们身上了。"就这样,我跟他们走了。

这一次偶然的巧遇,让我有机会参与河西走廊石窟群的考察,先后去过肃南马蹄寺、金塔寺、文殊山、千佛洞等石窟寺,不能不说是与石窟有缘。

河西地区历史上有过"塞上江南""银武威""金张掖"等美称,但时过境迁,到了20世纪60年代,很多石窟所在地交通条件仍很落后,没有像样的公路,都是土路,又因为是高寒地区,冬天结了冰的路面看似平整,春天化冻后就翻浆,路面崎岖不平。我们的祖先不知从什么时候起就发明了因地制宜的交通工具——用牲口拉的木结构大轱辘车,车轮足有近一人高,人坐在车上虽然颠簸,但再难走的路,车也不至于陷在泥里。

河西自然地理条件复杂,有沙漠、有戈壁、有雪山也有森林,地广人稀,车到不了的地方就要骑马、骑驴、骑牦牛、骑骆驼……这些经历对一个出生于香港并在广州、北京等大城市读书长大的我说来,都是生平第一次,留下了终生难忘的记忆。就拿骑骆驼来说吧,第一次爬上驼背出发时,前仰后合的三次摇晃,就已被吓出一身冷汗来。

我参加河西石窟考察,距今已半个世纪,历经劫难后,我身边只找到几幅当年的旧作,都是与金塔寺石窟有关的。我看着画面上的内容,不禁想起当年的一些画里画外的事。

我们借宿在马蹄区政府所在地,每天去金塔寺石窟要走好多里路,进山以后,要沿着山沟里一条干涸的河床走很久,越走越觉得荒凉,看不到人类活动的痕迹。但和文物队同志们一块儿走,一路上有说有笑倒觉得自由爽快。秋天的祁连山深处色彩缤纷、景色宜人,真是美极了。一天,我决定单独一人留在半路把路边的美景画下来。画的过程中一头雄健高大的马鹿突然从背后草丛中蹿出来,还长着威武的一副长角,盯着我,把我吓了一跳,我定睛一看,它看见我后好像比我还胆小,马上钻进树林里了。过了一会儿,我又听到远处有野狼的叫声。一阵秋风刮过,黄叶发出清脆的沙沙声,好像又有什么野兽会出没,我全身的汗毛都竖起来了,感受到因孤单而产生的恐惧。画的前景河滩石头本应认真刻画以增加画面的纵深感的,我实在画不下去了,还未画完就赶快收拾画具,赶到石窟与同伴们会合。以上就是《缤纷的秋色》的创作过程。后来我再也没有对画面进行过加工,不知读者是否能在画中看出我当时的慌张心情?

另外一幅水粉写生画是《金塔寺石窟外景》。险峻挺拔的大刺沟山谷的红石岩,在蔚蓝色天空的映衬下显得特别艳丽,石窟开凿在距地面六七十米的悬崖绝壁之上,由于历代地震崩塌,崖面上只剩下东、西两窟了。

在金塔寺石窟内,我花了不少时间和精力临摹了一些壁画,现在都找不到了。只留下了两幅速写,不管画得如何,也已经是"绝版"了。据说,我们离开仅仅三年之后,那么偏远的山沟里也遭到"文革"的破坏,红卫兵认为塑像内藏有宝物,对之开膛破肚并使之断头残臂或粉身碎骨,实在是太可惜了。

好在我和文物队的赵之祥同志合作,很认真地画了一幅《金塔寺东窟中心柱西面实测图》,这是金塔寺石窟的精彩部分,留下了一点珍贵的资料。由于这幅图已经公开发表了,得以保存了下来。

因为我是临时改变行程参加考察的,只带了单薄的衣物,当时已是深秋,又是在高海拔的祁连山深沟里,实在太冷了。在绘制这幅实测图的过程中,我就裹着一条毛毯,腰里系一根麻绳把它固定,站在梯子上画,因为窟高六米多,画上层龛内佛像时,不站高些会有视差,为能准确描绘,不得已而为之也。

在当时画的一幅速写里可看到窟外远山顶上积着皑皑白雪。我们大家在艰苦的环境中,忍受着寒冷和饥饿干渴,仍愉快地、不知疲倦地工作着。我每天带去的军用水壶里的水,要留一部分用来画画,其余的供一天饮用。

金塔寺东窟中心柱西面中层的释迦苦修像,给我们留下了深刻的印象,至今还清晰地记得塑像刻画得栩栩如生,瘦削的面颊、暴露的筋骨、下陷的腹部等外貌特征，体现苦修了六年后形容枯槁的释迦的形象，然而佛的炯炯眼神仍流露出无限坚毅与淡定的自信。

　　半个世纪过去了，当年参观过的很多洞窟具体内容在记忆中逐渐淡出，但规模宏伟的马蹄寺精美的壁画仍留给我很深的印象。当我看到那里高大壮观、气势非凡的四大天王和帝王礼佛图时，马上联想到有与山西永乐宫壁画同样令人震撼的效果。后来我听中央美术学院美术研究所一位朋友告诉我，经过"文革"，那里的东西全毁了，当地的老乡把壁画背后的土坯墙都拆了拿去盖猪圈了。实在令人痛心！

洞窟考察
（国画，38.5cm×26.5cm，1978年）

第三章　由从艺到从政

朝拜莫高窟

　　早就知道世界闻名的敦煌莫高窟是个佛教艺术宝库，内容非常广泛而又丰富多彩，很多前辈前仆后继克服种种困难在那里研究临摹，进行着艰苦卓绝的工作。然而，对于这样一个伟大的佛教艺术宝库我却一直没有机会到现场参观学习，真乃是向往至极、望眼欲穿。直到"文革"结束后，快离开兰州时才等来一个难得的机会：省文物队要展开新一轮的文物考察工作了，老朋友们又约我同行，机会难得，我欣然同意，快乐极了。

　　当年从兰州到敦煌交通很不方便，先是乘坐兰新线的火车到柳园站下车，再从柳园乘长途汽车去敦煌县，途中有很长一段路要穿越戈壁滩，在阳光照射下，往往能看到海市蜃楼，更增加了莫高窟的神秘感。到了敦煌县还要等便车才能抵达目的地——莫高窟。

　　好不容易到了宝窟，迫不及待地把大部分时间都用来参观学习，画的不多。在有限的时间里看都看不过来，哪里还有时间临摹呢！

　　敦煌的飞天闻名世界，随处可见，我选择了一幅不常见的窟顶壁画上的一角，如实地临摹下来，那是一群奏乐和舞蹈的飞天在虚空中快乐地自由翱翔。我很奇怪古代画师怎么能想象出现代宇航员在太空中失重状态下的姿态，太神奇了。古代画师利用飞天身上的飘带使画面充满动感，只用几种简单的色彩就营造出热烈的气氛。

　　一天清晨，太阳刚刚升起，我对着莫高窟标志性建筑九层楼写生；画得差不多了，刚站起身来，想退后看看大效果，才发现敦煌文物研究所所长常书鸿先生站在我身后，连忙招呼请常先生指点。常先生鼓励我说："还可以再大胆一些。"意见非常中肯。我画的时候太拘泥于形似，色彩上冷暖对比也不够强烈，对前辈常书鸿先生的热情指点与鼓励，我表示衷心的感谢，简单朴实的语言，使我受益匪浅。

　　我在莫高窟的写生中有一幅是隔着干涸的河床画对面废弃的北端一段石窟外景遗址。相传当年常书鸿先生就是骑着毛驴从上面的沙丘走下来到莫高窟的。作画过程中，我一直为前辈艺术家们的献身精神所感动。他们在那么荒凉艰苦的环境中不是待几天，而是几十年！历代开凿洞窟的工匠和画师们，他们借着油灯微弱的光亮仰着脖子画窟顶的飞天和藻井，趴在地上画墙脚的佛像，把一个个洞窟装点得金碧辉煌、绚丽灿烂，一幅幅壁画叙述着多少感人的故事，讲的都是因果报应、劝人行善。他们创造出那么骄人的成就，却连个名字都没有留下。我每次从石窟出来，都有一种心灵得到洗涤的感觉和不由得对他们面对艰苦不屈不挠的敬业精神的敬仰之情。

在敦煌莫高窟原来喝的水是苦的，初到那里的人都有一星期的时间要闹肚子，不用吃药自然就会好，我是体验过的。值得欣慰的是，现在莫高窟已从远处引来了自来水。交通条件也大大改善了。如今敦煌市已修建了机场，候机楼也设计得很有特色。马路四通八达，市内交通便利，来自世界各地和国内四面八方的游客络绎不绝，他们都为莫高窟辉煌灿烂的佛教艺术而钦佩不已。

西魏、宋代　麦积山石窟191窟壁画
（全景速写，26cm×35cm，1962年）

第三章　由从艺到从政

告别炳灵寺

炳灵寺石窟为我国古代佛教艺术宝库之一。早在1952年，中央文化部就组织有关专家组成了"炳灵寺石窟勘察团"，对它进行了全面深入的勘察，并将工作中取得的资料在报刊上发表和在北京进行了展览，还出版了《炳灵寺石窟》一书，这就使近七八十年来被人们遗忘的这一艺术宝库重现光芒，得到了国内外各界人士的重视。1961年3月，炳灵寺石窟被国务院公布为全国重点文物保护单位。1963年，为了做好全国重点文物保护单位的管理工作，甘肃省文化局文物工作队组织了"炳灵寺石窟调查组"，进行了第二次调查，整理为调查报告《调查炳灵寺石窟的新收获——第二次调查（1963）简报》（执笔：董玉祥，摄影：岳邦湖、吴柏年），发表于1963年第10期《文物》杂志上。我父亲蒋光鼐看到这期杂志后，在封面上写："此册可寄给建国阅。"我很快地收到了并认真阅读了。可以说从1963年年底我就向往着有机会参观炳灵寺石窟，直到我即将离开甘肃的1978年，经过长达15年的等待，才如愿以偿，还是跟着省文物队去的。

炳灵寺石窟地处小积石山群山环抱之中，周围群峰竞涌、雄伟壮观，黄河流经大寺沟口，再向东流入刘家峡水库，石窟周边造型奇特山势突兀，犹如一座神工鬼斧雕琢的艺术殿堂，非常入画。我利用一整天的时间，从日出前到日落天黑不停歇地画，一共画了四幅四开素描纸大小的水粉写生，实在有些难舍难分。

画完了，回到文管所驻地，放下画具，我往后一仰，躺倒在土炕上，腰痛得动弹不了，饭也顾不上吃了，但心里却美滋滋的。完成了一件自己感兴趣的事，累一点又算得了什么呢？可惜的是，我在炳灵寺画的画，父亲已不可能看到，他已于1967年病逝了北京了。

那次同去的有市防疫站搞摄影的沈宝华同志，我因而能留下两张在工作和参观学习时的彩色照片，这在20世纪70年代是十分难得的。在工作结束后，告别了炳灵寺，不久，我便怀着对甘肃石窟深深的眷念，启程回到了北京。

千年的壮举

在我调离甘肃前,有幸看到我们祖国在文物保护方面所做的努力和取得的巨大成绩。

在20世纪60年代初,铁道兵在转业之前做了一件大好事,遵照周恩来总理的指示,对莫高窟做了一次大规模的加固工程。现在一些开放参观的洞窟在重点作品和观众之间都设了玻璃墙保护起来,以防壁画受损。

天水麦积山加固工程非常浩大,因为山体出现了裂缝,麦垛形的山头上大下小也易于崩塌。20世纪70年代,工程队用了大量

蒋建国在仙人崖石窟(沈宝华／摄,1978年)

环氧树脂从山顶裂缝处灌下黏合,崖壁表面整个用钢筋水泥加固了,几十丈高的山头,原来木质的栈道都换成了钢筋水泥,人走在上面再也不用担惊受怕了。工程做得很好,真是功在当代,利在千秋。

1978年,我再上麦积山,刚好赶上加固工程正在紧张进行中,我围绕加固工程画了好几幅水粉写生,记录下这一千年来从未有过的壮举。其中一幅《麦积山石窟加固工程》,参加过"甘肃省庆祝中华人民共和国成立30周年美展"。

永靖炳灵寺位于雄伟壮丽的小积石山大寺沟西岸崖壁之上。黄河流经大寺沟口而注入刘家峡水库。在修建刘家峡水库大坝的时候,考虑到因水库蓄水,水位提高可能会从大寺沟口进入,在炳灵寺石窟前修建了一道高

大宽厚的堤坝，以保证石窟的安全。

以上种种措施是党和国家在文物保护方面所做的努力。当年国家还很困难，却在文物保护方面做了大量工作，我知道的不多，跑的地方也少，仅仅是把自己亲眼看到的写出来而已。

甘肃的石窟寺是体现中国佛教艺术发展过程中最全面、最完整和最具代表性的艺术宝库，是我们伟大民族文化艺术遗产宝库中非常重要的组成部分，永远值得我们珍视和爱护。

石窟在我心

1978年12月30日，我从甘肃回到北京和家人团聚，至今已35年了。我仍常常想起陇原的石窟，甚至在梦中多次梦见在石窟中参观的情景，朦胧中置身于一个高大宽阔的石洞中，仰视石壁上模糊地显出的菩萨立像，好像飘然向我走来。耳边仿佛响起铁器敲击石头的叮当声，千百年来前人一斧一凿地、坚韧不拔地劳动，献出了自己的青春甚至生命，才创造出那些美妙的千姿百态的艺术作品来。"石窟艺术之乡"的瑰宝永在我心中。

《陇原石窟留痕：蒋建国作品选》选用了三幅黑白木刻，是我调回北京后，20世纪80年代初在北京自然博物馆工作时，因怀念甘肃的石窟，利用业余时间刻的。分别是《莫高窟九层楼》《风雪麦积山》《炳灵寺姐妹峰》。我常对人说，在甘肃那段日子，我的工作单位是省图书馆，我的朋友在博物馆（当时省文物队归博物馆领导），我离开甘肃时是博物馆的朋友们设宴为我送行的，我感谢文物队的同志们为我所做的一切。

故乡的情缘

1985年，我应邀参加在广西梧州举行的纪念李济深伯伯诞辰100周年的活动后，回到广州。广东省民革的领导何宝松同志带我去拜访省委统战部部长郑群同志，郑部长热情地接待了我，还即时亲笔写了一封信介绍我回东莞看看。

从那时起，我开始有机会就常回家乡看看，次数不算多，但家乡改革开放的全过程都看在眼里记在心上。30年来家乡发生了非常巨大的变化，东莞从一个封闭的纯农业县变成一个现代化的、经济发达的开放城市。我以自己是一个东莞人为荣。

第一次接触东莞市政协的李炳球同志，是他刚从暨南大学历史系毕业、调动到政协不久，我们一起去看虎门镇南栅我父亲蒋光鼐的故居，还去凭吊我太爷爷蒋理祥的墓。他看见墓碑上有后人们的很多名字，一头钻进荆棘丛中把碑文认真地抄了下来，转身出来时满头大汗，头上、白衬衫上落下许多尘土和枝叶。他这种敬业精神实在令我感动。

我与李炳球同志在一起闲谈中，偶然提到了我在甘肃时曾经拍摄过、画过一些有关石窟艺术的东西，他对这个题材表示有兴趣，几次提醒我，让我整理一下，看是否能集结成册。因为是与石窟有关的题材，我特邀在甘肃时就认识的石窟艺术专家董玉祥兄参与编撰的工作，请他在学术上把好关，共同把这件事情做好。董玉祥兄与我同龄，我们相识于石窟，经过几十年的交往，今天又一起为编一本关于石窟的书而努力，超过半个世纪的友谊，是我们合作的基础。

前面说过，1985年我在改革开放后第一次回到故乡；也就在这一年，我被安排为北京市政协委员；此后在市政协历任委员、常委、副秘书长兼专委会副主任等职；2007年，才在市政协办理退休手续，历时22年。让我做专职的政协工作者，我服从组织的安排，虽然要从头学起，能力有限，也尽心尽力而为之，其中滋味只有自己知道。亦算是与政协有缘吧！

2011年，东莞市政协帮我出了一本《蒋建国画集》，现在又准备帮我出《陇原石窟留痕：蒋建国作品选》。我在北京市政协工作了那么长时间没有帮我出书，为什么东莞市政协帮我出书呢？主要原因只有一个——因为东莞是我的故乡。

我感谢东莞市政协,感谢故乡,感谢家乡人民!这本集子的出版充满了浓浓的乡情,也凝结着家乡人民对我的深切关怀。

在麦积山43窟认真核对书稿(蒋定蜀/摄)

2013年7月20日写于北京

《甘肃省珍贵动物》诞生记[①]

38年前（1976年），史无前例的"无产阶级文化大革命"尚未结束，那一年三位领袖相继去世……在这样的社会背景下，一本《甘肃省珍贵动物》于中国青年出版社印刷厂制版、印刷、装订完成了。制图版的老师傅深有感触地对我说："工作这么久，从来没有见过这种题材的作品，真好看！"书里印有39种甘肃省珍贵动物的图，大多数都是放在它们生活的环境里表现的，而且多数是彩色图，用了油画水彩、水粉、木刻、钢笔等多种形式，以写实的手法描绘而成。

《甘肃省珍贵动物》没有版权页，只署"甘肃省农林局编印"。书不厚，正文41页，图版34页，翻开扉页，就是一整页的毛主席语录，第一条即"阶级斗争是纲，其余都是目"，这是那个时代的特色。至于作者，文字是谁写的，图是谁画的，一概不署名，也是时代特色。"序"中最后有一段话："在编绘工作中承蒙兰州大学生物系、甘肃省图书馆的积极协助，中国科学院北京动物研究所、北京动物园等单位的热情支持，省地两级调查队员提供了很多宝贵意见，完成了《甘肃省珍贵动物》编绘工作，对此我们一并表示感谢。"

一个偶然的机会

我知道省农林局感谢省图书馆的原因，是因为省图书馆同意把我借出

[①] 载《翰墨东莞》，2014年总第三期。有改动。

参加《甘肃省珍贵动物》的绘画工作，别无其他。省农林局为什么会找到我？仅仅是因为一个偶然的机会。

省农林局要出《甘肃省珍贵动物》，兰州大学生物系当然就是他们首先要依靠的力量，生物系的老师张孚允进京找到中国科学院北京动物研究所寻求支持。那里有北京大学生物系的校友，其中有一位王宗祎是他夫人的同学。王宗祎得知他们要出关于甘肃省珍贵动物的书，却找不到绘画的人，忽然想起我从中央美术学院毕业后，1959年即分配到兰州甘肃省图书馆工作，专业不对口，还时常在政治运动中挨整，就把我推荐给他们。王宗祎和我本来并不熟悉，因为他在北大生物系时同宿舍有两个广东同学，是我在广州培正中学读书时的同班同学，时间长了对我的情况也就了解了。在一个偶然又偶然的机会，我同学的同学把我推荐给甘肃省农林局，这是后来我才知道的。没想到他们居然把借调手续办成了，后来征求我意见，虽然我没画过动物，还是毫不犹豫地接受了这一任务。首先这是一项画画的工作，虽然带有科普性质，但总比图书馆的工作和我所学专业不对口强；其次，画动物不会有什么政治问题，在当时，这方面对我来说是至关紧要的，不是"其次"。我勇敢地承担了这偶然得来的任务，开始了搜集资料的工作。

原来是一片空白

资料搜集工作从身边做起。我查阅了甘肃省图书馆的图书分类目录，关于甘肃省珍贵动物的形象资料没有。我又找兰州大学生物系、省农林局，他们也没有现成的可参考的珍贵动物的形象资料。再看兰州市动物园，那里饲养的珍贵动物种类也少得可怜，有人告诉我60年代初，动物园的老虎食性都改了，从食肉改吃素了。

我本人对野生动物此前是一无所知的，就连最浅显的"野生动物雄性的总比雌性的长得好看，颜色鲜艳、威武雄壮"这样简单的规律也不知道。

既然兰州解决不了问题，那就只好进京找权威机构和专家，我找到中国科学院北京动物研究所向专家们请教。那里的专门人材很多，每个人都有自己研究的课题。有兽类专家汪松、陆长坤，是我国第一张生活在野外高高大树上的大熊猫照片的拍摄者（人民画报登载过）；有草原鼠害专家周庆强、还有绘图室的岩坤同志（画动物她有丰富的经验）。他们在百忙中都抽时间给我讲述了许多有关珍贵动物的知识。例如王宗祎同学（因为他是我同学的同学，所以，这样称呼他，可能更亲切些）他给我讲述在青藏高原考察时，常看到的景象：在万籁俱寂的高山雪峰顶裸露的岩石上，一只雪鸡独脚站立着遥望远方。后来我就按照他描述的意境完成了淡腹雪鸡的彩图。

专家们为了让我认识甘肃省珍贵动物中带角的动物的角型，搬出了好多带角的头骨让我画下来，因为这些动物的分类主要看角型。

角型的区别、毛色花纹的比较等，这些都是我在下面做的功课，画了但是没有收进书中，是一个学习的过程，科学是需要认真的。

特别让我感动的是专家们找出了一些有关的外国人写的专著给我看，我国珍贵动物中的好多种都是外国人发现的、研究过的，起的学名还用了他们的名字。例如野马和滩黄羊，拉丁文学名都用了przewalskii的名字。我们自己在这方面的研究起步晚且远远落后了，当时，连一本像样的图谱都拿不出来。

我感谢北京动物所的专家们的热情支持和指导。

在北京动物园，我也用了很多时间，因为在园内我可以看到多种要画的珍贵动物。在那里我观察动物、画速写、买了一些动物园印制的明信片。后来动物园的师傅告诉我，动物园圈养的鸟兽，在人工饲养的条件下，都丧失了在野外生存时的野性，体型也变了，画出来不像野生的。明信片是在动物园用照相机照下来的，也不是那么回事。不过，通过在北京动物园的观察，对珍贵动物还是增加了认识。我曾惊奇地看到过红腹角雉炫演其喉下肉裙、伸出头顶角突的情景。在红腹角雉的图版中，专门附了一幅肉裙和角突的小图,在书中是唯一的体态变化图,也是去动物园的收获之一。

到基层收集资料

正在我苦苦寻觅珍贵野生动物资料遇到困难的时候,传来一个让人振奋的消息:在甘肃酒泉刚捕到一只野骆驼!我迫不及待地从北京赶到酒泉。那时候火车很慢,路上就走了好几天,还有好多繁琐的手续……细节记不清了,只记得那只野骆驼野性难驯,脾气很大,把它牵到院子里就费了好大的周折。人使劲拉,它就使出了绝招,从口鼻里喷出奇臭无比的从胃内反刍的食物(俗称"草屎"),弄得我身上的臭味好几天都去不掉,饲养员就更受罪了。好在还是只幼体,长大了就更难对付啦!我庆幸自己能画到一只真正的野骆驼!

野骆驼(水彩)

在酒泉打听到在肃南裕固族自治县有一个养鹿场,养了好多种鹿科的动物,是采取散养的形式,白天在一定范围内放养,晚上赶回场部休息。在这种状态下生存的鹿是否能保持更多些自然状态呢?抱着深入实际、多看看、多了解的目的我去了一趟养鹿场。事实证明,没有白跑,我画了白臀鹿、梅花鹿、林麝等多种珍贵动物的速写。我看到了马麝在与地面垂直的四面土墙上飞檐走壁似的奔跑，对它尖尖的蹄子留下了深刻印象。

因为我持有省农林局的介绍信，当地干部群众都很热情支持我们的工作。

我提出想进入祁连山深处画动物的生存环境，没有公路，只能骑马。他们除了提供马匹外还专门派了两位同志陪我进山。当时已是1975年的冬季，山里风大寒冷，雪后就更冷！我坐下来画画的时候，老乡把带去的毛毯展开，两角绑在树枝上给我挡风。几十年过去了，现在回想起来都仍心存感激。

来自各方的帮助

一本薄薄的宣传甘肃省珍贵动物保护的小册子面世，曾得到过各方面的关心和帮助，有些事如果我不说，可能永远不会有人知道，只略举几个例子。

《甘肃省珍贵动物》有一幅雪豹的木刻图是由黄永玉先生为我在梨木板上用毛笔画的稿。

说来话长，1954年黄先生应邀从香港回京，在中央美术学院任教，我就是他教的版画系第一届九个学生之一。黄先生对学生一直很热情、很关心，虽历经风雨仍一直保持很好的关系。1975年我为《甘肃省珍贵动物》回北京办事期间，曾到当时他在京新巷四号的宿舍拜访过他。房子很小，东西又多，塞得满满的，我们都戏称那是"美术罐头斋"。黄先生听我说想在《甘肃省珍贵动物》的图版中采用木刻的形式后很高兴，为我有画画的机会而高兴。他一边说着画动物的心理，一边在纸上作示范，我随口提出要求，请他帮我画稿子，我来刻，他欣然应允。当天下午我把木板和雪豹的参考资料送去了，黄先生说："你明天早上来拿吧！"顺便还说了几句当年在香港大公报一夜刻几幅木刻插图的故事。过了两天我刻好后再拿去给黄先生过目,他用三角刀作了些修改,增加了刀法的变化。事情的经过就这么简单。可是,我心里明白,黄先生关于雪豹脊背边线的处理和刀法的叮嘱我没理解也没处理好,他也没批评。这件事让我感慨万千。从1954年到1975年,21年过去了,我跟黄先生学的木刻技法毕业后一直很少有实践的机会,多年后还要老师把着手来教,实在惭愧。

黄先生表现出来的兴奋情绪使我深深感到了老师对学生从心底里迸发出来的关心与爱护。

雪豹(木刻)

《甘肃省珍贵动物》这本书封面的书名是我的同班同学朱乃正题写的。

1959年3月,我们一起被分配到西北工作。我在兰州,他在更边远的西宁。记得在60年代初,我在一个假期里去看他,正好享受到西宁饭店经理答谢他的一桌丰盛的酒席,只因为他题写了"西宁饭店"四个字。

《甘肃省珍贵动物》封面的书名是我请朱乃正写的。我们生活在不同的两个省的省会,不是经常能见面,上世纪70年代他仍在青海工作。当年我们的联系方式更多是通信,有急事还要去邮局打长途电话、发电报,不像现在有手机这么方便。

当年很可能是他写好后通过信件寄给我的,明摆着字是白写的,不署名、没稿费,还要搭上八分钱邮票。老同学间这种事是常有的,一直到改革开放以后也如此。

可惜,去年乃正兄已经离我们远去,只能对他的在天之灵说一声:谢谢了。

《甘肃省珍贵动物》封面(朱乃正/题字)

本文的开头提到过《甘肃省珍贵动物》是在中国青年出版社印刷厂印制的。关于这点,找遍全书没有提到过一个字,可能也是当时的时代特色吧!

省农林局指示让我在北京找一个条件好一点的印刷厂解决印刷的问题。我从1959年远赴西北已有16年了,回到北京就像个山沟里的人进城,是陌生的。我找到留校工作的同班同学杨澧,他告诉我:"蒲以荘老师从美院版画系调到《中国青年》杂志担任美编,可以找她联系一下。"1955年夏天,我们在美院上二年级的时候,到昌平高里掌村下乡实习时,蒲以庄和赵友萍两位老师给我们当过辅导员,算是有过师生之缘。通过这一渠道很顺利就解决了印刷的问题。

我恐怕记忆有出入,曾打电话给杨澧核对,一开始他说记不起来了,后来补充说,蒲以庄调《中国青年》一事他是知道的,因为当时他们都在美院版画系任教。

《甘肃省珍贵动物》在来自各方的帮助下,顺利诞生了,是在十一届三中全会召开之前、在以阶级斗争为纲的年代诞生的,实在不容易。

2014年1月21日

石油工人的赞歌

——水粉画《乘胜前进》

1964年国庆节是建国15周年。甘肃省美协筹备组为此召开会议,动员大家深入生活,进行创作,准备举行一个全省的美术作品展览,反映建国15周年的建设成就。我觉得这是一个难得的机会,积极争取。

先找了一个同行的伙伴佘国纲(他在兰州市工人文化室做群众美术工作,是学油画的,色彩感觉不错,相处得比较投缘)。他同意我去玉门油矿深入生活的想法:那里是我国最早开采石油的基地,为后来的大庆等油田培养了人才、积极了经验、生产出发展经济奇缺的能源——石油。闻名全国的英雄人物铁人王进喜就是从玉门出去的。

获批准后,我们带着轻便的画具、介绍信、粮票、钱和少量生活用品(当时介绍信和粮票特别重要)坐上火车直奔玉门石油管理局。说明来意后,经介绍,我们住进了修井二队工人的集体宿舍。按照在美院上学时要求的,深入生活要做到三同——同吃、同住、同劳动。

师傅们腾出两个床位给我们住下了。开始我觉得很奇怪,为什么房子中央有一块空地,还有一个烧天然气的炉子?当天晚上马上就明白了。工人们下班回来马上就把炉子点燃,火苗蹿起有两尺多高,他们脱下油污的衣服,洗澡后换上洁净的内衣再干别的。油矿不缺天然气和生活用水,白天多热的天气,太阳落山气温很快就下降了,炉子是必需的。在温暖的宿舍里,我们掰腕子玩,大家年岁差不多,当年我29、佘国纲小我一岁。起初,他们挑了两个瘦弱些的小伙子来和我们比,没想到,我们平常也有些体育锻炼,而他们累了一天了,就输给了我们。有位外号叫洪老虎的大块头,个子不高但很壮实,站出来和我们比。结果可想而知,我两只手也无法撼动他的胳膊分毫。大伙儿哈哈一笑。我们拿的是画笔,师傅们每天抡的是大管钳,我输得口服心服。

我提出要给他们画像,师傅们也很好奇、友好,在灯光下,不顾一天的疲劳,一动不动地为我们当模特,看到画得像,还有点争先恐后呢!经过多日的接触,我们逐渐熟识了。

在玉门油矿,特别是修井队劳动现场的工作,专业性、技术性很强,我们是插不上手的,"同劳动"不大可能。靠近井架还要戴上安全帽,不然的话,一个螺丝帽从高高的井架上掉下来就能要命。我们只能在他们有空闲的时间提出各种问题,了解情况,或在一旁画劳动现场的速写、收集资料。

玉门位于河西走廊的西北,出了嘉峪关还要往西走,属高寒山区,气候变化无常,我们在那里赶上了"六一"儿童节。早晨艳阳高照,少先队员们在广场上操练表演,鼓乐齐鸣、歌声嘹亮,吸引了不少观众。人们正在看热闹时,忽然天空乌云密布,狂风大作、飞沙走石、下起大雨来,我们赶快躲到建筑物里。不久,雨点变成冰雹,又过了一会儿,竟飘起了漫天飞舞的雪花。我生平第一次遇到"六月雪",是发生在六月一日,至今不忘。顷刻间,眼前一片白茫茫,印象太深了。我们不由自主地对玉门石油工人师傅们平添了几分敬意。他们长年在寸草不长的石油沟里工作、生活,太不容易了!

怀着依依不舍的心情告别了修井二队的书记、队长和工人师傅们,回到兰州后,我和佘国纲马上就着手研究创作的事。佘国纲回兰州后得了肾脏炎,半休。我要在图书馆的阅览部上班,因此只好把画板支在我的宿舍里。创作进展很顺利,我们合作得也很愉快,按时交了作品。

"甘肃省庆祝建国十五周年美术展览"展出了我和佘国纲合作的《乘胜前进》(水粉画)之后,《甘肃文艺》杂志用彩色整版登载在封底

（1965年第一期）、接着，《光明日报》在"东风"专栏（1965年2月27日第4版）上转载了。

《乘胜前进》的创作过程，是52年前的陈年往事了，这幅画的原作早已不复存在。这幅画是我从美院毕业后，第一次按照自己的意愿，争取条件、深入生活、和佘国纲一起合作的作品。看到它的印刷品就想起了当年的经历，想起年轻时生活中的趣事。

前些天在翻检旧物时发现了我的同班同学送我的一幅印刷品，是卢沉画的被称为红色经典的《机车大夫》，也是画于1964年。无意之中我发现《机车大夫》和《乘胜前进》两幅画虽然画的是不同的题材，却有许多相似之处：《机车大夫》画的是一群机车修理工目送他们辛勤劳动的成果——"火车头"开走的瞬间；《乘胜前进》画的是一群玉门的修井工人经过一夜苦战，把油井修好了，黎明时分，他们乘卡车转战别的井场，满怀喜悦的豪情回望自己的劳动成果。两幅画刻画的都是工业战线一线的工人、国家的主人。

两幅画的创作者，卢沉在北京、我们在兰州，互相没有沟通过；两幅画有相似之处也不奇怪，因为我们是同学是用同一个模子塑造出来的。

几十年过去，大家都经历了许多，我常回忆起和佘国纲在一起画画的乐趣。曾多方打听他的消息，有人说，他坐在家里的窗台上，掉下去摔死了。我不相信，盼望有一天再相逢。

2016年8月15日

《农民炼铁图》出炉记

前不久,老同学蒋采苹打电话告诉我,说1958年冬我们四个同班同学合作的《农民炼铁图》找出来了,让我有空时去她家看看。

当我站在57厘米高、917厘米长的长卷前时,有点惊呆了。1958年这幅画完成后,只在学校院内U字楼西边那个大素描教室展出过很短时间,之后,全年级同学就被分配到祖国各地,各奔东西了。今年已是2016年,1958年画的是什么内容记忆早已模糊不清,没想到经过58年,画面的色彩还保持得那么鲜艳,当年农村大炼钢铁的热闹场景又一幕幕清晰地展现在眼前。

我们是中央美术学院五年制的第一班学生,1953年入学,应该是1958年夏天毕业的。学院领导决定,我们班因运动影响,延长半年毕业。全校同学编成"美术兵连"参加建设十三陵水库的劳动,由于党和国家领导人都带头参加劳动,极大地调动了全民的积极性。举个真实的例子,美院有几位老教授被批准近距离采访领导人参加劳动的场面,一位带相机的教授抓住难得的机会,频频按动快门,很快把胶卷都照完了。后来才发现,一张都没照上,因为太激动了,镜头盖没打开,老先生为此懊恼不已。

接着,又让我们去最早建立人民公社的徐水大王店人民公社体验生活,我们因而有机会到农村去了解基层的情况。"大跃进"中"超英赶美"的口号在广大农民群众中确实激起了一股建设的热潮,我们处身其中深受感动。我们了解了大炼钢铁的全过程,也参加一些力所能及的劳动,抽空画一些热火朝天生活的速写,还参加了农村的壁画运动,画了不少革命现实主义与革命浪漫主义相结合内容的壁画,回京后,学院领导要求搞一个汇报展览。

班上有四个同学不约而同地想表现农村炼铁的全过程。蒋采苹是国画系的、肖惠祥和我是版画系的、沈琦是油画系的，虽然所学专业有差别，但基础课和共同课所受的教育是一致的。经过讨论，我们一致同意采取传统的中国画长卷的形式把农村炼铁的全过程表现出来。作品在色彩上吸收深受广大群众欢迎的杨柳青木版年画的特点和染色方法，衣服采用大色块平涂，仅在色块边缘染上一层较深的颜色以增加体积感，人脸部仍吸收了中国工笔重彩人物画的画法，既有民族的又有民间的传统技法。这种技法上的创新尝试，使画面色彩亮丽而且九米多的长卷在很短的时间内就完成了。

发生在1958年冬天的"大炼钢铁"运动，其声势之大，动员之广是空前的，甚至中南海里都砌起了土高炉，置身其中的年轻学生们又怎能无动于衷？那年我23岁，我们被广大农民的热烈情绪感动了，回到学校后，按照学校领导的安排，大家都以饱满的热情，讴歌"大炼钢铁"运动。

我们当时的心情在1959年元旦中央美院的联欢会上班集体创作的毕业歌中表达的十分明确。歌词原有三段，现抄录第一段如下："我们来自四面八方，同窗五载，多少事难忘。伟大的党引导我们找到了正确的方向，亲爱的母校抚育着我们成长。红色的美术兵准备停当，今天就要走向战场，艺术园地等待着我们耕耘，建设的责任要我们担当，亲爱的党鼓舞着我们，我们要让青春在祖国的大地上闪光！"

1958年末，为展示一年来"大跃进"的丰硕成果，北京的苏联展览馆举办了盛大的展览，我们中央美术学院五年级毕业班集体创作了大厅正面二三十米宽圆拱形墙面上的壁画：《中央领导和各族人民在一起》。画面上七位国家领导人在中间，两边是穿着各式民族服装的男女……画作完成后获好评，我们班被评为"全国青年社会主义建设先进集体"。

候一民先生为《农民炼铁图》书写题跋，文末写道："画中所流传的是四位画家那真诚的感动和笔下的真情。"感谢候一民先生。

《农民炼铁图》是一幅宏观反映"大炼钢铁"历史事件的长卷,人物众多,共有66个人物,有些细节描写也很生动,因为是生活给我们提示的。例如:在炉前劳动的人群中,在最前面的一个年轻人是背对着炉口在操作,因为农民缺乏护目镜、石棉帽等炉前工必需的劳保用品,只好调转身,避开炉火对脸部的烘烤,避免火星的飞溅。这是生活本身给作者提供的生动细节。

还有一个细节是关于白手起家的一段,作为背景画了一个老百姓家中常见的贮藏柜改造的大风箱。1958年的农村还很贫穷,在北方农民家里常见的唯一的大件家具,或者说最值钱的家具就是一个贮藏柜,用以贮藏粮食、存放衣物、被褥,为了炼铁也拿出来作贡献了。

从《农民炼铁图》上露出半截的贮藏柜改造的大风箱,我想起了同班同学朱乃正在汇报展览中展出的一幅油画,画的是一家三代人并排着拉风箱,那风箱就是由贮藏柜改造而成的。在苍茫月色中,炉火映红了他们的脸庞,表情坚定而愉悦,他们把家里最实用、最值钱的东西为炼铁都拿出来了,很能打动人心。只可惜,此画可能没能保存下来,作者也离我们远去了。

58年后又重新看到《农民炼铁图》时,我有两点强烈的感受:

1. 感谢蒋采苹同学,他收藏并保护了《农民炼铁图》,这幅画不是我们的毕业创作,而是我们四个同学离开美院前通力合作的一幅长卷,从内容到形式都是新的尝试。

本来五年级每位同学都按自己的毕业创作计划下乡、下厂深入生活,我回到自己的故乡——东莞虎门。突然被一封以江丰院长名义发来的电报召回参加运动。其实,那时候他已被打成了"美术界的纵火头目"。原来的计划只好半途而废。

2. 我感到自己是幸运的,能在81岁的时候还活着,看到58年前和同学们合作的长卷。在漫长的时光里我们经历了许多,蒋采苹和肖惠祥毕业后被分配到山西,我被分配到甘肃,沈琦被分到天津……蒋采苹同学在寻找沈琦的时候,才知道她已不在人世!离校后我们一直没有见过面,在我的印象中她还是一个天真活泼的小姑娘。听说她两个儿子都学有所成,这消息也算是给我们的一点安慰吧!

2016年6月8日于北京

农民炼铁图(局部一) 蒋采苹、肖惠祥、蒋建国、沈琦合作
(纸本水彩、水粉色,917cm×57cm,1958年)

农民炼铁图(局部二) 蒋采苹、肖惠祥、蒋建国、沈琦合作
(纸本水彩、水粉色,917cm×57cm,1958年)

第三章 由从艺到从政

由从艺到从政的艰难历程

我1935年出生于香港，童年在抗战中度过，颠沛流离；1950年，因向往新中国来到北京。

1953年，我考入中央美术学院，是美院五年制的第一届学生，度过了几年愉快的学习生活，1956年刚被批准加入新民主主义青年团，1957年就被错划为"右派"。从美院版画系毕业后，我被分配至兰州甘肃省图书馆工作，孤身一人在西北历时20年之久；长期被置于政治运动的漩涡中，险些丢掉了性命。

党的十一届三中全会后，我调入北京自然博物馆；在全国平反冤假错案落实政策工作中，"右派"问题得到改正；在兰州时的三年冤狱也得到彻底平反。在自然博物馆努力工作了八年，我从普通美工升为美工室副主任、主任；第一次遇上评职称，被评为副研究馆员。

1980年，各民主党派经过18年的沉寂之后，又恢复了组织生活，开始吸收新成员。在民革前辈的动员下我参加了民革，参加了新时期的第一次迎新会。当时我虽然已经45岁了，但在民革还算是年轻的，很快被推荐为第四届市青联委员。接下来的一系列任命让我手足无措：1983年，任民革中央候补委员；1984年，任民革北京市委常委；1985年，任政协北京市委员会委员；参加中央社会主义学院为期三个月的政协委员高级学习班。后来，民革中央调我到中央组织部工作，我抱着试试看的态度去看了一次，了解到让我去管理一大堆人事档案，头都晕了，赶紧找民革中央负责人谈话，得到谅解，同意我回自然博物馆。可是自然博物馆已将我调出了，民革中央欢迎我回去，人事干部又到市科委重新为我协理一次调入手续。

在征得美院版画系和自然博物馆领导的同意后，我争取到一年的进修时间，到美院学习丝网版画。1987年，我已经是52岁的白发老人，青年学生都用惊奇的目光审视我。这次进修我的第一幅丝网版画作品《苍凉》在"首都版画双年展"上获优秀作品奖，并被北京市美协收藏。

与此同时，民革的老同志动员我去民革北京市委工作时，有一句话打动了我："你父亲是民革的创始人之一，他有生之年在民革北京市委主持工作达16年之久，现在民革市委需要人，你就无动于衷吗？"在组织需要与个人专长和兴趣出现了矛盾时，我服从了组织的要求。

我刚接受了民革北京市委副秘书长的职务，就让我代表民革参加市政协七届一次全会的新闻发布会。外国记者问及蒋经国去世一事时，主持人说："关于蒋经国先生去世的事请民革的蒋建国先生回答。"会场上响起一阵轻微的笑声，人们在窃窃私语，主持人连忙解释……我的启蒙老师韦启美教授看到电视转播后在美院惊呼："蒋建国从政了！"

从此，我在政协北京市委员会担任了三届常委和驻会副秘书长；在民革中央担任了三届中央委员；在民革北京市委也担任了三届副主委；2002年被聘为北京市人民政府参事。

2007年，我从北京市政协退休，时年72岁，在统战系统整整工作了20年；在漫长的岁月里，与美术界的老师、同学渐行渐远了。

回首往事，因为是学非所用，谈不上有什么成绩，限于篇幅，只举两件事。一件是关于民族英雄袁崇焕祠墓的保护、重修和向社会开放的事，我开始从政即关注此事，经多年锲而不舍的努力才终见成效。2004年我在《纵横》杂志第六期曾发表过一篇文章，题目是《14年的坚持：我的袁崇焕情结》。另一件事，只打了一个电话，一夜之间就办成了。中央美院有一批教员在海淀区平西府盖画室，形成了一个小区，有位老同学给我打电话求助说，近日他们在那边要召开一个国际性会议，可是周边围墙外全是垃圾，长期无人清理，实在不雅。我在市政协的工作是联系区县政协的，随即致电海淀区政协主席向他反映情况。没想到次日清晨即接同学来电说当地环卫部门连夜把问题解决了,被视为奇迹。

退休后,我才有时间整理过去留下的画作和照片等。东莞市政协连续为我出了两本集子:一本是《蒋建国画集》、一本是《陇原石窟留痕:蒋建国作品选》,还有一本文集正在整理中。看到画集,很多熟人都很惊奇地对我说:"原来你在美术上下过那么多功夫!"

月是故乡明,感谢我的家乡!

2015年5月于北京

访美归来 ①

今年盛夏,北京热得难受的时候,我有幸参加了以北京市政协主席王大明为团长的北京市代表团。代表团应美国亚特兰大市市长的邀请,代表北京市对亚特兰大市进行回访。往返途中在纽约和华盛顿作了短暂的工作性停留,比走马观花还要显得匆忙一些。

代表团一行七人,我是代表民革参加的。团员中还有北京市工商联的常务副主委孙安民和中国共产党创始人之一李大钊同志的外孙女贾凯林同志。代表团的组成体现了中国共产党领导的多党合作和政治协商制度的特色。

除了翻译,我们这些人都是第一次去美国。为了充分利用这第一次的难得机会,我们甚至有时采取了晚上在天上飞,白天到达目的地后马上开始活动的做法。

到了亚特兰大,大明同志率全体团员前往亚特兰大市政厅,会见了堪培尔市长。大明同志转达了李其炎市长对他的问候和发展两市友好关系的愿望,对他邀请我们回访亚特兰大表示感谢。堪培尔提出在适当时机来北京访问。

我们应邀出席了亚特兰大前市长杰克逊的早餐会,在亲切、友好的气氛中畅叙友谊。他再次表达了对北京市的美好印象。与两位市长的会面,进一步促进了北京市与亚特兰大市友好关系的发展。

在亚特兰大市政府的安排下,我们先后听取了市政府和佐治亚州有关

---

① 载《北京政协》,1994年,期数不详。有改动。

部门负责人介绍的市、州经济、市政、旅游以及筹办奥运会的情况,参观了可口可乐公司和MCI电话电讯公司等大企业的总部。接待工作的计划是认真细致的,他们介绍情况的方式是先进的,推销自己不惜工本。反映出企业界对我国潜在的广大市场怀着浓厚的兴趣。

在亚特兰大期间我们与华侨界和企业界人士进行了广泛的接触,参加了他们举办的晚宴、酒会、晚餐会等活动。在这些场合,大明同志以具体的事实与翔实的数字回答了他们感兴趣的问题,解惑析疑、宣传了政策,增进了彼此的沟通和理解。大明同志的每次讲话都在听众中产生强烈的反响,起了很好的作用。

在美国,我的亲戚、朋友、同学不少,每到一处,公务之余有空就打电话,虽然时间紧,在广交朋友方面还是做了一些工作。没有机会见面,在电话里谈几句是一种很节约时间的联络方式。朋友们对我能有机会参加这么高级别的代表团到美国访问都很高兴。

在纽约,我给一位老同学挂电话,他一听见我的声音马上就说:"我们早就等着你的电话了。"我很惊奇,因为我担心没有时间联系,事先并没有通知同学们。我问他是怎么知道我去美国的,他说是从报纸上知道的,报道得还很详细,这是我始料不及的。事后了解到,有的报纸一直在跟踪报道我们这个代表团,对代表团的组成人员和行程都作了具体报道。难怪我们到洛杉矶机场时大明同志就被记者围了起来,又是采访,又是摄像,事先也是没有想到的。纽约的同学在唐人街麒麟金阁酒家聚会宴请我,有的同学从新泽西驾车赶一个半小时的路来聚会,真可谓情真意切。在旧金山一位朋友为了见我一面,从很远的地方带着孩子驱车赶赴机场为我们送行。

老同学也好,老朋友也好,亲戚也好,都是长期在美国居留的人,都渴望了解国内的情况,他们最关心的问题就是:"国内的形势到底如何?"想听到我个人的看法。有时我先反问一句:"你们是怎么想的?"回答通常是肯定的:"当然希望国内局势稳定啦!国家强大了,我们在外面生活的中国人日子也好过些，回国内投资做生意也有保障。"我说："自从改革开放以来，我国的经济发展很快，老百姓的生活也有了明显的改善，这一点是全世界都公认的，老百姓尝到了改革开放的甜头，是拥护中国共产党的大政方针的。这一总的趋势谁也逆转不了。所以说以经济建设为中心，改革开放的基本路线一百年不动摇。发展经济如果没有一个稳定的社会环境是不可能的，中国的老百姓需要稳定祥和的生活环境，集中精力搞建设，让国家早日富强起来。如果有谁想制造事端、搞动乱，老百姓是不会答应的，全世界的中国人也不会答应。稳定是我们共同关心的问题，只要共同努力，就一定能保持稳定的局面。"

去年底在香港发生过这么一件事，有位老同学诚恳地邀我去他家一趟，说有事商量，我应邀去了。坐下后，夫妇二人神情严肃地向我提出问题："中国到底会不会乱？"我谈了自己的看法，并给了他们一个肯定的答复："中国的老百姓都希望稳定。"我的同学看见他夫人点头的表情后，高兴得跳了起来。原来，他用部分退休金在广州近郊买了一套房子，准备日后回来过清闲日子，但是夫人一直有意见，怕局势不稳，连钱带房子都丢了。二人从来都没有去看过那间房子，还常常为此事争执不休。那天晚上谈话以后，第二天一早夫妇二人就一起高高兴兴地坐直通车到广州收拾房子去了。

一次谈到华盛顿和纽约本来和北京都曾结为友好城市，自从1989年之后，美国城市就单方面宣布断绝友好关系的事，朋友们不以为然地说："说老实话，一开始我们都有同情心理。但是经过几年时间，回过头来看，祖国一片繁荣富强的景象，特别是北京，城市面貌的变化真大，发展很快，这都是因为有一个稳定的社会环境。所以现在看来，当时采取的措施是必要的，是没办法的办法，付出一些代价也是值得的，中国国家那么大，乱了就不好收拾了"。

在美国访问期间，在交通方面除了北京的驻外机构为我们提供了许多方便之处，同时也感受到美国社会完善的服务体系，对旅游者是十分方便的。有一回我们到达机场的时间离起飞时间只有15分钟了,行李要托运,机票要确认,好在有惊无险,我们终于顺利成行。有一次我们早到了一个多钟头,临时就可以改换一班机,提前一小时动身,节约了时间。乘美国国内的航班,办手续有点像我们乘公共汽车一样的方便、简单。这次我们乘了多次飞机没有一次发生不愉快的事。

朋友们对我国民主政治制度的建设方面也是十分关注的。近几年从中央到地方在坚持和完善中国共产党领导的多党合作和政治协商制度方面做了大量的工作,为我们在这方面的谈话提供了丰富的实际材料。

我们顺利地登上离开美国的飞机。起飞后,往下俯视,深蓝色的大海翻起阵阵白浪,拍打着金黄色的沙滩。升到一万米高空再往下看,只见云海在翻腾,我的心情也难以平静。经过十几天的奔波,看到的听到的不少,一下子好像理不出个头绪来,可是对邓小平同志提出来的那条非常精辟的道理,体会得更深刻了,那就是:发展是硬道理,稳定是第一位,不能停留在姓"资"姓"社"的争论上。摆在我们全体中国人面前的建立社会主义市场经济体制的宏图伟业,任重而道远。

凭吊亚利桑那号[①]

美国最西部的一个州,是夏威夷州(Hawaii),它由若干个小火山岛组成,像一串珍珠项链似的镶嵌在太平洋上,那里气候温和,风景优美,是旅游胜地。

几年前,我曾到过这个州的首府檀香山(Honolulu)所在的阿胡岛(Oahu)参观。岛上东北部有一个玻利尼西亚文化中心,把太平洋岛屿上原住民的生活习俗、文化艺术,展现给参观者,十分热闹;但是,随着时间的推移,当时看过的许多事物,脑海里已经模糊,只有美国军舰亚利桑那号纪念堂(USS.Arizona Memorial)至今仍清晰地记得,它给我的印象太深了。

在第二次世界大战中,美国本土唯一受到攻击的地方就是在阿胡岛的南岸,那里有一个天然良港,名叫珍珠港。震惊世界的珍珠港事件就发生在那里。

1941年12月7日凌晨,日本按照联合舰队司令长官山本五十六制定的计划,以大量海空军突袭美国在太平洋的主要海军基地珍珠港。那天是星期天,美军官兵都在欢悦度假,疏于防范,致使海空军遭受到巨大的损失。美太平洋舰队主力除三艘航空母舰在港外执行任务外,停泊在港内的8艘战列舰和10余艘其他大型舰只、20余艘中小型舰艇全部被炸沉或炸伤。数百架飞机被毁于地。美军死伤3500余人,而日本方面只损失了29架飞机和6艘潜水艇,死亡129人左右。偷袭是成功了,但是它唤醒了那些本

[①] 载黎先耀主编:《墓园情思》,经济日报出版社2001年版。有改动。

来反对美国参加第二次世界大战的美国人民，使他们团结起来，发誓战胜日本及其他轴心国家。这次事件的策划者山本五十六后来也总结说，偷袭珍珠港实际上是起了唤醒睡狮的作用。

战舰亚利桑那号在这次事件中，被重1760磅的炸弹击中，爆炸起火，一股浓烟升上高空，9分钟之内战舰连同舰上的1000多名官兵一起沉入海底。亚利桑那号的沉没是珍珠港事件中损失最惨重的一幕，为保卫这艘军舰而牺牲的官兵，占美国方面死亡人数的一半左右。

第二次世界大战结束后，美国是战胜国，在反法西斯战争中他们取得过许多战役的胜利，但是他们偏偏在使他们蒙受耻辱的地方——亚利桑那号沉船的上面，经过十几年的努力建造了一个纪念堂。1958年，艾森豪威尔总统在连任期内批准建筑纪念堂；1961年，美国第87次国会同意为建造纪念堂拨款15万美元；太平洋战争纪念委员会领头募捐筹足经费，使纪念堂于1962年建成。与之配套的游客中心则是1980年美国海军用政府拨款和第46支后备舰队协会向私人募捐的款项建成的。从1980年起，美国海军就将纪念堂和游客中心的管理移交给国家公园管理处，但海军还是继续操作往来于游客中心和纪念堂的船只。参观是免费的，虽然珍珠港是美国海军基地，但是进入游客中心或停车都并不需要任何证件，还可以随便拍照。

从檀香山市区沿高速公路向西驱车约20分钟，即可到达建于珍珠港岸边一片椰林之中的游客中心。它由一组灰色的、并不起眼的平房组成，其中包括电影厅、博物馆、书店、纪念品商店、游客休息厅等，为适应南方的气候，采用了开放式的庭院建筑形式，在游客中心的入口处，坐在问讯台后面的管理员给每位参观者发一张免费的参观券，按先后顺序编号，可按号分批观看一部资料片。入口处迎面的墙上有一幅巨大的油画，画的是亚利桑那号军舰乘风破浪前进的雄姿，是画家约翰·查理·罗纪（John Charles Roach）的作品，风格写实，一开始就给人一个鲜明的印象。在这里你还可以拿到一份关于纪念堂的资料，有多种文字的版本，我拿了一份中文的，从上面可了解到不少具体情况。

在等待看电影的空闲时间里，可以参观博物馆，陈列内容讲的就是亚利桑那号与珍珠港事件，有舰上官兵的遗物，有他们与家人团聚的幸福生活照片，内容很丰富。

电影院里放映一部约半小时的纪录片。前半部是在阳光灿烂的日子里，亚利桑那号军舰接受检阅，官兵们穿着笔挺的白色制服，队列整齐，神情严肃，威武雄壮；接着介绍舰上官兵的生活，丰富多彩，生动活泼，士兵们矫健的身影，可爱的形象，令人难以忘怀。当年真实的纪录片，而今已成了宝贵的历史文献资料。后半部讲的是官兵们正在度假，突然遭到了袭击，霎时间浓烟蔽日，日本飞机横冲直撞，狂轰滥炸，这部分很可能是用了战后从日本人那里搞到的资料，从超低空飞行的飞机上拍摄的镜头，震撼人心。海上、岛上一片狼藉，血肉横飞，渐渐地，一切又重归寂静。影片的结尾，在缓慢而悲壮的钢琴协奏曲声中，摄影机的镜头带着观众向一片平静的海水冲去，走向深沉、走向黑暗，直至眼前一片漆黑，好像随着亚利桑那号一起沉入了海底，让你感到胸闷憋气。

这个结尾给了观众足够的时间和氛围去回味影片的内容。

影片除了音乐声还有旁白，是用英语说的，我基本听不懂，但是，我敢说，我看懂了。

走出电影院，外面阳光明媚，海风吹得椰子树叶沙沙作响，仰望蓝天白云，面对波平浪静的大海，不由得深深吸了几口气。顺着走廊走到码头上，一艘军用的小游艇在等着我们，一位肌肉发达的海军战士尽职尽责地招呼游客上船，美国军舰亚利桑那号纪念堂就在对面不远的海面上。那是一座白色的、造型别致的钢筋混凝土建筑物，建在被击沉的亚利桑那号军舰上面，有56米长。纪念堂的中间部分是供人眺望的中央会堂，两边是敞开的，空气畅通、光线充足。再往前走一点，底部开了一个方形的洞，面积约有16平方米，四周有围栏，可供游客凭栏往下细看，透过清澈的海水，锈蚀的舰身历历在目。最为绝妙的是，除了人们投掷的花圈，定睛细看你会发现水面上竟闪动着淡淡的七彩的光芒——那是从水下的舰体中渗出的汽油。据专家测算，每天大约渗出两加仑左右汽油，已经渗了50多年，估计还能渗40年。它使沉船仿佛仍有生命，像一个受伤的巨人，从它的血管里不断流出鲜血一样，海水的起伏就像是它在呼吸，人们站在它上面，能引发许多联想和无尽的思念。

纪念堂的尽头是一个祠堂，实际上只是在一整面大理石的墙上，一排排、一行行，镌刻着舰上牺牲的1177名官兵的全部姓名。进祠堂前要通过一道门，门的形状像个方尖碑式的纪念碑，这道门正对着的就是那面刻满名字的墙，从外面任何角度看去都像一座用牺牲官兵的姓名组成的纪念碑。

又一批参观者登上了纪念堂，我们乘坐搭载他们的那艘游艇踏上归途，回头望去，纪念堂旁边亚利桑那号圆形的烟囱口露出在水面上，纪念堂的上空，高高飘扬着一面美国国旗。虽然亚利桑那号早已沉没，它已不再服役，但是为了纪念它，为了纪念那些为了保卫它而英勇献身的年轻官兵们，特别批准在亚利桑那号原来的旗杆上升起这面国旗，向他们致敬。

上岸后，人们可以看到在游客中心附近绿化带中的人行道两边，摆着各式鱼雷或者炸弹的外壳，林中空地还陈列着舰上使用的高射机关炮等武器，在纪念品商店摆满了琳琅满目的有关纪念品，这里的一切都围绕一个主题：用最生动的形式给人们讲述一段十分动人的故事。

据说，亚利桑那号是珍珠港事件后唯一没有被打捞出水的沉船。其余舰艇早已打捞上来，修复后又重新投入使用了。参观过后，我深信这艘没有被打捞出水的军舰，它所起的作用，绝不亚于其余的舰艇。

亚利桑那纪念堂给我们提供了一个生动的例证：悲剧教育是进行爱国主义教育的一种好形式，那里的博物馆、电影、纪念堂、沉船、国旗等等互相配合又互为补充，对美国公民来说肯定能起到重温历史、激发爱国主义精神的目的。亚利桑那纪念堂的精心构思、巧妙设计无疑是成功的，令人过目不忘。

我与北京政协[1]

我从小就喜欢画画。22岁那年,在中央美术学院当学生的时候,被错划为"右派",从那时起,直到1979年我的"右派"问题得到改正,整整22年,我成了历次政治运动挨整的角色。我从学校出来后被发配到甘肃,在那里度过了一生中最宝贵的青春年华。在大西北长期的孤独生活中,我以画画消磨难眠的漫漫长夜,以绘画作为我对祖国和人民深厚感情的寄托——是美术工作使我感到自己存在的意义。在我的多半生中,无论何时、无论何地,都没有停止过画画。

1980年我参加了民革,组织推荐我当了一届北京市青联委员,1983年底当选为民革中央候补委员,1984年当选为民革北京市委常委,1985年被增补为第六届北京市政协委员。但是,真正称得上"从政"是1987年的事,在经过两年徘徊和犹豫之后,我终于同意到民革北京市委担任驻会副秘书长的工作。那时候52岁的我,刚到中央美术学院进修了一年丝网版画,这是一个新画种,我们上学的时候是没有的,我的第一幅丝网版画作品《苍凉》获得了"首都版画双年展"的优秀作品奖。我第一次参加职称评定,就获得副研究馆员的称号。原本准备用自己的一技之长在艺术上作出些成绩,但在这时却出现了组织需要与个人兴趣之间的矛盾,我服从了组织需要"从政"了。

---

[1] 载李伯康主编:《我与北京政协》,中国文史出版社1997年版,第248—252页。原标题为"由'从艺'到'从政'",正文有改动。

第三章　由从艺到从政

从政第一课

1988年，政协北京市第七届委员会召开第一次全体会议，我被任命为副秘书长。这是我始料未及的，因为当时我只是民革北京市委的副秘书长，被选为副主委是会后5月的事。更令我手足无措的是，会前让我代表民革参加七届一次全会的新闻发布会。在有限的时间里，临时找了一些有关材料，做了一点准备，就硬着头皮上会了。外国记者问及蒋经国去世一事时，主持人说：关于蒋经国先生去世的事请民革的蒋建国先生回答。会场上响起一阵轻微的笑声，人们在窃窃私语，主持人赶忙解释……坐在我旁边的市委统战部领导趁机小声提醒我如何回答，神情比我还紧张，这使我非常感动。新华社北京分社的记者坐在我对面，在我回答后又小声问我是否可以再进一步深入提个问题，我连忙摇头摆手谢绝，我心里想见好就收吧！我的启蒙老师——中央美术学院教授韦启美先生看电视后惊呼："蒋建国从政了。"

尽管我不善于做政治工作，市政协还是把我从民革调来了，让我协助封明为副主席做对区县政协指导工作。1990年过了"十一"，我就到了市政协上班。一天老封对我说，区县政队该开个研讨会了，我马上积极地响应道："什么时间？什么地点？我来通知。"老封笑了："哪里是这么简单！"接着老封耐心地告诉我，先要摸情况，然后确定会议要解决什么问题，选定重点发言，准备好材料之后才能发通知。筹备这个会要和研究室、社会主义学院、联络处、行政处等部门一起协调、分工合作……原来开个会还那么复杂！这是我到政协机关工作后上的第一课。

做梦也没想过的事

1992年民革北京市委换届，我继续当选副主委，1993年初市政协八届委员会组建，我被继续任命为副秘书长，分工仍然是协助副主席做区县政协指导工作。

这几年国家民主政治建设发展很快，政协工作的大环境比较好，各项工作蒸蒸日上，有声有色，为各界人士所称道。在这样一种情况下，自己常为未能做出贡献而苦恼。为了学习"从政"，为了专心致志做好工作，在政协工作期间，我把绘画工具"坚壁清野"，搁笔不画了。因而机关里绝大多数同志都不知道我是个画画的，更不会知道我下了多大的决心才做到这一点。但是话说回来，在政协工作我感觉到许多欢乐，我受到尊重，得到了来自四面八方的友情，这些是以前我从未体验过的。

由政协组团出访开展人民外交，是八届政协工作的新发展。1994年7月，市里决定由王大明同志担任北京市代表团团长，应美国亚特兰大市市长的邀请回访亚特兰大市。得知自己是代表团成员之一，我简直有点不相信自己的耳朵。我首先感到的是组织上的信任，这一点比我能亲眼目睹那个世界上最发达的国家更重要。还有什么比在政治上得到信任更为珍贵呢！代表团中有民主党派的成员，也是对中国共产党领导的多党合作和政治协商制度的一次很好的宣传。这次访美是我有生以来第一次踏出国门，给我留下难以忘怀的印象。

心情最舒畅的时期

政协章程规定，上一级政协组织对下一级政协组织有指导关系。市政协领导对区县政协工作的指导是重视的，八届以来由于党组和主要领导亲自做这项工作，区县政协指导工作随着形势的发展逐步深入，取得了全面的进步。

原来联系区县政协的具体职能部门是办公厅下面的联络处，联系区县政协只是联络处的职能之一。因人力有限，忙不过来，往往顾此失彼。借鉴外省市的经验，市政协领导认为有必要成立一个专门组织机构联系区县政协。经过多方努力，1996年3月，区县政协工作指导委员会成立了。由驻会的卢松华副主席兼任委员会主任，18位区县政协主席任委员会委员，从组织上密切了两级政协之间的关系，从工作上更加便利了。办公室的工作作了相应的调整，人力上相对加强了，有利于工作的深入开展。委员会成立不到两年时间，区县政协反映很好。他们说，委员会成立与不成立大不一样。

我亲身经历了区县政协工作指导委员会从无到有的变化，感到无比欣喜与宽慰。委员会成立以来，是我工作几十年中心情最舒畅的时期。

为庆回归尽心出力

担任市政协委员12年了，近些年电视台播放政协会议和活动的新闻越来越多。常常听到朋友对我说，"我在电视上看到你了""你又上镜头了""我一听到市政协开会的新闻就在电视机屏幕上找你，果然看到你了""你都快成电视明星了，老看到你"等等。这些朋友都是熟悉我、关心我的，我也有明显的视觉特征——一头雪白的头发，这白发会在一片黑发中闪现出来，他们在电视上很容易看见我。

今年7月1日香港回归前夕，市政协的同志又把我介绍给新闻界。先是让我给《北京日报》的"百年沧桑话回归"征文写文章，题目是《缘》，叙述我和香港的缘分；接着参加《团结报》的"百年沧桑话香港"征文，我写的《香港也是我的家乡》，获"团结杯"二等奖。我知道，不是我的文学修养好，可能是因为文章的内容写到了民革和香港的关系，又是我小时候的亲身经历的缘故吧！看到我的文章后，北京人民广播电台新闻台决定播出对我的采访录音，我不知道半小时能说那么多话，原来准备的材料十分钟就讲完了，只好临时凑材料。

经过台港澳侨委员会办公室和新闻中心的推荐又引来了多批记者，有的采访，有的摄像，中央电视台和北京电视台知道我既是东莞虎门人，又出生在香港，还有亲属在香港，于是决定在香港回归前夕采访我与在香港的弟弟通话的实况。6月30日那天两个电视台都播出了我和庆渝弟通话的实况,可惜我没看上,因为播出的时候我应邀回乡参加在虎门镇举行的庆祝大会,正在赶往东莞的路上。《东莞日报》在头版登载了记者采访的文章《赤子心、桑梓情——访爱国将领蒋光鼐之子蒋建国先生》。回京后,在7月7日"七七事变"60周年暨中国人民抗日战争纪念馆二期工程落成典礼上,我遇到中共北京市委和市政府几位领导,他们赞许我和弟弟通话讲得好!这次我总算为我国今年的两件大事之一——庆祝香港回归尽了一点绵薄之力。

今年5月民革北京市委换届,我第三次当选副主委,这预示着今后五年里我还要继续工作。不管我是否能成为第九届市政协委员,只要活着就得努力学习,提高自己,随时准备迎接新的考验。

第三章　由从艺到从政

缘①

我有生以来就与香港结下了不解之缘。

我是东莞人，但出生在香港。这种情况很多，原因各异，我出生在香港的原因却有些特别，是发生在60多年前的一段已被公众逐渐淡忘的历史……

1933年，父亲蒋光鼐在担任福建省政府主席期间，与陈铭枢、蔡廷锴联合李济深等一起发动"福建事变"。这是一次联共、反蒋、抗日的革命行动。可惜，刚成立的"中华共和国人民革命政府"很快便失败了，曾经在1932年震惊中外的淞沪抗战中浴血奋战的劲旅十九路军从此消亡。他们被列入了特务暗杀对象的黑名单、国民党政府对他们发出了通缉令，他们辗转逃亡、历尽艰险，于1934年初先后到达香港。

父亲等人没有因为"福建事变"的失败而消沉，在香港他们有更多的时间和机会，在一起理性地探求中国革命的前途，从此逐步走上了与中国共产党合作的道路，并最终接受了中国共产党的领导。1935年，他们在香港组织成立了以李、陈、蒋、蔡为首的中华民族革命同盟。他们明确表示："我们要求联共、联俄抗日救国。自福建起义以来，我们和共产党做了长期朋友。我们相信共产党抗日救国的真诚，对待一切友党、一切抗日力量的真诚。""有许多人怕抗日以后就是共产党的天下。但是，只有最坚决抗日的，才能做中国的天然领袖。"在当时发表这样一番言论是

---

① 此文是在香港回归前夕应新闻单位约稿而写，参加民革中央联络部、团结报举办的团结杯征文活动、《北京日报》"百年沧桑话回归"征文活动并获奖。——作者注

需要勇气的。就是在这样的历史背景下，我在1935年初出生在香港的九龙医院。

当时香港的环境非常恶劣，父亲生了病都不敢到医院去，只请一位可靠的医生到家里来。为了避免遭到特务毒手，连我出生证上父母亲的名字都改用了谐音字。

我的童年是苦难的童年，在我未满七岁的时候，就经历了空袭和炮火的洗礼。1941年日本帝国主义发动太平洋战争，几乎与珍珠港事件同时，发起了对香港的进攻并占领了香港。我们是在东江游击队的帮助下才逃出虎口的。

1945年抗战胜利后，我回到广州，就读于培英中学附小。那时候，我父亲参与组建了中国国民党民主促进会，后来又去香港参与组建中国国民党革命委员会。1947年的冬天，一个阴冷、潮湿、多雾的早晨，父亲带着我和两个穿便装的警卫，悄悄登上了联兴船务公司的一艘小轮船，秘密驶向香港。出了虎门以后，小轮船曾遭到密集的机关枪与步枪的射击，父亲马上让我进底舱，不许"看热闹"，他自己则登高眺望，指挥航向。好在小轮船周围都有钢板，船上无一伤亡。枪声远去后，父亲才告诉我。早在1920年，他就曾任孙中山大元帅府"操江号"盐务缉私舰舰长，来往于香港、珠江三角洲一带，从事联络东莞民军邓钧所部，配合虎门要塞起义工作。那一次，我们平安抵达了香港。

1949年解放战争节节胜利，国民党政府逃到了广州，我们家（梅花村37号）成了特务们经常光顾的地方，来了就要"找主人谈话"。这时，父母亲和弟妹们都早已去了香港，我和定日姐为了不荒废学业坚持在广州读书，好在我们都是住校的，偶尔在家遇上特务按门铃，就像捉迷藏似的一溜小跑，穿过绿篱躲进隔壁一位教授的家，大气都不敢出。一天，我正在广州培正中学的"美洲堂"参加期末考试，父亲的司机王荣突然来到教室门口，气喘吁吁地把我叫了出去，连书包都没来得及收拾，就上了汽车，只见定日姐已经在车上。我们被送到白云机场，半小时后就到了香港。这次仓皇出逃是因为李济深的儿子李沛文被捕，表明特务们已将黑手伸向民主人士的亲属，我们不得不马上"疏散"。

广州解放后，我乘坐第一列从罗湖到广州的火车，回培正上学。到了1950年暑假，我初中毕业了，回到香港家中休息。父亲从北京发来电报要求我们："全部北上，一个不留。"于是，我告别香港来到北京。没想到与香港这一别就是33年。

在史无前例的"文化大革命"初期，因为"香港"这两个字，我在甘肃被打成"叛国分子"斗得死去活来，好在这场革命已经过去了。

1983年，领导两次派我赴港联系"中国自然保护展览"赴港展出的具体事宜。第一次是我一个人单独去的，飞机在香港着陆时，我的心脏剧烈地跳动：我兴奋，因为我曾经在这里出生和长大；我担心，这里是另外一种社会制度，我能胜任肩负的任务吗？我刚踏上九龙的地面，一股温暖潮湿的海风迎面吹来，耳边满是亲切的乡音……

漫长的33年，记述了多少人世的沧桑，然而此刻，我毕竟又站在了自己出生的土地上。

1996年8月13日

在蒋光鼐先生诞辰 100 周年纪念座谈会上的发言

我们蒋光鼐全体家属为能参加这样一个纪念座谈会而感到无限欣慰。刚才我们十分激动地聆听了各位领导和老前辈热情洋溢的发言,我们感到了祖国和人民对先父的怀念和褒奖,仿佛看到了他慈祥的目光和劳碌的身影,听到了他对我们的教诲和叮嘱,心中百感交集。我受全体家属的委托,在这里代表大家向筹备这次纪念会的各位领导和全体工作人员表示衷心的感谢和敬意。

先父离开我们已经21年了,他的一生为了中华民族的生存和人民的幸福在坎坷的道路上前进。虽然他没有给我们留下什么物质财富,但却给我们留下了一笔丰厚的精神食粮,使我们受用无穷。

父亲说:"吾辈孜孜以求者乃民族之复兴与四万万同胞之福祉。"他自己的一生也正是这样做的。父亲诞生在一个书香门第,15岁时父母双亡。他曾就读于东莞师范学堂,清朝末年朝廷腐败、昏庸,他目睹民不聊生,外侮日亟的社会状况,愤然投笔从戎,决心以武力救国。后来,他考入了广东陆军小学,不满18岁就参加了孙中山领导的革命组织"同盟会",从事秘密的革命活动。

1911年,父亲在南京第四陆军中学读书,即将毕业的时候,毅然奔赴武昌参加了辛亥革命。

1913年,他就读保定陆军军官学校时,袁世凯窃国面目彻底暴露,他又一次驱驰千里到江西参加李烈钧讨袁的行列,失败后流亡日本。

第三章 由从艺到从政

后来，他在广东参加了两次护法运动，以及东征、南讨和北伐战争。

在整个国民革命的历程中，他南征北战，始终站在斗争的最前线。他为中华民族的复兴与解放献出了自己的青春年华。

父亲常说："任何时候，任何事情，抉择的标准只有一个，那就是国家和人民的利益。"他一生中的多次抉择也正是按照这一原则行动的。

1931年，"九一八"事变后，大片国土沦丧；1932年初，日军又欲把魔爪伸向上海。父亲身为驻守淞沪的十九路军总指挥，毅然以国家民族利益为重，鄙视蒋介石忍让求和的不抵抗政策，与蔡廷锴、戴戟将军一起下令，对日军的侵略作坚决抵抗，掀开了震惊中外的"一·二八"淞沪抗战。此战打响了中国军队抗击侵华日军进犯上海的第一枪，显示了中华民族不畏强暴、不甘屈辱的崇高气节。

母亲黄晚霞曾经向我们讲述这样的细节：当时战争已经打响，一次父亲抽空化装回到家里，劝我母亲留下，否则"人心就散了"。于是，母亲参加了到医院慰问伤兵的活动。这一细节表现了父亲血战到底的决心。

1932年，父亲身任福建省政府主席，主张为了民族生存必须抗日，而抗日就必须停止内战。他作为"闽变"的主要领导人之一，大胆地作出和红军联合共同抗日的决定，和苏维埃政府签订了《抗日作战协定》，使福建省政府成为第一个和苏维埃政权合作的国民党地方政府。然而"闽变"在当时被孤立。蒋介石政府谴责他们"勾连共党，叛党叛国"，而左倾关门主义者们又说他们是最危险的敌人，甚至一些进步知名人士也纷纷口诛笔伐。在当局的残酷"围剿"下，"闽变"很快就失败了，但父亲在运动中为唤醒国人，大声疾呼，表现出知不可为而为之的忘我精神和敢作敢为、无私无畏的气魄。

父亲常对我们说："身外之物，可有可无，要记住永远轻装前进。"他自己就是这样身体力行的。1935年，父亲与李济深、陈铭枢、蔡廷锴等人一起，在香港成立"中华民族革命同盟"，坚持走联共、反蒋、抗日的道路。当时，同盟缺少革命经费，父亲就将我家在香港界限街的一幢住宅拿出来，作为革命经费；民促成立的时候，他又捐助了巨额会费；1948年，为方便在广州的东莞子弟上学，父亲积极筹办莞旅中学，将我家在逢源北街的住宅无偿地借出来当做校舍之用；抗美援朝时，又将广州梅花村37号的花园洋房捐献出来购买飞机大炮。只要是对国家对民族有好处，父亲什么都可以拿出来，在所不惜。同时，他个人的生活则是十分简朴的。新中国成立以后，父亲当了15年的纺织工业部部长，外人很难想象，他的内衣、羊毛衫裤经常是我母亲缝补过的，有时，家人实在不忍心让他再穿那破衣服，给他换了件新的，他还要生气，说："旧衣服穿着舒服。"他常告诫我们说："我们国家现在还很穷，有许多老百姓连温饱问题还未解决，我们应该节约才是。"我们永远不会忘记父亲这样"先天下之忧而忧、后天下之乐而乐"的高尚品德。

在落实政策过程中，地方政府将父亲乡下故居的产权发还给我们。我们想，应该学习先父遗训，将故居产权捐赠给国家，以便发挥它的最大效益。现在东莞市人民政府已经将蒋光鼐故居定为市级重点文物保护单位，并且在其中布置了"蒋光鼐生平事迹展览"。展览将于本月的23日揭幕，向国内外游人开放。

1949年，先父毅然从香港北上参加新政协的筹备工作，这是他一生的又一次重要抉择，也是必然的结果。他在发言中形容自己的心情，"正如一个在黑暗中摸索了多年的人突然看见了光明一样"。多年来，他不断教导我们要全心全意为人民服务。新中国成立后，他担任纺织工业部部长。他戎马一生，开始的时候不懂生产，一次，他对周恩来总理开玩笑地说："我不懂织布，只是在跑龙套。"但对这"龙套"的工作他却倾注了满腔的热情。

他常到工厂去视察，熟悉纺纱和织布；他到棉田中去了解棉花的生长和品种；他关心每一个新厂的建设和投产，和工人、农民交谈。他在工作中兢兢业业，一丝不苟，为解决几亿人民的穿衣问题而日夜操劳。

"文革"期间先父已身患重病，目睹现实，心中无限感慨，曾奋笔写下一幅对子，这幅对子出自广州观音山的镇海楼。

  万千劫，危楼尚存，问谁摘斗摸霄目空今古；
  五百年，故候安在，使我依栏看剑泪洒英雄。

  父亲的一生，追求光明，为国家为民族鞠躬尽瘁。他走过的道路，他的每一次抉择和是非功过，让后人去评论吧。作为亲属后代，就让我们在这次纪念会上用这副对子来表达对他的尊敬与怀念。
  在回忆与怀念中，我们每个家属都有许多的话要说，我也不可能在短短的发言中把全体家属的心情都表达出来，因为每个人都有不同的体会。但是有一点是共同的，那就是我们要学习他的好榜样，要继承他的遗志，努力做一个对国家、对人民有益的人。

1988年12月17日

在庆祝中国共产党成立80周年座谈会上的发言

今天民革中央和民革北京市委一起在这里召开座谈会,庆祝中国共产党成立80周年,很荣幸能参加这个会,我想通过我父亲和我的亲身经历来谈一点感想。

我的父亲蒋光鼐出生于19世纪末的1888年,1967年因病在北京去世。他的一生经历过三个时代:清朝、民国和新中国,他从一个满怀爱国情怀、寻求救国救民道路的革命青年,成长为一个坚决抗击日本帝国主义侵略者的将军,他积极参与了建立新中国和建设新中国。他不是中国共产党党员,但是他的传记被收进了《中共党史人物传》中,因为他是中国共产党的老朋友。

1906年,我的父亲蒋光鼐参加了孙中山先生领导的同盟会,1911年参加了推翻清王朝的辛亥革命。他是孙中山先生的忠实信徒,曾长期在孙中山先生的大元帅府、大总统府警卫团任职,在这个时期他结识了一位好朋友——叶挺。

父亲比叶挺年长八岁,但是他们有相似的很多共同经历:他们在年轻时就遭到不幸,父母都在十多天内相继亡故;他们都受到系统的军事训练,是广东陆军小学的校友、又都上过陆军中学、是保定陆军军官学校的前后同学。

1918年,他们都参加了孙中山组建的援闽粤军,他们都是孙中山大本营警卫团的军官,照相都挨着坐在一起;1922年,陈炯明叛变,他们都为保卫总统府而战斗。

1924年,第一次国共合作形成,叶挺在苏联学习期间,加入了中国共产党。

1926年春,北伐开始,父亲任国民革命军第四军第十师副师长,叶挺任第四军独立团团长,这是一支以共产党员为骨干的军队,他们为了一个共同的目标——打倒军阀、统一中国而奋斗。在汀泗桥、贺胜桥战役中他们紧密配合,协同作战,所向披靡。第十师和独立团率先攻入武昌城,他们都成了铁军的名将。

经过血与火的洗礼,八年共同战斗的经历使他们之间建立起了深厚的革命友谊。1933年,父亲与李济深、陈铭枢、蔡廷锴发动"福建事变"的时候,没有忘记把老朋友叶挺请至福州家中,协助策划。父亲在《对十九路军与"福建事变"的补充》一文中写了一句话:"我的老朋友叶挺也来到福州,住在我家代为策划。"①仅此一句话,意味深长,是老朋友而又能在革命起义的紧急关头"住在我家代为策划",关系不同一般,可想而知。

1933年1月17日,中国共产党发表宣言,为反对日本帝国主义侵入华北,愿在立即停止进攻苏维埃区域、立即保证民众的民主权利、立即武装民众三个条件下同全国任何武装部队订立停战协定,共同抗日。

父亲获悉中国共产党的宣言内容后,非常高兴,觉得与自己的想法十分吻合。他与蔡廷锴商量后派代表三进苏区,双方初步谈判了十九路军与红军的防线和福建政府与苏区政府划界事宜。10月26日,双方签署了《反日反蒋初步协定》。根据协定,福建方面向苏区供应了大批食盐等货物,使蒋介石的经济封锁一时失去了作用。后来,依据初步协定,福建政府颁布了《大赦令》,分批释放了在押的全部政治犯152人。

---

① 中国人民政治协商会议全国委员会文史资料委员会编:《文史资料选辑》(第59辑),中华书局1979年版,第120页。

响应中国共产党号召、签署协定并付诸实施,这在国民党军队中是首例,意义深远。

"福建事变"失败后,一些主要领导人陆续抵达香港,经常聚在一起,总结过去,展望未来,纵谈国是。父亲与李济深、陈铭枢、蔡廷锴等联合国民党的民主派人士和一些社会贤达,成立了一个秘密组织,叫"中华民族革命同盟"。宗旨是:联合各党各派一致抗日,团结中国民众,推翻汉奸政府,争取民族独立,建立人民政权。他们明确表示:"我们要求联共、联俄、抗日救国。自福建起义以来,我们和共产党做了长期朋友。我们相信共产党抗日救国的真诚,对待一切友党,一切抗日力量的真诚。"

"七七"卢沟桥事变后,抗日民族统一战线形成。父亲等"同盟"领导人公开发表了《中华民族革命同盟解散宣言》,决定离港返回内地,团结御侮,共赴国难。

1939年,由叶挺和廖承志介绍父亲与周恩来在重庆曾家岩渔村见面长谈。周恩来在1946年5月23日致父亲的信中提到:"前在重庆曾由希夷、承志两同志趋教,得谂兴居胜常,至以为慰。所憾者,希夷竟成千古,不及与共艰危耳!而恩来当时未及奉访,随后大驾即离渝返粤,无任怅惘。"

信中提到的希夷,即叶挺。"皖南事变"后,他被反动派非法拘禁达五年之久,1946年3月4日终于获释。1946年3、4月间,他曾作为中共代表参加国共谈判。在此期间,他与廖承志去见过我父亲,父亲当时与李济深伯伯为了国内团结问题有重庆之行,没想到这次见面竟成永别。4月8日,叶挺与夫人李秀文、女儿扬眉等同机飞往延安,途中不幸遇难,丢下他的老朋友先走了,给后人留下了许多悲伤,也留下了他对老朋友的信任。

说到这里我想插一句话:

前面讲了些很遥远的历史,是想说明一点,由于中国近代史上有过两次国共合作时期,我们民革的前辈们,有很多人在民革成立之前就和中国共产党有很深的关系。从与中国共产党合作，到接受中国共产党的领导，是对中国社会前途理性思考的结果，这是民革的优良传统。

记得1956年我刚刚被批准加入青年团之后，看见父亲在家里的写字台中间抽屉里，放着一本《中国共产党党章》。我曾问过父亲，问他为什么不加入中国共产党，他告诉我他写过入党申请书，周恩来总理专门找他谈过，总理说："如果民主党派的领导人都参加了中国共产党，那我们还怎么'长期共存、互相监督'呢？"

1946年4月15日，父亲和蔡廷锴、李章达等在广州组织成立中国国民党民主促进会，号召国民党内的革命同志起来反对内战，反对独裁，实现民主政治，实现耕者有其田。

1949年，父亲北上参加了新政协的筹备工作，并作为中国国民党民主促进会的代表参与了建立新中国的工作。10月9日，中国人民政治协商会议第一届全国委员会举行第一次会议，他被选为常务委员。

新中国成立后，他长期担任纺织工业部部长，兼任政协北京市第一至四届委员会副主席和民革北京市委员会的主任委员。遗憾的是，父亲是在1967年"文革"中病逝的，在那动乱的年代，他心目中许多对中国的进步和发展做出过重要贡献的民族英雄都被说成是坏人，这使他不能理解，他为许多老朋友，好朋友入狱、自杀的噩耗而难过。即使没有癌症的折磨，按照自然规律他也不可能活到今天、看到今日的太平盛世。今年他应该是113岁了。

我有幸能活到今天，目睹了打倒"四人帮"时全国人民欢欣雀跃的情形，我经历了十一届三中全会以来拨乱反正的过程，体验了我国社会改革开放20多年来经济建设的飞速发展、人民生活的巨大改善，看到了我国综合国力的增强、国际地位日益提高。

1980年，民革开始恢复组织发展工作，我是"文革"后第一批新成员，至今已有21年民革党龄，是民革中央六届候补中委、七、八、九届中央委员。我担任了三届市政协副秘书长。1984年，我在民革北京市委任常委；1987年，任副秘书长；1988年起，任副主委直到现在。通过这些年的工作，我切身感受到了中国共产党领导的多党合作和政治协商制度不断完善、我国社会主义民主政治建设在逐步进展。

中国共产党80年的历史，是从惊涛骇浪中走过来的，革命历程中不知道牺牲了多少先烈，不知道经历了多少艰难险阻。我认为大致可以分为三个阶段：前30年是为建立新中国而斗争；中间30年是探索如何建设一个新中国；后面20年是改革开放的20年，是中国特色社会主义取得巨大成就的20年。在辽阔的神州大地上，正在展现着一幅幅人间奇迹的美景。

我们高兴地看到，80岁的中国共产党不但是世界上最大的党，更重要的她是成熟的党，有丰富经验的党，我们完全有理由相信，中国共产党能带领全国人民创造更加美好的明天。

2001年6月22日

在"爱国名将蒋光鼐业绩展"开幕式上的发言

今天是2001年12月10日,再过一个星期就是先父蒋光鼐113岁诞辰了。他是出生于19世纪的人,在他逝世34年之后,就到21世纪了,反映他生平事迹的展览在广州开幕。这说明了一点,人民没有因为时间的推移而忘记他、广东的人民没有忘记他、家乡的人民没有忘记他。作为家属,我的心情非常激动,我的心里充满了感激之情。请允许我代表蒋光鼐的全体家属向所有为举办这个展览付出辛勤劳动和心血的同志表示衷心的感谢!我们全体家属十分感谢今天在百忙中抽出宝贵时间来参加展览开幕式的贵宾和全体同志。

我想,如果我父亲今天还活着,也许他不会同意举办这个展览。因为,纵观他的一生,他为了救国救民,奋斗不息,他为国为民做了不少事情,但是,他从来没有写过自传、没有写过回忆录,也没有留下日记。甚至,有的同志希望他口述一下自己的历史,记录下来,帮他整理一个传记,他也谢绝了。由于他的恬淡,给后人留下了许多"困难"。

记得十几年前,为了配合先父蒋光鼐诞生100周年的纪念活动,民革中央准备出一本纪念文集《蒋光鼐将军》。我们跑了半个中国,追寻他的足迹收集资料,历时几个月,最后,只赶出了一本拼盘式的文集,连个像样的小传都没有。

后来,全国中共党史人物研究会决定要将《蒋光鼐传》收进《中共党史人物传》中,找到先父工作了15年的纺织工业部,他们组织人写了好长时间，几易其稿而未能通过。最后，找到我们家属。其实，原来我们对先父早期的革命活动也知之甚少，因为他生前很少提及，只好从图书馆、档案馆把一点一滴的资料收集起来。在收集材料和编写过程中，我们对先父的历史和他的为人有了进一步的了解，可以说，传记的写作过程也是我们受教育的过程，使我们的灵魂得以净化。《蒋光鼐传》通过了严格的审查，收进了《中共党史人物传》第66卷中。

我们高兴地看到，今年是中国共产党80周年诞辰，《中共党史人物传》精选本出版了，从100卷、1200多位著名党史人物传记中，精选出263位最著名的中共党史人物传记，其中就有《蒋光鼐传》。

前面我说了半天《蒋光鼐传》，是想说我们这个展览的选题好。蒋光鼐的一生，是爱国的一生，爱国主义能激励一位病弱之人干出惊天动地的事；爱国主义能使中华民族同仇敌忾；爱国主义能使我们团结一致，振兴中华。

很荣幸能被邀请来广州参加展览的开幕式，等于又给了我一次学习的机会。北京刚刚下了一场雪，已经是千里冰封、万里雪飘的严寒季节，回到广州，一下飞机就觉得温暖如春，处处感受到乡亲们热情的问候和亲切的关怀，在这里我再一次表示衷心的感谢！

预祝展览成功！

谢谢大家！

2001年12月10日

第三章 由从艺到从政

在纪念"一·二八"淞沪抗战70周年座谈会上的发言①

"一·二八"淞沪抗战是70年前的事,像我这样年纪的人,不可能身临其境,去切身感受和了解这场战争。在我的记忆里,纪念"一·二八"淞沪抗战的座谈会在北京召开这是第一次。

我和父亲蒋光鼐一起生活了30多年,也有很多机会接触蔡廷锴和戴戟将军,可是这几位"一·二八"淞沪抗战的主要领导人都极少向我们谈及"一·二八"淞沪抗战的事。

1967年初,我和妹妹定粤陪父亲去上海治病,刚好在那里度过了"一·二八"35周年。那天晚上,我们围坐在父亲的病床边,希望他讲讲"一·二八"的故事。开始他兴奋地说:"是啊!35年前的今天,我刚好也是住在医院,一听到枪声响起,我马上就起床赶到警备司令部去。"讲到这里,他忽然打住了,过了好长一会儿,才说了一句话:"过去的历史,讲起来心里就难受。"那天晚上,他再也没有开口。当时正处于"文革"期间,不愿多说话是可以理解的。可惜,随着时光的流逝,知情人越来越少了。

淞沪抗战是进行爱国主义教育的好题材。1999年拍摄的抗日影片《国歌》描述了田汉、聂耳创作《义勇军进行曲》的过程与时代背景,正是由于他们亲身经历了"一·二八"的炮火,目睹了战斗的惨烈与悲壮,心灵受到了强烈的震撼,从十九路军将士英勇抗战的业绩中,汲取营养、迸发

---

① 载《北京民革》,2002年2月1日第二版。有改动。

出创作的激情，才写出如此激动人心的、永远催人奋进的歌曲来。

中华民族受侵略受欺凌的历史应该经常讲，常常讲，让年轻人永远记住，落后就要挨打的教训。警钟要长鸣，抗战的历史不能忘。

去年8月13日，日本的小泉纯一郎以首相的身份参拜了靖国神社。靖国神社的大门外有一面浮雕是直接和"一·二八"有关的：1932年2月22日，上海附近空战，文字说明是"我军击落敌机"。

我查了一些资料，在"一·二八"淞沪抗战大事记里有：日机轰炸苏州，受聘于我航校的美籍教官肖特驾机与之相遇，见日寇肆虐，激起义愤，冲上前去击落其中一架，但终因众寡悬殊，卒以身殉。4月24日，上海各界数万人为之公葬。

肖特的行为是正义的，他是一位国际主义战士。日本空军跑到中国来，侵略我国的领空领土，残害我同胞，轰炸我民房，他们这种卑劣的侵略行径竟被刻在纪念塔上，让后人祭拜，实在令人气愤。

近年来，日本社会右翼势力抬头，在审视历史、评价战争等方面表现出极端民族主义情绪，这是很值得我们警惕与关注的。

今天，我们在纪念"一·二八"淞沪抗战70周年的时候，要继承为淞沪抗战而光荣牺牲的先烈们的遗志，学习他们为保卫祖国英勇献身的崇高爱国主义精神，用英雄事迹教育我们的后代，让他们懂得今天的和平环境来之不易，要珍惜当前的大好形势，维护安定团结的大好局面，坚持改革开放，努力把我们的祖国建设得更加美丽富强。

在《民革前辈与辛亥革命》出版座谈会上的发言

在纪念辛亥革命100周年的时候，民革中央做了一件很有意义的事。宣传部组织力量，发挥地方各级组织的作用，编写了《民革前辈与辛亥革命》一书。这是一本厚重的、沉甸甸的书。前几天我收到了这本书，初步翻阅了一下，被书中的内容深深感动。这本书收录了79位民革前辈为推翻封建帝制、建立共和作出的不可磨灭的贡献。众多的民革前辈在孙中山先生振兴中华的理想和精神感召下，投身于那场改变中华民族前途命运的伟大运动中，前辈们的事迹值得我们好好地学习。

有两点没想到的：一，没想到民革前辈中与辛亥革命有关的人物如此之多；二，没想到书中的内容那么生动具体，让我们深受教育。

编者告诉我，收入该书的人物要具备两个条件：一是参加过辛亥革命，二是参加过民革。从辛亥年到1948年民革成立，中间经过38年的时间，这段时间因为国家贫穷落后，社会动荡不安，是中华民族的多事之秋。许多仁人志士为了寻找救国救民的道路，抛头颅洒热血，献出了自己的宝贵青春和生命。能够在错综复杂的环境中走完这段漫长道路并最终接受中国共产党领导的民革前辈们，不容易啊！

我的父亲蒋光鼐的事迹也很荣幸地被选进了《民革前辈与辛亥革命》这本书里，很感谢作者刘驰同志。他是历史学家，文章写得很好，可是这次我对他写的标题①有一点点想法。过去我们写到父亲这段历史时，小标题用的都是"辛亥一卒"或"辛亥一兵"，这次用的是"孙中山警卫团副官"，从"一兵一卒"一下提升到"团副官"，多少有点拔高的嫌疑。父亲奔赴武昌参加革命的时候是南京第四陆军中学尚未毕业的学生。在此之前，1906年他18岁，在广东陆军小学时就参加了同盟会。辛亥前夕，第四陆军中学的同盟会员，本来准备在南京联络新军就地响应的。辛亥革命消息传来，校方突然把武器库转移了，赤手空拳没有办法取得起义成功，于是同盟会员们临时决定分三批奔赴武昌参加战斗。第四陆军中学前后共有100多人参战，父亲是第一批参战的。他生平第一次上战场，经受血与火的考验，是不折不扣的辛亥一卒，仅仅是学生军中的一员。

孙中山警卫团副官父亲是当过的，那是10年后的事，我明白作者的好意，这个标题一下子把父亲和孙中山先生的关系拉近了。父亲不但在警卫团工作过，而且还参加过保卫总统府的战斗，又是孙中山先生亲手建立的粤军第一师的骨干。孙中山先生逝世后，他继承中山先生的遗志，坚持"联俄、联共、扶助农工"三大政策，在中国共产党领导下，投身于国家独立和民族复兴的伟大事业。

再一次谢谢刘驰同志！

感谢民革中央领导给了我一个发言的机会。

谢谢大家！

2012年10月10日

---

① 座谈会上我是民革前辈后裔发言的唯一代表，会后经沟通，得知标题是编辑改的，与《民革前辈与辛亥革命》的作者刘驰无关。——作者注

在《亲历者说——中国抗战编年纪事》出版座谈会暨赠书仪式上的发言

在中国抗日战争胜利70周年的时候，全国政协出版了《亲历者说——中国抗战编年纪事》，让我们通过亲历者们的述说，去了解全面抗战的历史，这是一件大好事。

中国抗战从1931年到1945年，长达14年之久，1931年"九一八"事变到现在已经有84年了。我今年80岁，1932年"一·二八"父辈们在上海浴血抗战的时候，我还未出生。抗战胜利那年我才10岁，关于抗战的事知道得不多。

今年庆祝中国抗日战争胜利70周年和反法西斯战争胜利70周年，党和政府决定在抗战胜利日举行盛大的阅兵和多种形式的纪念活动，让我们通过这些活动受到教育，牢牢记住落后就要挨打，万众一心，团结一致就能争取胜利的经验和教训。我们广大群众一定会在活动中激发出巨大的爱国热情，更好地建设我们的祖国。

通过学习我懂得了中国人民的抗战，是全民族的抗战，中国军队在正面战场抵抗日军的侵略；在敌后，中国共产党领导的游击战，在广阔的国土上进行了艰苦卓绝的对敌斗争，牵涉和消耗了大量的敌军，起到了中流砥柱的作用。中国人民的抗战是世界人民反法西斯战争的重要组成部分，中国人民的抗战是反法西斯战争的东方主战场，为反法西斯战争的胜利作出了重大贡献，中国理所当然地成为联合国的五个常任理事国之一。

中华人民共和国成立后，全国政协在收集文史资料方面做了很多抢救性的工作。时至今日，当年撰写文史资料的亲历者多已作古，只留下了他们亲历的宝贵历史资料，成为后人们了解历史事件的重要参考和佐证。这次用编年纪事的方式全面反映中国抗战的历史事实，可以肯定地说，这是一件功德无量的好事。

这次在《亲历者说——中国抗战编年纪事》书中收入了《十九路军淞沪抗战回忆》这篇文章，选自1963年由中国人民政治协商会议全国委员会、文史资料研究委员会编的《文史资料选辑》第三十七辑。那时候三位作者都还健在，他们是"一·二八"淞沪抗战自始至终的参加者。当时，蒋光鼐是十九路军总指挥、蔡廷锴是第十九军军长、戴戟是淞沪警备司令。新中国成立后我们家属有很多机会接触他们，可是他们都很少谈及淞沪抗战的事。特别感激全国政协，如果没有你们的努力，也许他们连这篇回忆文章都不会留下。

就说到这里，感谢全国政协给了我一个发言的机会，谢谢大家！

2015年8月31日

另外，我有一个小小的要求：

10年前，抗战胜利60周年时推出了《抗日英雄谱》，是件前所未有的大事，影响深远。那时，我在北京市政府参事室的座谈会上曾提过一点小意见，希望在文字上精益求精，"英雄谱"在介绍蒋光鼐的文字中，说他是淞沪警备司令，错了，那是戴戟将军的职务。希望更正，但是没有下文。

我退休后，宅在家里不知道通过什么途径提意见才有用，这次趁着在全国政协参加座谈会的机会再提一次，希望全国政协能向有关方面反映，把"一·二八"时淞沪警备司令的职务还给戴戟伯伯。谢谢！

在纪念李济深同志诞辰130周年座谈会上的发言

各位领导、各位同志：

今天，我们在这里隆重纪念李济深伯伯诞辰130周年，很荣幸作为晚辈能有机会诉说我们的思念之情。李伯伯出生于1885年，比我父亲年长三岁，是我父亲的老上级、老领导。

记得1967年中我父亲蒋光鼐病危期间，经领导批准，我得以从边远的大西北回京照顾，侍候在病床前。一天早上，躺在床上的父亲伸手拉开床头柜的小抽屉，取出一个小烟嘴来，拿在手上把玩。我好奇地看了一眼，觉得既不是琥珀又不是玛瑙，很可能就是个普通的塑料烟嘴，而且他早已戒烟，就有点不解地问了一句："这是什么宝贝呀？"父亲郑重地说："这是你李济深伯伯送给我的！是那年他访问苏联带回来的。"李伯伯逝去已多年，他一定是睹物思人，怀念李伯伯了。可是，我再想听他讲些什么，他又闭目养神不开口了。因为那时是1967年。

直到1980年民主党派开始恢复组织生活，在前辈的动员下，我参加了民革，是第一批新成员。通过学习，才开始了解一些民革的历史和先辈们走过的艰苦历程。

中国革命先行者孙中山先生在寻求救中国的道路过程中，认识到要建立自己的革命武装，20世纪20年代，孙中山先生创建的粤军第一师就聚集了一批年轻的军官。在粤军第一师师长邓铿被刺杀后，李济深继任师长、陈铭枢是第一旅旅长、蒋光鼐是第一旅第二团团长、蔡廷锴是第二团第三营营长。第一师后来改编为国民革命军第四军,参加了东征、北伐,被湖北人民称为铁军,军长还是李济深。

1930年,十九路军成立,1932年1月28日,驻守淞沪的十九路军奋起迎击日本军队的侵略,赢得了全国人民的支持。停战协定签字后,蒋介石调十九路军入闽"剿共",李济深、陈铭枢、蔡廷锴、蒋光鼐等随即发动了联共、反蒋、抗日的"福建事变"。福建人民政府只存在了两个多月就失败了,事变的主要领导人李济深和原任福建省政府主席的蒋光鼐二人同乘一架小飞机逃亡,经汕头抵香港。

难能可贵的是,"福建事变"的领导人们云集香港后,经过认真的讨论研究,1935年在港成立"中华民族革命同盟",继续采取联共、反蒋、抗日的方针。

在漫长的抗日战争期间,由于父辈们是抗日将领,我们家属只能随着战事的发展,到处逃难。1941年,日军占领香港后,李济深、蔡廷锴和蒋光鼐三家的妇女儿童是在游击队的帮助下,历经千辛万苦才通过封锁线逃回大陆,回到长辈的身边。没过多久我们又疏散到李伯伯的家乡广西苍梧和蔡伯伯的家乡广东罗定,几家人真正做到了休戚相关、患难与共。

当解放战争的战火逼近广州的时候,我和姐姐抗日一个面临初中毕业,一个即将高中毕业,为了不耽误学业,坚持在广州上学。一天,正在参加期末考试的我,被我家的司机叫了出去,连书包都没有收拾就去了白云机场和抗日姐一起逃到香港去了。原来是李济深伯伯的大儿子李沛文在岭南大学被国民党特务抓了,预示当局要对民主人士的家属动手,有人给我家通风报信,我们才躲过一劫。

李济深伯伯和我父亲他们积极响应中共中央的号召,秘密北上,努力参与了中国人民政治协商会议的筹备工作,并出席了会议。

中华人民共和国成立了,中央人民政府也成立了,周恩来总理找我父亲谈话,希望他出任纺织工业部长。可是父亲觉得自己不懂得纺纱织布,而且年纪也大了,最好找一个懂业务的年轻一点的人来做。后来周总理找李济深帮助做工作，李伯伯一番劝说就搞定了，他是老上司，军人最讲服从。1952年，父亲接受了聘书。

　　1950年，我初中毕业，按照父亲的召唤来到北京上学。前辈们工作都很忙，孩子们也忙于学习，平时见面的机会不多。我只记得1955年夏天，我们两家人一起去青岛度假的事，我们一起上崂山，汽车只能上到半山，然后一直步行登到山顶瀑布处，在凉亭稍事休息，再步行下山。李伯伯身体不错，说话声音也非常洪亮，没想到我刚分配到西北就听到李伯伯逝世的消息，太突然了。他就这样永远地离开了我们！但是李伯伯一生为这个国家，为这个民族所付出的汗水与作出的贡献，会让我们永远铭记于心！谢谢！

2015年11月9日

附录

蒋建国艺术年表[①]

小时候是个受宠的孩子

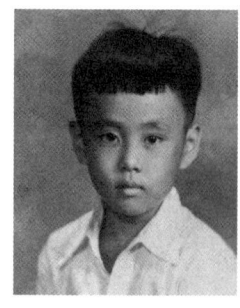

太平洋战争爆发前过了几年相对平静的生活

穿着飞虎队员的皮夹克

1935年　出生于香港。

1941年　日军占领香港，在东江游击队的帮助下逃出，经惠州抵曲江（今广东韶关），回到了父母身边。

1942年　入曲江十里亭志锐中学附小读书，抗战期间物资匮乏，美术课的邬老师教学生折柳枝烧木炭条到野外写生。在家里受到姐姐定闽的影响，她常到后山用水彩画风景（当时她是中央大学美术系的学生）。

1943年　学校举行图画比赛，虽然冻感冒了，还是得了奖。那年8岁，读小学二年级。随着战争形势

[①] 引自东莞市政协编：《蒋建国画集》，岭南美术出版社2011年版，第230—237页。有改动。

附 录

的发展，辗转逃难至梧州、罗定、兴宁、平远等地。

1945年　抗战胜利后回到广州上学。在西关培英小学时有木刻课，不小心伤了手，至今仍留下一道疤痕。

1947年　考入广州东山培正中学。美术老师叫吴馥余，培养过很多优秀的学生。

1950年　在广州培正中学初中毕业后北上，考入北京汇文中学读高中。喜欢画画，是美工组的骨干，被推荐到北京市业余艺术学校美术班学习。

1953年　高中毕业于北京汇文中学（当时校名改为北京二十六中）。同年，通过全国统一高考和加试考入中央美术学院，成为美院五年制班第一届学生。全年级24个同学一起上共同课。素描课由韦启美先生教授，油画、国画、版画、雕塑的课程都有安排，学生初步接触了

1950年北上时路过汉口车站

1953年考入中央美术学院，星期天在素描教室

1955年夏到京郊温泉乡高里掌村体验生活，与农民同吃、同住、同劳动

1956年周令钊先生教水粉课，作者为电影《暴风中的雄鹰》创作招贴画

1956年夏全班到河北白洋淀体验生活，返京时在船上留影。由于多年来在各方面努力，被批准加入新民主主义青年团

解，为以后分系作准备。蒋兆和先生的示范令人叹服。

1954年　二年级时分系，作者选了版画系。黄永玉先生教木刻技法课，从黑白木刻的单刀练习开始，然后是套色木刻、水印木刻……用了两年时间学习。系主任李桦先生全身心投入到版画系的教学工作之中，他关心每一个学生，十分重视速写，亲自带速写课。

1955年　全班到京郊温泉乡高里掌村体验生活。作者用水粉画了一幅生活小构图《碾场》，画一个青年农民在阳光下牵着两匹骡子拉碌碡碾麦子，可惜交上去后不知到哪里去了。

1956年　全班学生在老师们的带领下到白洋淀端村体验生活。回京后作者画了一幅草图《上学去》（油画）。四年级分工作室，有木刻工作室、铜版工作室、石版工作室。作者选了石版工作室。作者结合石版技法课，

附　录

创作套色石版组画《渔》共八幅，创作课的指导老师是古元先生。经过几年的努力作者被批准加入新民主主义青年团。

1957年　在中央美术学院学习中，占用时间最多的要算素描课了。二年级时素描课的老师由李斛先生担任，他是徐悲鸿先生的高足，备起课来也下了大功夫。因为当年以苏联为师，素描课要贯彻契斯恰科夫教学法，他也只好把铅笔削得尖尖的，用灯光照亮石膏像，夜以继日的按苏联模式画足51个小时，然后装上镜框搬到素描教室给学生示范，说"画到最后在鼻尖上要用铅笔加一个点都加不上才算画好了"。学生们每天上午用三节课画素描，都是长期作业。三、四年级时王式廓先生教素描，葛维墨先生做助教。1957年下半年是五年级的开始，最后一年要搞毕业创作，毕业班的

家乡东莞虎门因销烟而闻名世界，作者引以为骄傲，在纪念碑前怀古。毕业创作的实习地点也选在虎门

1958年国庆，不能参加游行，与朱乃正、陈维楹赴香山。正在"鬼见愁"上逆风前行（朱乃正／摄）

1963年在肃南裕固族自治县。当年下乡骑马、骑骆驼、骑牦牛、骑骡子、骑驴，还有乘大轱辘车，都是代步的方式

1963年为甘南藏族自治州成立10周年而创作的招贴画

每个学生都可以选择自己实习的地点，认真地按照学校的要求体验生活，和青年民兵们一起参加生产劳动、改造思想。实习期间当地遇上了一场台风的袭击，正想着如何表现在天灾面前农民抢收粮食、保护集体财产战天斗地的热烈场面，准备进一步深入生活收集素材的时候，忽然接到以江丰院长名义发的电报，让回校参加运动，只好匆匆赶回北京。从边远的农村回到学校，被南方的烈日晒焦的皮肤还在脱皮，稀里糊涂就成了反右运动的斗争对象。不久，被集中到美院图书馆整理图书、刻写蜡版、搞卫生……

1958年　2月开会宣布处理决定：先开除团籍，因"情节轻微有悔改表现"，全组一致同意给予免除处分的处理，继续留在学院学习。美院学生组成"美术兵连"参加修建十三陵水库的劳动。作者到徐水大王店参加"大跃进"、人民公社、"大炼钢铁"运动。回校后搞了一个汇报展览，和几个同学合作画了一幅长卷《农民炼铁图》。

1959年　3月毕业分配至兰州甘肃省图书馆。从此在西北度过了二十载多彩的生活。到省文化局在终年积雪的马衔山上所办的红泉农场劳动，到"引洮上山"工程工地从事图书宣传工作，到榆中县开荒劳动……

1962年　在会宁县冯家堡劳动时，在窑洞里宣布了给作者摘掉"右派"帽子的消息。

1963年　甘肃省民族事务委员会将作者借调去，为庆祝甘南藏族自治州和肃南裕固族自治县成立10周年绘制宣传画。甘肃省博物馆文物工作队借调作者去参加河西石窟群和金塔寺、马蹄寺的考察。出版社也约稿画年画、画插图。"摘帽"以后，画画的机会

1964年国庆15周年前夕，在灯下刻木刻《接班》（郑铁林／摄）

1967年与爱人许莉合影于北京东华幼儿园的攀登架下

1969年夫人带着一岁多的儿子蒋力强到兰州探望身处逆境的作者，合影于兰州五泉山

1974年夫人许莉再次到兰州探望刚结束三年冤狱的作者

慢慢来了。但好景不长，突然出版社纷纷退稿，开始体会到摘了帽子还是"摘帽右派"的滋味。

1964年　获准赴玉门油矿深入生活，创作黑白木刻《接班》等作品，并参加"甘肃省庆祝建国15周年美展"。

1965年　被调出筹办"何家庄民兵连先进事迹展览""甘肃省阶级教育展览"等。

1966年　年初省卫生厅借调去平凉筹办"青龙卫生所先进事迹展"。"无产阶级文化大革命"爆发，作者从一开始就成了斗争对象。

1974年　出差岷县了解基层农村图书室活动情况，仍坚持利用业余时间画画。

1975年　接受甘肃省农林局绘制《甘肃省珍贵动物》的任务，全书封面、封底、扉页、插图（包括油画、水粉、水彩、木刻、钢笔画）等共44幅，于1976年3月出版。那个年代不但没有稿费，作者连名字也不能署，好在这本图谱的出版对以后调回北京起到了牵线搭桥的作用。

1977年　假日画兰州特色的风景画更用功了。

1978年　离开兰州前一如既往得到甘肃省博物馆文物工作队的帮助，到三大石窟参观学习。在兰州20年，工作单位在甘肃省图书馆，朋友在省博，离开兰州前为作者饯行的是博物馆的同志。

1979年　年初调至北京自然博物馆工作，上班后即建议美工室的工作人员应常到大自然中去写生，提高业务水平。这一年全国都在落实政策，平反冤假错案，开展"右派"改正工作，作者也就成了"改正右派"。中央美术学院版画系筹办历届

1975年在祁连山上写生，挂起毛毯挡风、生起篝火取暖

1979年11月25日中央美术学院版画系首届毕业生与老师们合影

前排左起：王埼、陈沛、李桦、江丰、古元、彦涵、黄永玉、梁栋。后排左起：蒲国昌、英若识、蒋建国、马玉明、张坚如、陈维榕、杨澧

版画展览会
——中央美术学院版画系历届毕业生近作

1979

1979年李桦先生让作者设计展览目录的封面《硕果累累》

1979年在黄山写生，巧遇黄翔（中国摄影家协会副主席）为作者拍下一幅难得的照片

毕业生近作展，于11月22日在美院展览馆开幕，是版画系建系25年来第一次。作者有《征途》和《主人》两幅作品参展。李桦先生让作者设计展览目录的封面。11月25日版画系第一届毕业生与老师们合影，11月26日通过第一届同学会干事会名单，作者是常务干事（九人）之一。

1980年　5月27日作者加入"劲草木刻会"（1979年3月由京津两地部分老同学发起成立的）。12月"中央美术学院版画系校友会作品展"上展出作者的《车队》和《李济深像》。中国国民党革命委员会开始恢复组织发展工作，作者参加了第一次迎新会，是改革开放后发展的第一批成员，而且是最年轻的成员之一。不久，作者被推荐为北京市青联委员，当时45岁。

1981年　筹办"中国自然保护展览"，赴四川收集素材，《蒋建国画集》中有12幅作品是选自此行的写生。

1982年 "中国自然保护展览"开幕，这是新中国成立以来第一次大型的环境保护方面的展览。作者主持美术设计，招贴画也是作者设计的。后随展览到湖南、贵州等地巡展。上南岳衡山、登贵州梵净山。

1983年 为"中国自然保护展览"赴港展，两次出差到香港。紧接着北京自然博物馆古生物馆陈列室的改陈工作开始，一些临时性的展览也接踵而来，如"麋鹿还家展""我爱大熊猫展"等。年底，民革中央通知参加中国国民党革命委员会第六次全国代表大会，成为民革中央候补委员。

1984年 被选为中国国民党革命委员会北京市委员会常委。

1985年 被增补为政协北京市委员会

1981年为"中国自然保护展览"收集素材赴四川，行进在泥泞的道路上

1994年随北京市政协代表团访美，在旧金山市金门大桥前留影

1999年中华人民共和国成立50周年，作者在天安门前的观礼台上

2004年金秋十月与夫人许莉、孙子蒋翼聪、孙女蒋亦汶在北京龙潭湖公园

第六届委员，毕业于中央社会主义学院政协委员高级学习班。调到民革中央组织部工作，交接工作时，看见两大摞人事档案，适应不了，得到民革中央领导同志谅解，重返北京自然博物馆。此前已从一个美工做到美工室主任。

1986年 获准至中央美术学院版画系进修丝网版画一年。

1987年 丝网版画作品《苍凉》获首都版画双年展优秀作品奖。服从组织需要，调到中国国民党革命委员会北京市委员会担任副秘书长的工作。从此，进入统战系统工作长达20年之久。曾任民革北京市委第九、第十、第十一届副主委，兼任过"四化"工作委员会主任、祖国统一工作委员会主任。曾任民革中央第七、第八、第九届三届中央委员，民革中央祖国统一工作委员会副主任、民革中央教文卫委员会副主任。曾任政协北京市委员会第七、第八、

附 录

第九届三届常委，专职副秘书长、区县政协联络委员会副主任等职。

1994年　随北京市政府代表团访美。

1997年　中国国民党革命委员会成立50周年，筹办书画展。在师友的推动下，尝试用毛笔、宣纸作画，夜里在灯光下也只好画黑白的了。后来，多次配合需要用业余时间在办公室完成了参展作品。

1999年　中华人民共和国成立50周年，受邀到天安门前观礼。同年，作者加入中国美术家协会。早在80年代初，李桦先生和朱乃正先生就写过热情洋溢的推荐信，会员工作部的工作人员以一个硬条件把作者挡在了门外，说要参加三次以上全国美展才可以。在一次朋友聚会时，偶然提到入美协的事，时任北京市美协主席的王复羊不平地说："蒋建国都入不了美

2011年与家人合影于东莞市虎门镇南栅村的蒋光鼐故居花园

2011年7月23日，作者应邀回乡参加活动。在荔荫园大门前留影

《蒋建国画集》封面

《陇原石窟留痕：蒋建国作品选》封面

协，我这个美协主席也不当了！"后来可能是用市美协推荐的方式才解决了作者的入会问题。

2002年　被聘为北京市人民政府参事。

2007年　从北京市政协退休，时年72岁。

2011年　出版《蒋建国画集》（东莞市政协编，岭南美术出版社出版）。

2014年　出版《陇原石窟留痕：蒋建国作品选》（东莞市政协主编，岭南美术出版社出版）。